「これはなんでしょう？」
西島はどこからともなく
奇妙なカードを一枚取り出した。
JN035009
「お守りさ。カードの裏面を指で三回たたいて
『まきなさん、遊びましょう』って唱えると、
愛と正義の美少女怨霊が現れて
持ち主を助けてくれるんだ」

戸川 諒介
三鏡高校に通うごく普通の男子高校生。「まきなさん」と出会ったことで怪異事件に巻き込まれていくことに。
西島 希那子
三鏡高校怪異研究会に居つく妖しい美しさを持つ上級生。その正体は――。

戸川 明日香
諒介の妹で中学一年生。いたずら好きな性格だが、兄妹仲は良好。
栗原 唯
玉苗大学に通う女子大生。透明人間になる超能力者だが、裸になる必要があるのが玉に瑕。

「さあ——これが、ボクの本気《はなこさん》だよ」
彼女が宣告した刹那、紫鏡たちは二メートルも宙に浮き上がった。虚空から垂れた縄が、紫鏡たちの首に巻き付いている。

まきなさん、遊びましょう 1

田花七夕

HJ文庫
1171

CONTENTS

まきなさん、遊びましょう

口絵・本文イラスト daichi

プロローグ

怪異《かいい》研究会などという怪《あや》しげな看板を掲《かか》げている割に、その部屋の設備にはなんの変哲《へんてつ》もなかった。校内の粗大《そだい》ごみ置き場から拾ってきたらしい赤さびのにじんだスチール製の棚《たな》が一架《いっか》、同じ出所であろう事務机が二台、不ぞろいの椅子《いす》が二脚《にきゃく》、北海道産玉ねぎ二〇キログラムと印刷された段ボール箱が一つ。

家具はそれだけで飾《かざ》りのたぐいは何もない。壁《かべ》に黒山羊の首が掛《か》けられていたり、床《ゆか》に魔《ま》法円《ほうえん》が描《えが》かれていたりはしない。棚に並んでいるのは地域の図書館から放出された古い文庫本や雑誌が主で、これもよくあることだ。少年漫画《まんが》の単行本も少し交じっているのは厳密に言うと校則違反《いはん》の可能性があるが、すっかり形骸化《けいがいか》していて生徒どころか教師すら守っていない死文だから、まあどうでもいいだろう。

とにかく内装は平凡《へいぼん》な文化系の部室のそれだった。だから、戸川諒介《とがわりょうすけ》を当惑《とうわく》させたのは物ではなく人である。

具体的には、奥《おく》の事務机の上で丸くなっている一人の女生徒だ。

つまり猫《ねこ》そっくりの格好なのだが、高校生が人前で取る姿勢としてはかなり奇抜《きばつ》で行儀《ぎょうぎ》が悪いと言わざるを得ない。いや、諒介は他人のマナーをうるさく責める趣味《しゅみ》など持ち合わせていないから、彼女《かのじょ》がだらしなくても、不作法でも、本来は一向に構わない。

だが、スカートがめくれていて、真っ白い太ももや無地の下着が丸見えなのは、さすがに少々困るのだ。

（……どうしよう）

これは逃《に》げるべきだろうか？　髪《かみ》を無意識にかき回しつつ、諒介は悩《なや》む。

入室する前、彼《かれ》は確かにノックをした。扉《とびら》を三回たたき、「はい、どうぞ」という返事を聞いてから開けた。従ってこれはのぞきではない。非難されるいわれは何もない。

しかし、目の前の女生徒はどうやら昼寝《ひるね》の真っ最中だったらしい。すやすやと気持ち良さそうに寝息《ねいき》を立てている。これでは先ほどの許可も夢うつつの寝言《ねごと》かもしれない。目を覚ました時に彼女が自分の言葉をきちんと覚えていなかったら非常に面倒《めんどう》だ。下手をすると痴漢《ちかん》呼ばわりされかねない。

今日のところは退散しよう。出直すか、よそへ行こう。そう決めて後ろ手の指をそろりと扉にかけた時、女生徒がぱっちり目を開けた。

切れ長の瞳《ひとみ》が諒介の顔に二秒間ばかり据《す》えられ、それから自分の下半身へ向く。

「……おおっと、失礼。これは気まずいね」

彼女は言うほど慌《あわ》てた様子もなくスカートの裾《すそ》を直すと、ぐいっと背筋を伸《の》ばしてから床へ下りた。

制服のリボンが黄色いので三年生だと分かる。よく揺《ゆ》れる長い三つ編み髪がしっぽを、太いチョーカーが首輪を連想させるせいか、どうも黒猫《くろねこ》じみた印象だ。

「それにしても、パンツが見えているくらいであわてて帰っちゃうのは、ちょっとかわい過ぎるんじゃないかな」

「起こすのは申し訳ないと思ったんです」

諒介はややむっとした声で言い返す。小《こ》柄《がら》な体格や中性的な顔立ちを冷やかされることもある彼にとって、かわいいというのはあまりうれしい評価ではない。

「それはお気《き》遣《づか》いありがとう」

そう言いつつ首をひねったり肩《かた》を回したりしている彼女は、素《す》晴《ば》らしくきれいだった。今はにこにこしているからいいが、真顔になったら凄《すご》みを感じそうな美形である。身長は諒介とほぼ同じくらいだから一六二、三センチあるだろう。透《す》き通るように白い手足がすらりと長い。

「でも、ボクが寝《ね》ていたのは退屈《たいくつ》だからでね。お客さんは大歓迎《だいかんげい》さ」

（……あれっ。この先輩《せんぱい》、ボクって言った？）

という疑問を、諒介は顔に出さなかったつもりなのだが、彼女は心を読んだように人差し指を立てた。

「ああ、ボクは確かに女子だよ。この言葉遣《ことばづか》いは癖《くせ》だから勘弁《かんべん》してもらいたいな。もしも気になるなら、頑張《がんば》って『わたし』を使うようにするけれども……」

「いえ、そんな必要はありません」

諒介は急いで手を振《ふ》る。それに彼女の話は聞き苦しくなかった。いかにも女性らしい容姿に、やや芝居《しばい》がかった口調が不思議とぴったり似合っている。

「それは良かった。まあ、座《すわ》って座って。飲み物やお菓子《かし》はその箱からどうぞ」

諒介は勧《すす》められた椅子に腰《こし》を下ろすついでに、段ボール箱をちらりとのぞいた。さほど大所帯の研究会とは思われないのに、中には缶《かん》やペットボトルの飲み物が一ダース以上も入っている。クッキーやチョコレートもたくさん詰《つ》め込《こ》まれていた。

「ボクは西島《にしじま》、よろしくね」

「ぼくは二年B組の戸川といいます。あの、表の張り紙を見たんですけど……あれはどういう意味ですか？」

「ああ、『幽霊《ゆうれい》・妖怪《ようかい》・都市伝説などにお悩みの方、ご相談ください』っていうやつね。

あれなら文字通りさ。だれかがそういうものに困っているなら、ボクが相談を承《うけたまわ》る。場合によっては手を貸すこともある」

「はあ、そんなものが実在するんでしょうか？」

諒介が尋《たず》ねると、西島は笑顔《えがお》をひんやりしたものに作り直した。

「ふふふ。そんなものが実在するかどうか、君が一番よく知っているんじゃないのかい？　そうじゃなかったらこんなうさんくさい部屋に寄る理由がないものね。でも、いいよ」

西島が諒介の目の前まで歩み寄り、優雅《ゆうが》に上体を折った。座ったままの少年の顔を彼女の前髪《まえがみ》がなでる。耳たぶを甘《あま》やかな吐息《といき》がくすぐる。

「――ボクが保証してあげる。怪異はあるよ。幽霊も、妖怪も、超能力《ちょうのうりょく》もね」

この台詞《せりふ》を諒介は最後まで聞いていなかった。彼は途中《とちゅう》で椅子から転げ落ちていたのだ。あまりに顔が近くて、頬《ほお》に唇《くちびる》が触《ふ》れそうで、照れてよけたらバランスを崩《くず》したのである。

「わっ、びっくりした」

と、西島は白々しく万歳《ばんざい》してみせる。

「びっくりしたって、先輩が驚《おどろ》かせたんですよね！」

諒介が制服の膝《ひざ》をはたきながら抗議《こうぎ》すると、心底楽しそうなくすくす笑いが返ってきた。

「うん、まあ、それはそうだね。いや、ごめんごめん」

ちっとも悪いと思っていないのは明らかである。どうやら彼女は美人の自覚があって、こんな具合に異性をからかうことに慣れているらしい。つい本気になった男子を泣かせたことが二度や三度はありそうだ。

さて、と西島は両手を打ち鳴らして仕切り直す。

「これでボクたちは二人ともまともか、二人ともおかしいか、どちらかになったわけだ。そうと決まれば安心して話せるね。さて、君が見たものはなんだい？　どこに出たのかな？」

「場所は、友達の家なんですけど……」

この期に及《およ》んでも諒介は決定的な一言を口にすることをためらっていた。それは、彼が約十六年半の人生で培《つちか》ってきた常識からあまりにもかけ離《はな》れているのだ。しかし、だからといっていつまでも西島と見つめ合ってはいられない。

「ぼくは素人《しろうと》なので合ってるかどうか分かりませんけど、ちょっと調べた感じだと――」

諒介がある単語を口にする。

「ふむ……」

西島は本棚《ほんだな》から『怪談《かいだん》なんでも百科事典』という河童《かっぱ》や幽霊や口裂《さ》け女が表紙に並んでいるB6判のペーパーバックを引き抜《ぬ》いてきて、ぱらぱらめくった。

「ええと……ああ、あったあった――うん、なかなか危険な怪異らしいね。本当にこいつだとしたら放ってはおけないよ」

　彼女はうなずきながら奥の机に腰掛《こしか》ける。椅子も一脚空いているのに、どうしても机に乗るのが好きらしい。ゆるく足を組み、自分の三つ編み髪を手に巻き付ける。

「なるべく詳《くわ》しく話してもらいたいな。君が巻き込まれたきっかけ、友達の家で見たもの、ここへたどり着いた経緯《けいい》まで、順番にね」

　参考資料が妙《みょう》に安っぽいのと、また下着が見えかねない姿勢は気になったが、とにかく彼女がまじめに聞く態度を見せたことに励《はげ》まされ、諒介はおもむろに話しだした。

第一話　視線

一

物語は前日の、ほぼ同じ時刻へさかのぼる。

諒介《りょうすけ》は大抵《たいてい》の放課後の一、二時間を自習室で過ごしている。家に帰ると妹に構え構えとやられて気が散るから、少なくとも宿題だけは学校で片付けてしまうのだ。

三鏡高校《みかがみこうこう》の自習室は図書室を通り抜けて行く構造で、この時も彼は数学と英語の課題を手に本棚の間を歩いていたが、途中でよく知った顔を見つけて立ち止まった。

数冊の本を机に重ねている、長身で茶髪《ちゃぱつ》の男子生徒の背中をつつく。

「やあ、修平《しゅうへい》」

「なんだ、諒介か」

諒介と小菅《こすげ》修平は小学校からの幼なじみである。中学生までは毎日のように遊んでいたが、高校へ入るとお互《たが》い忙《いそが》しくなった上、運悪く別のクラスが続いているので、最近は時々食堂で会うほかは交流が少なくなっていた。

「珍《めずら》しい物を読んでるね」

「……ああ、まあな」

修平の前にある本は妖怪や都市伝説に関する物ばかりだった。普段《ふだん》の彼はトレーニング教本などの実用書が専門なので意外な選択《せんたく》である。

「諒介、ちょっと時間いいか？」

「えっ？　うん、いいよ」

「四階の自販機《じはんき》へ行こう。これを返してくるからちょっと待っててくれ」

「それなら半分貸して」

手分けして本を棚へ戻《もど》し、二人は図書室を出た。

自動販売機《はんばいき》はどの階にも置いてあるし、食堂の物以外はどれも同じ品ぞろえである。今は混む時間でもないのだから、わざわざ一階の図書室から遠くて不便な四階まで移動する必要はない——人けのない場所で話したいのでない限りは。

「おまえはなんにする？」

「いや、ぼくは……」

諒介は遠慮《えんりょ》しかけたが、断るとかえって話しづらいかもしれないと考え直した。

「じゃあ、オレンジジュース。粒《つぶ》入りのやつ——ありがとう」

修平は諒介に黄色い缶を投げると、自分にはペットボトルのウーロン茶を買って一息に半分ほど飲んだ。今の修平にはカフェインが必要だったのかもしれない。よく見ると彼の顔はひどくやつれ、青ざめている。

「……実は相談があるんだ」

「うん、聞くよ」

せっかく会ったから読書はやめておしゃべりで時間をつぶそう、といった気楽な雰囲気《ふんいき》でないのは察していた。

「おれが二か月前から一人暮らしになったのは覚えてるだろ？　おまえも引《ひ》っ越《こ》しを手伝ってくれたよな」

「それはもちろん」

修平が二年生になって間もなく、彼の両親はそろってアメリカへ転勤した。二人は息子《むすこ》も連れて行き、向こうの高校・大学へ通わせるつもりだった。

しかし、修平はそれを拒《こば》んだ。事前に相談してくれなかった両親への反感も多少あったが、最大の理由はサッカー部への義理だった。

「おれはレギュラーなんだから急には抜けられない。仲間に申し訳ないし、自分としてもけじめが付かない」

などと言ったそうだ。事実、修平は二年生ながら主力の一人で、ストライカーの扱《あつか》いを受けている。

そんな訳で、修平は断固日本に残ると言い張った。しかし、両親も引き受けてしまった異動を今更《いまさら》断るわけにはいかない。遅《おそ》まきながら話し合った末、修平は日本に住む祖父母に助けてもらいながら高校を卒業するまで一人で暮らすことになった。

ただし、それまで住んでいたマンションは家賃が高いし広過ぎるから解約し、手ごろな物件へ移るという条件付きである。その時、諒介も荷物を運んだり掃除《そうじ》をしたりしたのだ。

「もしかして、おじさんたちに何か言われた?」

諒介が尋ねると、「いや」と修平は首を横に振った。

「そうじゃない。受験が近付いたらまたうるさく言われるかもしれないけど、今のところは自由にやらせてもらってるよ。それに、本気でサッカーを続けるなら英語は必須《ひっす》だろ。そういう意味でもアメリカの大学へ通うのは悪くないと思って――いや、すまん。こんな話はまたにしよう。とにかく、親は関係ないんだ」

「そっか」

諒介はうなずいたが、それでは何を悩んでいるのだろう。

サッカーは諒介の管轄外《かんかつがい》である。金や健康のことを相談されても力になれないし、ありうるとしたら恋愛《れんあい》問題だろうか？　女心もあんまり――というより、全然得意じゃないんだけど……と、内心はらはらしながら待つ。

沈黙《ちんもく》はだいぶ長かったが、とうとう修平が再び口を開いた。

「……笑わないで聞いてくれよ」

「うん」

「冗談《じょうだん》抜《ぬ》きのまじめな話だと思ってくれ」

「うん」

「おれの部屋に、化け物が出る」

「うん？」

諒介は約束通り笑わなかった。代わりに首を四十五度かしげた。

彼が最初に思《おも》い浮《う》かべた化け物はアルファベットの七番目だが、修平は掃除が苦手ではない。まさか対処できないほどの大群をわかせてしまうことはなかろう。そうすると、

「それは……その、生き物じゃないやつの話？」

「ああ」

「いわゆるお化け？」

「そうだ」

「……そうなんだ」

諒介は二の句が継《つ》げなかった。これはサッカーよりも、色恋沙汰《いろこいざた》よりも、もっと専門外の話である。

諒介が知る修平は、クリスマスをフライドチキンとケーキで祝い、その一週間後に神社へ初詣《はつもうで》に行く風習に抵抗《ていこう》のない世俗的《せぞくてき》な日本人だ。この世ならぬ存在を真剣《しんけん》に恐《おそ》れるとは思いも寄らなかった。

「そいつをどうしたらいいかっていう相談なんだが……まあ、信じないよな？」

「うーん、修平のことは信用してるけど……正直に言うと見間違《みまちが》いを疑いたいかな」

道行く人々の大半がスマホを持ち歩く現代の東京に、お化けや妖怪が隠《かく》れ潜《ひそ》む暗闇《くらやみ》が残っているとは思えない。そんなふわふわした連中が現れたところで街中を飛び交《か》う電波に切り刻まれるのが落ちだ——諒介はそんな具合に考えている。

「そうだよな」

と、修平はため息をついた。

「おれ自身、近ごろは自分を信用できないんだ。あんな本なんか読んでないで、さっさと病院へ行くべきかな」

「遠回しに言ってもしょうがないからはっきり聞くけど、変な物はやってないよね？　お酒とか、薬とか……」

「おまえだから白状するけど、酒は最近一度だけ飲んだ。といっても、飲みたくて飲んだわけじゃない。卒業生の悪ふざけできついやつをジュースに混ぜられたんだ。ひどい目に遭《あ》ったけどアルコールもそれっきりで、麻薬《まやく》だの覚醒剤《かくせいざい》だのは誓《ちか》ってやってない。最近は高校生の大会でもドーピング検査があるから風邪薬《かぜぐすり》にも気を遣《つか》うぐらいなんだ」

　修平はきまじめに答える。

　心の病気の可能性を認めているし、薬物乱用を疑われても怒《おこ》らないし、どうやら修平が正気らしいので、諒介はかえって困った。

「月並みだけど、どこかの神社でお守りでももらうのはどう？」

「それはもうやったんだよ。近所の神社のお札を家に飾ってあるし、お守りはこうやって持ち歩いてるが、なんの効き目もない」

　修平は厄除《やくよけ》と刺繍《ししゅう》されたお守りを取り出してみせる。

「粗塩《あらじお》を盛るとか、消臭剤《しょうしゅうざい》をまくといいなんて話も聞くけど」

「塩は試《ため》したけど駄目《だめ》だった。消臭剤っていうのは初耳だけど、元々練習の後には浴びるほど使ってるんだぜ。洗濯《せんたく》したユニフォームにもかけてるしな」

「ああ、そういえばそうか」

諒介の知識は小説や映画から得たものだから、それ以上の対処法は提案できなかった。お経《きょう》を唱えるとか聖水をまくとかいう手法も知っているが、神道《しんとう》は無効で仏教やキリスト教なら有効というお化けがいるだろうか？

修平はウーロン茶の残りを飲み干し、いら立たしげに空のペットボトルをごみ箱へたたき込んだ。

「先々週の週末まではなんともなかったんだ。今は部の仲間の家に泊《と》めてもらってるが、こんな暮らしを長く続けるのは迷惑《めいわく》だし体力も落ちる。そろそろ限界だ」

「どうしてぼくに言ってくれなかったの？　うちの親は当分留守なんだし、修平だったら何日でも――」

諒介がそう言いかけると、修平は苦笑いした。

「冗談《じょうだん》じゃない、おまえの所には明日香《あすか》ちゃんがいるだろうが。親が留守で女の子がいる家に泊まるわけにはいかねえよ。だから頼《たよ》らなかったんだ」

「明日香は大歓迎すると思うけど」

「そういう問題じゃねえんだよ。兄貴ならもっと気を遣えって」

たしなめられてもいまいちぴんと来ないのは、諒介にとって妹は小型の怪獣《かいじゅう》でしかないからである。しかし、そう言われてみると世間体《せけんてい》が悪いような気もするし、修平が嫌《いや》だと言っているのに無理強《むりじ》いはできない。

「じゃあ、それはそれとして、修平の部屋に現れるのはどんなお化けなの？　古典的な、着物姿の――早い話が四谷怪談のお岩さんみたいなやつ？」

学校の近く、豊島区《としまく》にお岩通り商店会という場所があるのを思い出した諒介が尋ねる。そこの妙行寺《みょうぎょうじ》という寺には、お岩さんの物とされる墓があるのだ。

しかし、修平は首を横に振った。

「それなら地元で分かりやすいんだけど、多分違《ちが》うな。女は女でもそんな雰囲気じゃない。こんな風に……」

何か証拠《しょうこ》でも見せるつもりか、スマホを操作しようとした修平が、不意に指を止める。

「どうしたの？」

「――あー、こいつは我ながらひどい思い付きなんだけど……なあ、諒介。おまえ、実物を見てみてくれないか？」

「えっ？」

「だから、うちに来て化け物が本当にいるかどうか確かめてもらいたいんだ。おれはまだ化け物の見た目を詳しく話してないよな？　この状態でおまえも同じ女を見たら、そいつは実在するってことだろ。何も見えないか、それとも別の女が見えた場合は幻覚《げんかく》の可能性が高くなる」

「答え合わせをするってこと？」

「さっきの本に、ガスや強い電磁波のせいで住人がおかしくなる家の話が載《の》ってたんだ。そんな科学的な現象なら、人が変われば違うものが見えるよな？　幻覚はそれぞれの頭の中で作るんだから、おれとおまえで別々の化け物にならなくちゃおかしいだろ」

「ふうん……なるほどね」

そもそも前提が超自然的《ちょうしぜんてき》なことに目をつぶれば、なかなか合理的な考えのようである。

「いいよ、やってみよう。その女はずっと家にいるの？」

「いや、現れるのは日が暮れてからなんだ。何時何分ってほど正確じゃねえけど、夕方に来てくれれば一、二時間以内に出ると思う」

「逢魔《おうま》が時《とき》っていうやつだね。分かった。先延ばしにする理由もないし、早速《さっそく》だけど今日はどう？　昨日の残りがあるから夕飯を用意しなくてもいいんだ」

「そりゃ、おれとしては早ければ早いほど助かる。でも、もし本物だったときは、おまえも怖《こわ》い思いをすることになるんだぜ」

「構わないよ。修平がそんなに困ってるなんて全然知らなかったけど、事情を聞いたからにはなんでもやるさ」

頼《たの》もしげに引き受けたものの、この時の諒介は幽霊退治の覚悟《かくご》を固めていたわけではなく、いわば枯《か》れ尾花《おばな》を刈《か》るだけのつもりだったのだ。


ところで、いったん家へ戻った諒介の再出発は予定より少し遅《おく》れた。先に帰った明日香が、夕食のおかずにするつもりだった煮物《にもの》をおやつ代わりに食べてしまっていたからだ。

「ちゃんと『食べていい?』って聞いたのに、お兄ちゃんが返事しないのが悪いんだよ」

というのが妹の言い分、返信がないなら食わないでくれよというのが兄の主張である。そのメッセージは確かに届いていたものの、ちょうど修平の話を聞いている最中で気付かなかったのだ。

せめて一口つまむ程度にしてくれればいいのに、どうして二人前全部食べるんだ――と思ったが、そんなことを言い合っていてもしょうがないので、諒介は大急ぎでカレーを仕《し》込《こ》み、走って家を出た。

彼はもちろん修平のアパートを覚えているが、そこに化け物が出るのだから待ち合わせは大塚《おおつか》駅の北口にした。地名の頭文字《かしらもじ》であるアルファベットのOをモチーフにしたという、しかし、諒介たち地元の人間にはもっぱら『キノコ』と呼ばれているモニュメントの下に修平の引き締《し》まった影《かげ》が見えた。

このモニュメントはもう少し暗くなるとライトアップされて幻想的《げんそうてき》な雰囲気を演出するのだが、今はまだ真っ白で、さながら巨大《きょだい》なエリンギである。すぐそばのディスカウントストアからむやみに軽快なテーマソングが漏《も》れていた。

「ごめん、お待たせ！」

諒介は謝《あやま》りながら駆《か》け寄る。

「ちっとも待っちゃいないけど、どうした？」

「いや、ちょっと怪獣に食料を荒《あ》らされちゃってさ……」

事情を聞いた修平がにやりとした。

「ははは、相変わらず明日香ちゃんと仲良くやってるらしいな」

「ただの食《く》いしん坊《ぼう》の話をしてるんだよ」

「違うね。仲が悪けりゃ兄貴の茶色い手料理なんかほっといてコンビニでパンでも買うさ。わざわざ煮物を食うなんて、どう考えてもいたずら半分だろ」

「ああ、うーん……」

そう読み解かれてみるとそれが正解のような気もする。諒介はほのかにスパイスの香りが残っている指先で鼻の頭をかいた。

「もうちょっと厳しくした方がいいのかな……」

「おまえには無理だよ。賭《か》けてもいい」

そう言って修平は足元に置いていたスポーツバッグを拾った。友人の家に泊まっているなら中身は着替《きが》えや身の回り品だろう。

三鏡高校は大塚駅と巣鴨《すがも》駅の中間あたりに位置しており、周辺には学生向けの賃貸《ちんたい》住宅が多い。もちろん三鏡の生徒のために建てられたものではなく、近くの仏教系大学の学生を想定した物件なのだが、通学に便利ということで修平もその一つを借りていた。

カボチャの馬車を模した真新しい三輪車を、庭で雨ざらしにしている一軒家《いっけんや》の次が修平の住む木造二階建てである。築二十年らしいが手入れは行き届いていて、白い外壁《がいへき》が傾《かたむ》きかけの太陽にぴかぴか光っていた。

「結構いい所だよね」

細い路地を挟《はさ》んだ向かい側も別のアパートだが、そちらと比べても見劣《みおと》りしない。

「ああ、おれにはもったいない部屋だよ——余計な同居人がいなけりゃ、な」

一番手前の一〇一号室に、表札代わりの小菅というシールが貼られていた。修平はその扉の前で立ち止まり、ポケットから鍵《かぎ》を取り出し、鍵穴《かぎあな》へ差し込み、ふっとため息をつく。

「急に飛び出してきたりするの？」

諒介が尋ねる。

「いや、まあ、多分大丈夫《だいじょうぶ》だろうとは思うんだが……」

という修平の返事は、言い切らないだけに現実味があった。

彼はやっと扉を開けた。諒介を手で制して先を歩き、身構えて風呂場《ふろば》に入った。続いて室内も慎重《しんちょう》に調べた。

「よし、来てくれ」

「……お邪魔《じゃま》します」

諒介は靴《くつ》をきちょうめんにそろえて上がった。

この部屋へ入るのは二か月ぶりだが、サッカー部の分室のごとき風情《ふぜい》は相変わらずだ。八畳《じょう》の床には運動用マットが敷《し》かれ、棚にはダンベルや砂鉄入りのアンクルウェイトなどが並んでいる。壁には国内外のサッカー選手のポスターが貼ってある。

そこに勉強机やベッドもあるのだから、全体的にかなり詰め込み過ぎの印象だ。もっとも、どの家具も以前のもっと広かった部屋に合わせてそろえた物なのだから、無理が出るのはやむを得ない。

諒介が前に来た時と違うのは、棚の上に近所の神社のお札が祀《まつ》られていることと、部屋の隅《すみ》に塩を盛った小皿が置いてあることだけだ。

「日が沈《しず》むまであと二、三十分かな」

カーテンを引き、修平が赤い空をにらむ。

「まあ、くつろいでくれ——と言いたいところだが、なるべく立ってる方がいいと思う。なんのもてなしもできなくて悪いな」

「そんなことは全然気にしなくていいよ。それよりも、嫌じゃなかったら部屋の中を少し調べさせてくれない？　ほら、だれかのいたずらで変な仕掛《しか》けがあるのかもしれないし」

「あー……すまん、今はやめといてくれ。いや、そういう考えはもっともだし、おまえにはどこを見られても構わないけど、もう時間がない。危ないからな」

「……そんなに？」

座るな、調べるな、すぐに動ける状態にしておけということか。

諒介が想像していた怪奇《かいき》現象は、壁に人影《ひとかげ》がちらついたりぼそぼそと話し声が聞こえたりするくらいのものだった。どこかにプロジェクターかスピーカーでも仕込んであるのだろうと考えて、それを探すつもりだったのだが、修平の厳重な警戒《けいかい》からすると、これから起こるのはもっと差し迫《せま》った脅威《きょうい》らしい。

何が起こるのだろう？

化け物が出るのだという。古典的な着物姿の幽霊ではないらしいが、しかし、化け物と形容すべき女が。諒介が思い付くのはテレビの画面からはい出てくる有名な悪霊《あくりょう》ぐらいのものだが、この部屋にテレビはない。

（……まあいいか。考えてみたら、手当《てあ》たり次第《しだい》に部屋を引っかき回すよりも実物を見た方が手っ取り早いし）

結局、諒介は修平の指示通り部屋の真ん中に立っていることとした。

日ごろは結構おしゃべり好きの修平だが、部屋に入ってからは青い顔でむっつりと黙《だま》り込んでいる。学校のうわさ、スポーツのニュース、どんな話題にも乗ってこない。

諒介もあきらめて口をつぐんだ。

退屈な時間は足が遅い。やっと十分が過ぎ、ようやく二十分が経《た》ち、なんとか三十分を送った。危ないと警告されていてはうっかりスマホをいじるわけにもいかない。

修平は天井《てんじょう》の明かりをつけていなかった。厚手のカーテンの間から細く差し込む夕日だけが光源である。二人の影が徐々《じょじょ》に伸びて広がり、やがて紫色《むらさきいろ》の薄闇《うすやみ》に溶《と》けていく。

「……あれっ。修平、冷房《れいぼう》にしてる？」

ふと首筋にちりちりする冷気を感じて、諒介は壁のエアコンを見上げる。動いていない。暦《こよみ》の上ではもう夏だが、まだ空調を効かせたい気温ではなかった。

「なんだか、ちょっと寒いね」

返事がなかった。

修平は床のマットを頑固《がんこ》に見つめ続けている——いや、違う。マットを見ているのではなく、ほかの何かを見ないようにしている。

空気に刺激物《しげきぶつ》が混じったようだった。吸った息が気道に絡《から》み、粘《ねば》っこく肺をふさぐ。

(——見られてる？)

おぞましい気配に振り返った諒介と、それの、目が合った。

彼の背後には本とスポーツ用品の棚が並んでいる。その、やっと手が差し込めるかどうかの狭《せま》い隙間《すきま》から、だれかが諒介たちを見上げている。

棚の後ろに人間が隠れる空間などないし、その向こうは外だ。諒介はそれを女の目だと感じた。黄色く濁《にご》った眼球は、憎々《にくにく》しげな光を放っている。

(……いや、でも、作り物だよね？　おもちゃとか……)

そんな考えを、『女』のまばたきが打ち砕《くだ》く。諒介の二《に》の腕《うで》を修平が引っ張った。逃げろというのだろう。

異論はなかった。隙間の目が恐ろしいだけではなく、体調もおかしかった。一呼吸ごとに激しく体力を消耗《しょうもう》していく。脈拍《みゃくはく》が乱れる。このままでは倒《たお》れてしまいそうだ。

彼らは息を止め、連れ立って部屋を飛び出した。

「きゃっ！」

「あっ、すみません！」

途端《とたん》にかわいらしい悲鳴があがった。ドアのすぐ外に若い女性がいたのである。そこは運動神経の違いで修平は素早《すばや》くよけたが、直後の諒介がまともにぶつかってしまった。よろめいた彼女の体を、あわてて抱《だ》きとめる。

「ごめんなさい、けがはありませんか？」

「あっ、はい。大丈夫です、大丈夫です。なんともないです、けど……」

灰色のパーカーの女性が首をかしげる。ぼさぼさの髪とフードに隠れて表情はよく見えないが、むしろそっちこそ大丈夫かと聞きたいらしい。しかし、返事をしたり適当な言い訳を考えたりするゆとりはなかった。

「すみません」

「申し訳ありません」

彼は引き返してきた修平とともにもう一度ずつ謝ってから走り去る。

女性はしばらくその場に立ち止まり、少年二人の後ろ姿と一〇一号室を気味悪そうに見比べていた。

「な、なんなのあれ？　なんであんなやつがいるの？」

「おれもそいつを知りたいんだ」

つい尋ねてしまった諒介に、修平がぶっきらぼうに応じた。もっともである。

二人は大塚駅前まで避難《ひなん》していた。見慣れた風景と途切《とぎ》れない人通りが、いくらか心臓を休ませてくれる。ライトアップの始まったキノコのようなモニュメントが、ぼんやりと夜景に伸び上がっていた。

「……棚《たな》と棚の間に黄色く光る眼を見たよ。修平が言う通り、あれは女だと思う。なんとなくそんな気がしたんだ」

「図書室で読んだ本によると、どうも『隙間女《すきまおんな》』ってやつらしいぜ。あいつが出る直前、空気が急に汚《よご》れたような気がしなかったか？」

「うん、したね。殺気っていうか、妖気《ようき》っていうか……」

「やっぱりな」

修平は広場のベンチにどっと座り込む。諒介も近くの街灯に寄り掛《か》かる。

「さっき、修平は風呂場も見てたよね。あいつはただにらむだけじゃないの？」

「ああ。どうも、おれがいない時に部屋の中を歩き回ってやがるみたいなんだ——これを見てくれ」

修平はスマホの画面を諒介へ向けた。映っているのは洗面台の写真だ。半透明《はんとうめい》の油膜《ゆまく》で、鏡に「引っ越してください」と書いてある。日付は五月二十九日、約一週間前だ。

「いつの間にか、おれのワックスで書いてあったんだ」

どう見ても修平の筆跡《ひっせき》ではない。女性的な丸っこい字なのだが、それがかえって恐怖《きょうふ》をあおった。

隙間から抜け出した薄《うす》っぺらな女が、目をぎらぎら光らせながら指先を整髪料《せいはつりょう》にひたし、鏡に脅迫文《きょうはくぶん》を書きつけていく――そんな光景を想像し、諒介は身震《みぶる》いした。

「学校では修平を疑ってたけど、あれは取り消すよ。それにしても、好き勝手に出歩いて物まで動かせるなんてとんでもないね」

「一応、部屋の外には出られないらしい。逃《に》げれば追っかけてこないんだ。ただ、こんな調子じゃ眠《ねむ》ることもできねえだろ？」

「……そうだ、不動産屋さんを呼んで、あいつを見てもらえばいいじゃない。ものすごい不良物件なんだから、きっとほかの部屋に取り換《か》えてくれるよ」

「そうしたいのはやまやまだが、それがなかなか難しくてな」

修平はこめかみの辺りにげんこつを押《お》し当てた。

「と言うのも、あの部屋を仲介《ちゅうかい》してくれた阿部《あべ》さんって人はただの不動産屋じゃなくて、親父《おやじ》の古い友達なんだよ。お化けが出るなんて騒《さわ》いだら、その話は親父たちにも伝わるに決まってる」

「でも、出るものは出るんだからしょうがないじゃない。阿部さんもおじさんも、まさか我慢《がまん》してあの部屋に住み続けろとは言わないと思うよ」

「まあな。だけど、アメリカまで逃げて来いと言われたら？」

「あっ……」

諒介も修平の懸念《けねん》を理解できた。子供がお化けに襲《おそ》われ、しかし自分たちは日本へ帰れないとなれば、手元に呼び寄せるのが当然である。

あるいは、修平の両親はそもそも怪談を信じず、息子の正気を疑うかもしれない。諒介や阿部が目撃《もくげき》証言を添《そ》えたところで、何しろ超自然的な話だ。実物を見ていない両親への説得力は弱いだろう。保護のためか、治療《ちりょう》のためか、いずれにしても修平の一人暮らしは打ち切られる危険性が高い。

彼《かれ》が日本に残るためには隙間女をなんとかしなければならないのだ。

「あいつ、ほかの部屋には出ないのかな？」

「不思議と出ないらしいんだ。隣《となり》と上、一〇二号室と二〇一号室には引っ越しの時に挨拶《あいさつ》して顔見知りだから聞いてみた。『このアパートにお化けのうわさはありませんか？』ってな。二人とも男子大学生なんだけど、笑われたよ」

「修平の部屋だけなんだね……」

「それも最近、学校でも言った通り半月前からだな。おれの前に住んでたのは一〇二号室の人の先輩《せんぱい》だけど、四年間暮らして無事に卒業していったらしい」

「半月前に何かあったっけ、殺人事件とか」

「おいおい、そんな騒ぎならお前だって知ってるだろ。すぐ近所だぞ」

「じゃ、何か物を買ったりしなかった？」

「呪《のろ》われた骨董品《こっとうひん》とかか？　知っての通り家具は足りてるし、引っ越してから買ったのは食い物やトイレットペーパーだけなんだ」

「そっか、そうだったね」

お札と塩は別として、部屋に新しい物が増えていないのは今見たばかりだ。諒介は自分のスマホで検索《けんさく》してみる。

隙間女【すきまおんな】　幽霊《ゆうれい》・妖怪《ようかい》
その名の通り家具や戸袋《とぶくろ》などの隙間に潜み、住人を見つめて狂気《きょうき》に陥《おちい》らせる、女性の姿

をした怪異《かいい》。直接襲い掛かってきた例も記録されている。

正体は不明で、悪霊の一種だとも二次元世界からの侵略者《しんりやくしや》だともいわれる。目的も定かではないが、獲物《えもの》を自分のすみかへ連れ去ろうとしているのかもしれない。いずれにせよ悪意に満ちた危険な存在と考えるべきだろう。


なるほど、先ほど遭遇《そうぐう》したものと特徴《とくちよう》が一致《いっち》するようだが、正体も目的も分からないのではどうしようもない。実話と称《しよう》する怪談も二つ三つ見つかったものの、どの話も犠牲者《ぎせいしや》が精神に異常をきたすか失踪《しつそう》するところで終わっている。

「……ねえ、修平。一応聞くけど、あいつに心当たりはないの？」

「心当たり？」

修平が眉《まゆ》をひそめる。

「ほら、この記事を見ると悪霊って説もあるみたいなんだ。逆恨《さかうら》みでもなんでも、女の人に憎《にく》まれるような覚えはない？」

「……うーん……」

修平は秀《ひい》でた額にしわを寄せてうなっていたが、やがて首を横に振《ふ》った。

「……何も思い付かないな」

「トラブルは一切《いっさい》なし？」

「いや、そりゃ、些細《ささい》なことならあるよ。例えば自慢《じまん》にもならねえけど、最近おれは女子に告白されて断ったことが三回ある。でも告白された時点で謝ったんだから捨てたなんて話じゃない。その子たちはみんな元気だし、今でも普通《ふつう》の友達として付き合ってる。もう別の彼氏《かれし》を作ってる子もいるしな」

「それはさすがに関係なさそうだね」

と、諒介も同意する。

「後は、試合中に他校の選手にけがをさせたことが何度かある。練習中に仲間を転ばせたこともあるよ。そんなやつらの家族や友達が、おれを恨《うら》んでる可能性がないとは言えねえけどさ……でも、どれもわざとやったわけじゃないし、けがっていってもねんざ程度で、重傷のやつは一人もいないと思うんだよな」

「けがをするのは修平だってお互いさまだもんね」

諒介は修平のプレーがきれいなことを知っているし、サッカー部で大きな事故があったとも聞かない。悪霊というからには死人が出るような出来事だろう。

「じゃ、心霊《しんれい》スポットへ行ったとか、宗教的な物に何かしたとか……」

「ないな。肝試《きもだめ》しを最後にやったのは中学校の修学旅行だ。おまえと同じ班だったあの時だよ。あんなもんはしょせん学校行事だし、寺をぐるっと一回りしただけなんだから今更たたるってこともないだろ。墓を壊《こわ》したとか地蔵を蹴《け》っ飛ばしたとか、そんなことは絶対ないぜ。おれは信心深くはねえけど、最低限の常識はあるつもりだ」

「うーん……」

「それ以上に細かいことになると、もう分かんねえよ。サッカーには勝ち負けがあるし、部の中でも競争があるし、そうじゃなくても道端《みちばた》とかで知らず知らずのうちに憎まれてる可能性はあるけどさ……知らず知らずのことは知らん、としか言えないだろ」

「そりゃそうだよね」

修平の返事はどれも妥当《だとう》で文句の付けようがない。諒介の考えはすっかり行き詰《づ》まってしまった。

「いろいろと考えてくれてありがとな、諒介」

修平が弱々しくうなだれる。

「……それに、巻き込《こ》んで悪かった。悔《くや》しいけど、あいつには原因も理屈《りくつ》もなくて、おれたちにはどうしようもないのかもしれないいな」

「修平……」

諒介自身に大きな夢や強い情熱はないが、頑張《がんば》っている人間を応援《おうえん》したいという気持ちは持っている。その努力家が幼なじみの親友ならば、なおさらだ。

「……少し時間をくれない？　ぼくも、隙間女を退治する方法を調べてみるよ」

二

眠っていた諒介は、不意にひどい息苦しさに襲われた。

寝返《ねがえ》りを打とうとしても辛《かろ》うじて首から上を動かせるだけで姿勢が変わらない。強い力で押さえ付けられている。

それに、常夜灯に設定しておいたシーリングライトが消えている。室内は真っ暗で何も見えない。

いや、一つだけ見えるものがあった。赤い服の女——より正確には、とろけた肉を人間の型に練り固め、女物の服でくるんだもの。

それが閉まったままのクローゼットの隙間から這《は》い出し、諒介のベッドへ近付いてくる。腐《くさ》った血がしたたり、不快に湿《しめ》った音を立てる。

（……まさか、隙間女？）

諒介はもがこうとするが、体はマットに縫《ぬ》い付けられたようで、どうしても言うことを聞かない。

（くそっ、金縛《かなしば》りってやつか！）

とうとう女はベッドにたどり着いた。骨の一部がむき出しになった両手を伸《の》ばし、首にめり込ませる。膿にぬれた眼球がよこしまな喜びに光る。

諒介の視野が暗く瞬《また》き、呼吸が、鼓動《こどう》が、途切れていく。

（……ぼくは、死ぬんだ……）

そして、彼は目を覚ました。


「…………」

さて——と、諒介は自分が置かれた状況《じょうきょう》を確かめる。いつも枕元《まくらもと》に置いている目覚まし時計が見当たらないが、窓から見える太陽の白さからして朝だ。場所は自分の部屋の中、ベッドの上である。そこに横になっている。当たり前だ。何もおかしいことはない。

異常なのは腹の上に女がいることだ。といっても、家具の隙間に潜めるほど薄っぺらではないし、首を絞《し》めてもいない。肩《かた》までの癖《くせ》毛《げ》をふわふわと波打たせた、小柄《こがら》ながらごく血色のいい中学一年生である。

彼女《かのじょ》はあごを両手で支えた姿勢で、諒介の掛け布団《ぶとん》の上にのっしりと寝《ね》そべっていた。

大きな目がいかにも生意気そうに輝《かがや》いている。

「おはよー、お兄ちゃん」

と、悪夢の物理的な原因が言った。

「……おはよう、明日香。何をやってるのか聞いてもいい？」

「なんか寝坊《ねぼう》してるから乗ってみた」

「……そっか、下りて」

「えー、何その冷静な反応。もっと驚《おどろ》いたり騒いだりしてよ」

「いいから下りて」

諒介は妹を布団《ふとん》ごとそっと蹴落《けお》として起き上がった。うなされはしたものの、それほど苦しくなかったのは明日香も体重の分散に気を付けていたからだろう。そもそも四〇キロ弱と軽いおかげでもあるかもしれない。

床《ゆか》に転がっていた時計を拾うと針は七時十分を指していた。平日は六時半に起きる習慣なので確かに寝過《ねす》ごしている。

「ああ、本当に遅いや」

「でしょ、感謝して褒《ほ》めろ」

ころんと一回転した明日香が鼻息荒《あら》く、薄い胸を張る。

「まともに起こしてくれたらありがとうぐらい言ったけど」

「平凡《へいぼん》な日常を少しでも面白《おもしろ》くしようという努力だよ」

「いらない、いらない」

などと言っていると遅刻《ちこく》しかねないので、彼は妹の背中を押しつつ部屋を出た。

戸川《とがわ》家も両親がいないので、食事の用意は諒介が全部やっている。いつもならついでに自分の弁当も作ってしまうのだが、今日はとても無理なので朝食だけ考えることにした。

「ごめん、明日香。今朝はパンと目玉焼きくらいで我慢して」

「えー、パンはすぐにお腹《なか》が空《す》くから嫌だ。それよりも昨日のカレーが残ってるじゃん。あたしはあれにしてよ」

「……別にいいけど、朝からカレーってきつくない？」

「なんで？　あっ、目玉焼きもよろしくね。トッピングにするんだ」

「あー……うん、分かった」

胃腸が丈夫《じょうぶ》でない諒介は朝から油分の多い食事を取ると気持ちが悪くなるし、これから登校することを考えると匂《にお》いも気になるのだが、どちらも明日香には想像もできない悩《なや》みらしい。

結局、こちらはトースト一枚、あちらは月見カレーライス大盛りというアンバランスな食卓《しょくたく》になった。

「いただきまーす！　んで、お兄ちゃんはなんで寝坊したの？　なんか夜更《よふ》かし？」

半熟の黄身をスプーンで割りながら明日香が尋《たず》ねる。

「……うん、寝る前になってやり忘れの宿題を思い出したんだ」

諒介はそうごまかしたが、実は隙間女について調べていたのだった。

一般《いっぱん》に、恐怖はそれに遭遇してしまった場合の対処法とともに語られることが多いようである。例えば、口裂《さ》け女という怪異は、「わたし、きれい？」と聞かれたときにはっきり答えると切り掛かってくるが、あいまいな返事ならば見逃《みのが》してくれる。または「ポマード」と呪文《じゅもん》を唱えるか、好物のべっこうあめを与《あた》えれば逃げ切れる――と書かれていた。

しかし、隙間女にはそういう特段の弱点がないらしい。一晩かけていろいろと検索してみたものの有益な情報は得られなかった。

それで弱っているのだが、しかし、妹にそうと悟《さと》られるわけにはいかない。怖がらせるのはかわいそうだし、逆に面白がられても面倒《めんどう》だ。

「ところでお兄ちゃん、朝からカレーっていうのも結構いいね」

「明日香は元気でいいよ」

早足のせいで少し汗《あせ》をかいたものの、諒介はなんとか時間通りに登校した。

そして、まあ授業中は勉強に集中しよう――と懸命《けんめい》に頑張ったのだが、教師の話はどうしても鼓膜《こまく》より奥《おく》へ届かなかった。

教室の後ろに並ぶ生徒用ロッカーの間にも、黒板の横に置かれた掃除《そうじ》用具入れの陰《かげ》にも、あの憎悪《ぞうお》に満ちた黄色い目が光っているような気がして落ち着かないのである。

彼は親友の身を思いやった。横やりを入れただけの自分が、たった一日でこれほど神経をすり減らしているのだ。当事者で、しかも二週間も極度の緊張《きんちょう》を強《し》いられている修平の消耗はもっと激しいに違いない。

早くなんとかしなくちゃ……と、じりじりしていると終業のチャイムが鳴った。古風で重たいウェストミンスターの鐘《かね》が、今日はどことなく不吉《ふきつ》に響《ひび》く。

一人きりになりたくはないが、教室に残っていると同級生に声を掛けられて気が散る。かといって自習室でうんうんうなっているわけにもいかないので、諒介はむやみに校内を歩き回りながら次の手を考えた。

（だれか、こういうことの専門家に相談してみるべきなんだろうけど……）

これも昨日の夜に調べて知ったのだが、インターネットには霊能者《れいのうしゃ》や超能力者《ちょうのうりょくしゃ》を名乗る人間が大勢いる。しかし、そのほとんどはよく読むと、黄色い財布《さいふ》を買え、水晶玉《すいしょうだま》を買え、龍《りゅう》の置き物を買え、大理石のつぼを買え、今だけ特別に半額にしてやるから二十四回払《ばら》いで買え——といったいかがわしい商売をしていて、とても信用ならなかった。悪霊を退治しようとして悪人に取りつかれるのは困る。

頼るなら、やはり悪徳商法の心配が少ない地元の宗教施設《しせつ》だろうか。

(……こういうときって、お寺か神社かどっちがいいのかな?)

いつの間にか諒介は南校舎の三階に来ていた。正式な部活動と認められるには小規模な研究会や同好会の部屋が並んでいる、あまり人通りがなくて歩きやすい廊下《ろうか》だ。

ふと、彼はだれかに呼ばれたような気がして突《つ》き当たりの扉《とびら》へ目を向けた。すると、

——幽霊・妖怪・都市伝説などにお悩みの方、ご相談ください。

こう書かれたA4判のコピー用紙が貼り付けられていた。怪異研究会という署名も添えられている。

(怪異研究会……いわゆるオカルト研究会かな?)

部活動の紹介《しょうかい》は毎年入学式の後に行われるが、諒介はそんな名前を聞いた記憶《きおく》がない。

もっとも、彼は勉強と家事を優先するために部活動に参加しないと決めているから、つい

聞き流してしまったのかもしれないが。

言うまでもなく、今の諒介にとって張り紙の内容は渡《わた》りに船だ。

（……でも、これはただの勧誘《かんゆう》だよね）

しかし、それならば「幽霊・妖怪・都市伝説などが好きな方、遊びに来てください」とでも書きそうなものである。

たとえ半可通《はんかつう》でも聞いてくれるというなら相談してみたいが、張り紙はただの冗談《じょうだん》で、例えばホラー映画を鑑賞《かんしょう》するだけの集まりだったらまじめな相談を持ち込むのは良くない。自分が変なうわさを立てられるくらいは我慢するとしても、修平に迷惑《めいわく》を掛けるのは避《さ》けなければならない。

諒介はしばらくためらっていたが、まさに都市伝説に苦しんでいる最中にこんな張り紙を見つけたのである。ちょっと中をのぞいてみて、場違《ばちが》いだったらすぐに退散すればいいだろう。

彼は意を決して扉をノックする。

「はぁーい、どうぞぉー……」

という返事は、少しふにゃふにゃしていた。

「お邪魔します」

扉を押し開けた諒介の視界に、事務机の上で猫《ねこ》のように眠っている三つ編みの女生徒と、その太ももと、白い下着が飛び込んできた。

「……と、まあ、そんな事情なんです」

ここまで語り終えた諒介は、そっと額の汗をぬぐう。

明日香との掛け合いなどの枝葉は省略したものの、修平と会ってから怪異研究会へ来るまで丸一日の話なのだからどうしても長くなる。しかも聞き手は初対面の上級生で、場所は二人きりの密室とあって、心身ともにひどく疲《つか》れた。

西島《にしじま》は最初のからかうような調子から一転、端整《たんせい》な顔を引き締めたまま、たまに相槌《あいづち》を打つほかは余計な口を挟まなかった。隙間女が現れたという怪談《かいだん》を聞いても驚きも笑いもしなかった。

時折、自分の三つ編みを握《にぎ》ったり、放したり、指に巻いたりするのは、恐《おそ》らく無意識の癖《くせ》なのだろう。話を聞き終えて、彼女も一息ついた。

「ふうん、なるほどね……ちょっと、箱から何か甘《あま》い物を取ってくれる？　ありがとう」

諒介は足元の段ボール箱をあさり、プレッツェルにチョコレートを詰《つ》めた菓子《かし》を取って渡した。西島はマンボウに似た形のそれをおいしそうにぽりぽりやりながら、

「出入りできるはずがない狭い場所から人が現れる話は古典というか、普遍的《ふへんてき》というか、まあよくある怪異なんだよね。江戸《えど》時代の耳嚢《みみぶくろ》という本にも、雨戸を開けようとしたら戸袋から女が飛び出してきて取っ組み合いになった話が載《の》っている。扉を中途半端《ちゅうとはんぱ》に開けておくと幽霊が通るっていう俗信《ぞくしん》も、いわば隙間の話だ」

「ネットには異次元からの侵略者かもしれないって書いてあったんですけど」

「うーん……ボクは『隙間女という生物がいる』説は取りたくないや。たまに例外はあるけれども、ほとんどの怪異は人間由来だよ。特に、人型をしたお化けは九九パーセントの確率でやっぱり悪霊のたぐいさ」

西島は長い足を組《く》み替《か》えると、教師が慣れた授業をするような調子で話を続ける。

「ボクの理解はこうなんだ——第一に、怨念《おんねん》や未練を残して死んだ人間は『ただの幽霊』になる。第二に、その幽霊が『口裂け女』や『隙間女』みたいに名前のある怪異の適性を持っている場合は、そういう性質に進化・変化する」

「そうすると、隙間女っていうのは職業みたいなものっていうことですか」

「ああ、その例えは分かりやすくていいね」

諒介には彼女の説が正しいか間違《まちが》っているか分からないが、そもそも怪異の生態を研究しにきたわけではないからどちらでも構わない。問題は、どうしたら修平を助けられるかである。

「ぼくたちはどうしたらいいんでしょう？」

「うーん、厄介《やっかい》だな。どうやら小菅くんの部屋に出るのは隙間女の中でも結構強力なやつらしい。お守りや盛り塩が駄目《だめ》なら、お祓《はら》いも効きにくいと思う。さっき言った通り元々はだれかの幽霊のはずだから、正体を見極《みきわ》められれば供養《くよう》できそうだけれども……」

「修平はちっとも心当たりがないみたいです」

「うん、そうだろうと思うよ。もし小菅くんに恨みがあって取り憑《つ》いているなら、よその家へ逃げても追い掛けてくるはずさ。そうしないのは、そいつが場所に憑く怪異だからだと思う。問題はあくまでもその土地にあるんだ」

「壁《かべ》の中に死体が埋《う》まってるとかですか？」

「いや、アパートでそれは構造的に難しいんじゃないかな。例えば一〇一号室に縁《えん》のある女性が最近どこかで亡《な》くなったのかもしれないね。前の住人の彼女とか、その前、さらに前の住人の関係者かもしれないけれども――で、思い出の部屋に執着《しゅうちゃく》しているわけだ」

「そんなの、とても調べられませんよ！　候補が何人いるか分かりません」

諒介の抗議《こうぎ》に、西島がふっと息をつく。

「だから、安全を最優先するなら引っ越《こ》しだね。不動産屋さんによく口止めした上で別の部屋を手配してくれるように頼《たの》む。ご両親に知られて問題になっちゃったら、あきらめてアメリカへ行く。気の毒だけれども、それだけ優秀《ゆうしゅう》で熱心なら向こうで立派にサッカーを続けられるさ」

この消極的な提案を諒介はむしろ好ましく思った。仮に、西島が「よし、ボクに任せておきたまえ。すぐに隙間女を退治してあげよう」と言ったら、かえって信用できなかったかもしれない。

「……今、先輩は『安全を最優先するなら』って言いましたよね。それは、危険でもいいなら隙間女をなんとかする方法があるってことですか？」

「うん、あるにはあるよ」

西島はあっさりうなずいた。

「ただし、ボクが提案するのは裏技《うらわざ》でもなんでもない正攻法《せいこうほう》だけれどもね。まあ、生身の人間同士の場合と同じことさ。まずは話し合ってみて……」

と、握り拳《こぶし》の人差し指を立て、

「――それで駄目なら、ひっぱたく」

続いて中指を立てる。

「話し合って……ひっぱたく？」

「その隙間女は『引っ越してください』と書いたんだろう？　丁寧語《ていねいご》を使うくらいの知性がある相手だし、何らかの形で交渉《こうしょう》が成立する可能性はあるよ。ただし、向こうの条件が『引っ越せ、さもなければ死ね』だったら実力行使しかないわけさ」

「話し合うっていうのは、普通にやればいいんですか？　ひっぱたくっていうのも？」

「相手に実体がない場合は一工夫《ひとくふう》いるけれども、今回は口で言えば充分《じゅうぶん》かな。ひっぱたくのは素手《すで》でも棒切れでも刃物でもいい。とにかく大抵《たいてい》の怪異はぶっ飛ばせば消えるもんさ。ほら、今昔《こんじやく》物語集に『偉《えら》いお坊《ぼう》さんのお経《きょう》や陰陽師《おんみょうじ》の祈祷《きとう》よりも、ただの弓矢の方が鬼《おに》によく効くのは不思議だ』っていう話があったよね？　あれなんかボクはちっとも疑問に思わないな。暴力はおおむね万能《ばんのう》だよ、近視眼的にはね」

乱暴なことを言いながら西島はパンチのまねをする。おどけているようでもしっかりとした動きだから、ボクシングの心得でもあるのかもしれない。ちなみに諒介は今昔物語集の細かい内容など覚えていなかった。

「は、はあ……」

「ただし、怪異は生身の人間に比べるとずっと頑丈《がんじょう》なんだ。お化けは死なない——なんてことはないけれども、死ににくい。だから隙間女の反撃《はんげき》に注意してね。隙間へ連れ去られちゃうのは論外として、触《さわ》られるだけでもいわゆる霊障《れいしょう》にかかる危険性がある。一方的にぼこぼこにしないと後で変な病気になったりするよ」

「あの……お化けを一方的にぼこぼこにするって、そんなことできるんですか？」

シャドーボクシングをやめた西島が、ひょいと肩をすくめる。

「まあ、堅気《かたぎ》の高校生には至難の業だね。だから引っ越しをお勧《すす》めしたのさ」

「………」

諒介は腕力《わんりょく》に全く自信がない。修平は体格も運動神経も優《すぐ》れているし、その気になれば喧嘩《けんか》も強いだろうが、正々堂々を信条とするアスリートだから暴力の経験がなさそうだ。隙間女を圧倒《あっとう》できるかどうかは疑問である。

「それと、もし戦いになったら必ず仕留めなくちゃいけないよ。怒《おこ》らせるだけ怒らせて逃げられちゃうのが一番まずいからね。次は不意打ちで仕返しされかねない」

西島がそう駄目を押したので、諒介はいよいよ考《かん》え込《が》んでしまう。

「おや、こんなに脅《おど》かされても悩むのかい？　よっぽど大事な友達なんだね」

「修平はいいやつですから、なんとか役に立ちたいんですけど……」

「そっか」

西島はごく薄く、しかし優《やさ》しく笑うと、どこからともなく――というよりも、諒介の目の錯覚《さっかく》でなければ胸元《むなもと》から――何かのカードを一枚取り出した。女子の制服のそんな所に内ポケットは付いていないはずなのだが。

彼女はそれに軽く唇《くちびる》を当てたか、あるいは息を吹《ふ》き掛けたようだ。

「……じゃ、これをあげよう」

受け取った諒介が首をかしげる。よくあるトレーディングカードくらいの大きさだが、イラストは手描《てが》きだ。市販品《しはんひん》ではないらしい。二頭身にデフォルメされた女の子が片目をつぶり、カタカナの『ワ』そっくりの口で笑っている。

「これはなんでしょう？」

「お守りさ。カードの裏面《うらめん》を指で三回たたいて『まきなさん、遊びましょう』って唱えると、愛と正義の美少女怨霊《おんりょう》が現れて持ち主を助けてくれるんだ」

ひっくり返してみると、裏の絵柄《えがら》は真っ黒い扉だった。

「……あの、それはトイレの花子さんってやつじゃないんですか？　小さいころに怖《こわ》い本で読んだ覚えがありますけど」

花子さん【はなこさん】　幽霊

トイレの花子さんとも。主に小学校の女子便所に現れる怪異。いじめや事故で非業《ひごう》の死を遂《と》げた児童の霊《れい》とされる。

三番目の個室を三回ノックして「花子さん、遊びましょう」と呼び掛けると返事があるという話が有名だが、この手順や呼び出した結果にはかなりバリエーションがあり、悪霊《あくりょう》とも無邪気《むじゃき》な子供とも言い切れない。

記憶をたどった諒介に、西島は「そうそう！」と両手の人差し指を向ける。

「それそれ、こっちは高校生なのに混ざっちゃっているんだよ。まあ、トイレに縁のあるお化けっていう意味じゃ、似たようなものではあるけれども——さっきの例えだと職業は『花子さん』で、名前が『まきなさん』っていうことになるのかなぁ」

「…………？」

「まあ保険のつもりで持っておくといいよ。でも、もし使ったときは後でそれなりの代償《だいしょう》を払《はら》うことになるから、それは覚悟《かくご》しておいてね」

「はあ、ありがとうございます」

諒介は一応礼を言ったものの、それはちっともありがたい品物には見えなかった。絵は上手でかわいらしいが、神秘的な雰囲気《ふんいき》はまるでない。事情を知らない人には、アニメか何かのキャラクターグッズだと勘違《かんちが》いされそうだ。

（……そもそも、正義の怨霊って組み合わせがおかしくない……？）

しかし、これは悪気の冗談ではなく、善意の気休めなのだろう。西島の顔を立てる意味で、一応は生徒手帳の間に挟《はさ》んでおく。

「しつこく繰《く》り返すけれども、ボクのお勧めは引っ越すことだからね。怪異に怪異をぶつけるのは危ないよ。別に合体はしないけれども、単純に危ない」

そう言うと西島はぐりぐりと手の甲《こう》で目をこすった。話し疲れたのか、一度追《お》い払った睡魔《すいま》が戻《もど》ってきたらしい。そろそろ潮時のようである。

「どうもありがとうございました」

と、諒介は席を立った。

「いえいえ、どういたしまして。ところで、はい」

机に正座した彼女がチョコレート菓子の箱を差し出した。捨てておけという意味だろうと思いきや、中身が一粒《つぶ》残っている。

「あれっ、まだ入ってますよ」

「うん。君が一口だけでも付き合ってくれないと、ボクが一人でお菓子を食べ切ったことになるからね。ぜひとも証拠隠滅《しょうこいんめつ》に協力してもらわなくちゃ」

「はあ……？」

それがどうして証拠隠滅になるのか分からないが、一人でぱくぱく食べていたのが恥《は》ずかしいということだろうか。

「別にチョコレートが苦手ってわけじゃないんだろう。それとも食べさせてあげよっか。あーん、ってやるかい？」

それは嫌《いや》なので、諒介は苦笑いとともにプレッツェルを口へ放《ほう》り込んだ。西島は伸ばしかけていた手をつまらなそうに引っ込める。やはり彼女は自分が美人だということをよく知っていて、異性をおもちゃにしているらしい。

親身に話を聞いて助言してくれたから悪女とは呼ばないが、勘違いした男子を泣かせたことが五度や六度はありそうだ。

「……ごちそうさまです。お邪魔《じゃま》しました」

「ばいばい」

人懐《ひとなつ》っこく手を振る西島に頭を下げ、彼は怪異研究会を出た。

（……引《ひ》っ越すか、話し合うか、戦うか、か……）

空き箱をきちんと平たくつぶしてリサイクルボックスに捨てながら考える。修平のためにはどうするのがいいだろう？

三

翌日の放課後、諒介は修平を四階の自動販売機《はんばいき》前に呼び出した。

「ごめん、疲れてるのに上がらせちゃって」

「おいおい、これくらいなんでもねえよ。こちとら運動部だぜ」

口では強がっているが、修平は一昨日よりも明らかに疲弊《ひへい》していた。一応笑顔《えがお》を作っているものの、頬《ほお》がげっそりとこけている。鍛《きた》え抜《ぬ》いているはずの足腰《あしこし》もぐらつき、普通の速さで階段を上がってくるだけでもわずかによろめいていた。

隙間女を目撃して以来、諒介も少し体調がおかしいのだが、出遭《であ》った回数の違《ちが》いで修平の方が強く悪影響《あくえいきょう》を受けているようだ。

「それで、どうだ？」

尋ねる修平の声には、期待とあきらめが半々に混ざっていた。

「うん。お化けに詳《くわ》しい人に相談したら、隙間女を追い払えるかもしれない方法を教えてくれたんだ」

「まさか変な数珠《じゅず》だの仏像だのを買わされなかっただろうな？」

「大丈夫《だいじょうぶ》、お金は一円も払ってないよ。それで、教わった方法を早速試《さっそくため》してみたいから、部屋の鍵《かぎ》を貸してくれる？」

手を差し出された修平が怪訝《けげん》な顔をする。

「鍵？　なんだ、おれと一緒《いっしょ》に行くんじゃ駄目なのか」

「うん。教わった方法は一人でできるから、今日は留守にしてて。大丈夫、何も盗《ぬす》んだりしないって」

「ばか野郎《やろう》、おまえが泥棒《どろぼう》なんかやるわけないのは知ってるよ。そうじゃなくて、化け物を退治するのはおれの責任だって言ってるんだ。二人必要なんだったらともかく、一人でいいならおれの仕事だろ。そのやり方だけ教えてくれりゃいい」

修平の反論はいつでも筋を通そうとする彼らしいものだったが、諒介は首を横に振る。

「駄目だよ、修平はふらふらじゃないか。これ以上隙間女にかかわらない方がいい」

「だからって、おまえに危ない役目を押し付けるわけにはいかねえよ」

「別に危ないことをするつもりはないって。それに、修平が疲れて倒《たお》れたら全部おしまいだよ。入院することにでもなったら、おじさんとおばさんに連絡《れんらく》が行くでしょ」

「いや、でも……」

「お願いだから今回はぼくに任せて。うまくいくかどうか分からないんだし、修平の体力はなるべく温存しておかなくちゃ」

修平は疲労《ひろう》でやや焦点《しょうてん》のぼやけた目を諒介に向けていたが、やがてサッカー日本代表のエンブレムが入った財布を取り出し、金具に付けていたアパートの鍵を外した。彼《かれ》はそれを諒介の手に乗せ、しかし、まだ指は離《はな》さずに、

「……何をするつもりか知らねえけど、おまえが任せろって言うんなら任せるよ。でも、むちゃはしないでくれ。おまえに何かあったら明日香ちゃんに申し訳ないからな」

「あはは、そんなに大げさなことじゃないってば」

諒介は笑顔で鍵を受け取る。

「本当に気を付けてくれよ」

「はい、はい。修平は今日も練習に出るの？」

「……どうするかな。今日はスプリントからのコントロールを確認《かくにん》するらしいけど、見学させてもらうかもしれない。正直、今はボールに追い付ける自信がないんだ」

修平が、彼にしては珍《めずら》しい弱音を吐《は》く。諒介は鍵をぎゅっと握り締めた。

「夜までには結果を報告するね」

隙間女が現れるのは夕暮れ時なので直行では少し早く着き過ぎるが、いったん帰宅してしまうと明日香に出掛《でか》ける言い訳をするのが面倒である。自習室へ行ってもどうせ勉強がはかどりそうもないので、結局、諒介はすぐにアパートへ向かうことにした。

無人の友達の部屋へ上がり込むのはいくらか後ろめたい気分だった。

脱《ぬ》いだ靴《くつ》の向きを一昨日よりも慎重《しんちょう》にそろえ、水道を借りて手を洗い、途中《とちゅう》立ち寄ったコンビニで買った緑茶とクッキーをテーブルに並べる。これは諒介が飲み食いするための物ではない。いわば隙間女へのお供えだ。

お菓子をつまみながら仲良くお茶を飲めるとは思っていないが、敵意がないことを示す小道具にはなるかもしれない。

(……これでいいんだよね)

昨日一晩考えた末、諒介は隙間女と交渉してみようと決めた。西島に言われるまで思い付かなかったが、意思の疎通《そつう》を図《はか》れる相手とのトラブルは話し合いで解決するのが王道だ。駄目で元々、試《ため》してみる価値はある。諒介は修平とこんな形で別れたくなかった。親友の進路を怪異なんかにねじ曲げられたくなかった。

隙間女と穏《おだ》やかに話し合いができたなら、後は成り行き次第《しだい》だ。簡単な要求なら独断で手を打つし、条件によっては後日改めて修平に同席してもらってもいい。

全く話にならなかったら、一目散に逃《に》げる。西島はひっぱたくという選択肢《せんたくし》も提示していたが、それはいかにも無謀《むぼう》だからやめた。逃げるなら諒介一人の方が玄関《げんかん》で渋滞《じゅうたい》しない分だけむしろ早い。修平がいなくても不利にはならない。

（なんとか話がまとまるといいんだけど……）

雨戸を閉じ切っている隣家《りんか》を眺《なが》めながら、彼は静かに日没《にちぼつ》を待った。

不意に彼のスマホが震《ふる》える。妹から、頭上に疑問符《ぎもんふ》を浮《う》かべた変な生き物のスタンプが届いていた。「どこにいるの？」の意味だろう。既読《きどく》無視すると電話を掛《か》けてくるかもしれないので、電源を切る。

今度は玄関から何か聞こえたように感じた。そっと扉を開けて閉めたような音だったので修平がこっそり様子を見に来たのかと思ったが、だれもいない。錠《じょう》もきちんと掛かっている。たぶん隣《となり》の部屋だろう。少し神経過敏《かびん》だぞ——と、諒介は自嘲《じちょう》して椅子《いす》へ戻る。

やがて窓からするすると薄墨《うすずみ》が染《し》み込んできた。太陽が沈《しず》んだのだ。時計の針は午後七時を少し過ぎていた。何げなく吸《す》い込んだ空気が、ぞっと諒介の喉《のど》を冷やす。

（——来た）

乱れそうになった呼吸を一息整え、ゆっくりと室内を見回した。

女は一昨日と同じ場所に現れた。棚《たな》と棚の間、三センチほどしかない隙間に、血走った眼球がぎらりと光る。

怖がれば付け込まれるだろうし、責めれば反発されるだろう。諒介はできるだけ感情を抑《おさ》えた声で「こんばんは」と言った。

「あなたとお話がしたくて待ってました。ぼくはこの部屋の住人の友達ですが、あなたはどうしてあいつを追い出したいんですか？　訳があるなら聞かせてください。あいつが何か気に入らないことをしたんなら、そうと――」

諒介が言い終わるよりも早く隙間女の瞳孔《どうこう》が広がる。くすぶっていた悪意が殺意として燃え上がった。

昆虫《こんちゅう》の節足を思わせる細く骨ばった指が十本、暗闇《くらやみ》から伸びる。するり、ずるりと音を立て、家具の後ろに潜《ひそ》んでいられるはずのない質量がはい出る。しかし、

（……小さい……？）

現れた怪物《かいぶつ》は、悪夢で見たものとは異なっていた。

灰色のマネキンにおかっぱのかつらをかぶせ、ぎらぎら光る眼をはめ込んだような姿だが、想像していたよりずっと小柄だ。椅子に座《すわ》っている諒介よりも、立っている隙間女の視線の方が低い。しかも、裾《すそ》と袖《そで》をフリルで飾《かざ》った、いかにも女児用の服を着ている。

（……そういえば、一昨日も見上げられてたんだった。子供の隙間女……？）

そんな疑問が、諒介の判断を鈍《にぶ》らせた。話にならなかったら逃げると決めていたのに、彼の初動は遅《おく》れた。

――わーん、わーん、わーん！

小さな隙間女が赤《あか》ん坊の泣き声に似た叫《さけ》びとともに飛び掛かる。

しくじった！　と後悔《こうかい》したが、もう遅《おそ》い。なんとか受け身を取って、後頭部を床に打ち付けるのは免《まぬが》れたが、馬乗りにのしかかられてしまった。

からからに乾《かわ》いた手が首にかかる。

諒介は激しい悪寒《おかん》に震えた。絞め殺されるというほどの握力《あくりょく》は感じない。しかし、灰色の指はただ触《ふ》れているだけで生き物に欠かせない何かを奪《うば》い去っていくようだ。

血が薄《うす》まり、背骨の芯《しん》が不吉に汚《よご》れていくのを感じる。即座《そくざ》に振《ふ》りほどかなければ死ぬ、と本能が知らせる。

諒介は隙間女を払いのけようとするが、手応えは砂を押《お》しているようにうつろだった。

彼は暴力が苦手であり、嫌《きら》いでもある。物心が付いてからは本気で喧嘩したこともないが、こうなってはやむを得なかった。

「――離せっ！」

諒介は拳を振るう。一発、二発と殴《なぐ》りつつ、腹筋を使って馬乗りから逃《のが》れようと試みるが、女はしゃにむにすがり付いて離れない。西島が言っていた霊障というものか、意識が急激によどんでいく。

「く、くそっ……」

やがて隙間女は抵抗《ていこう》もままならなくなった彼の襟首《えりくび》をつかみ、自分がはい出てきた隙間へ向かってずるずると引きずりだした。

（……昨日のあれは、正夢か……）

いや、当たり前に死ねるかどうかさえ分からなかった。隙間女に連れ去られた犠牲者《ぎせいしゃ》はどうなるのだろう？　どこかで変死体として見つかるならまだましで、悪ければ永久に『隙間』をさまよい続けることになるのかもしれない。

（ああ、かえって迷惑を掛けちゃうな。ごめん、修平……）

修平が遠く離れた家にいることはせめてもの救いだった。諒介がどうなろうとも、親友が殺人犯に間違われる心配だけはないだろう。

意識が深みへ沈みかけた時、彼はふわりと甘い匂いを感じた。

「――わああああああぁっ!!」

突如《とつじょ》、悲鳴とも怒号《どごう》ともつかない奇声《きせい》が室内に響き渡る。同時に、隙間女が何かに突き飛ばされたようにどっと床に倒れ、諒介は自由を取り戻した。

起き上がった隙間女がむやみやたらに両腕《りょううで》を振り回す。手が当たってもいないテーブルがひっくり返った。室内には二人以外だれも見えない。聞こえた絶叫《ぜっきょう》は隙間女のものではない。別の若い女性らしかった。何が起こっているのか諒介には理解できない。

それでも好機には違いない。

彼は逃げ出そうとしたが、走るどころか立ち上がることすらできなかった。足が萎《な》えていて、隙間女の横を駆《か》け抜けるのも窓枠《まどわく》を乗り越えるのも不可能だ。

反撃するしかない。

(何か、武器を……！)

しかし、台所の刃物には手が届かない。床に散らばっている物は菓子とペットボトル、それに制服のポケットから落ちた生徒手帳ぐらいだ。どれも使い物にならない。

(……生徒手帳？)

彼の脳裏《のうり》を、怪異《かいい》研究会で聞かされた冗談がかすめる。

——カードの裏面を指で三回たたいて『まきなさん、遊びましょう』って唱えると、愛と正義の美少女怨霊が現れて持ち主を助けてくれるんだ。

何もない場所で一人ばたばたと暴れまわっていた隙間女が、再び諒介に向き直る。

(こんなことをしたって、何も起こらないに決まってるじゃないか)

だが、ほかに打てる手はない。

彼は手帳から『まきなさんカード』を抜いた。二頭身の少女が描《えが》かれた表を隙間女へ向け、扉の絵を中指でたたき、かすれた声で叫ぶ。

「——まきなさん、遊びましょう！」

「はぁい」

隙間女が現れた時よりもはるかに強烈《きょうれつ》な、いまわしい気配が渦《うず》を巻く。毒々しい赤と黒の破線が、虚空《こくう》を四角く切り取った。

「あれ、微妙《びみょう》に想定外の状況《じょうきょう》だな」

というつぶやきは、諒介が死にかけ、眼前で子供服の怪物がうなっていることを考えるとひどくのんびりしたものだった。

不穏《ふおん》にきしむ暗黒の扉から現れたのは、長い髪《かみ》を三つ編みにまとめた少女である。黄色いリボンのセーラー服にチョーカーという姿の彼女《かのじょ》を、諒介はもちろん覚えていた。何しろ昨日学校で会ったばかりだ。

「……西島先輩《せんぱい》？」

怪異研究会の西島がちょっときょろきょろしてから、片膝《かたひざ》を立てた姿勢のまま動けない諒介へ顔を向ける。

「やあ、戸川くん。確認したいんだけれども、ここは君のお友達の家で、この小さい子に

襲《おそ》われている最中ということでいいね？　もう一人は味方だね？」

修平のことを聞かれていると解釈《かいしゃく》した諒介が答える。

「そうですが、修平は留守です。あの、何がどうなって……」

「実は、ボクは西島希那子《きなこ》というんだ」

と彼女は言った。

「話はまた後にしようか」

説明を中断させたのは隙間女だ。突然《とつぜん》の乱入者を警戒《けいかい》して様子を見ていたものの、結局敵だとみなしたらしい。

――わーん、わーん、わーん！

不快な叫び声を上げつつ、立ちはだかる形になっている希那子につかみかかる。

「おおっと！」

いつの間にか希那子はロープを持っていた。両手の間にぴんと張られたそれが、隙間女の指を受け止める。周囲にばちばちと赤い火花が散った。

「へえ、精気を吸い取るんだね。得意技《とくいわざ》がそれだけなら、ボクに勝つのは無理だよ。絶望的に相性《あいしょう》が悪いから――ねえ、隙間娘《すきまむすめ》ちゃん。ボクの言葉が分かるかい？　お名前は？」

わんわんと泣いて暴れる隙間女を軽々とあしらいながら希那子が尋《たず》ねる。ぐずる子供を母親があやしているようなものだ。見ていて少しも危なっかしくない。

「あれ、話が通じないな。この年じゃ漢字は書けそうにないし……なるほど、メッセージを書いたのはそっちの君か。だからややこしくなったんだね」

希那子はひっくり返ったテーブルの方を見て、何か納得《なっとく》したらしい様子をみせる。

次の瞬間《しゅんかん》、彼女はロープを振り回して隙間女の足元を払った。見た目はただの薄汚《うすよご》れた麻縄《あさなわ》で、どんなに勢いをつけても大した威力《いりょく》があるとは思われないのだが、当たると同時に黒い衝撃波《しょうげきは》がはじけた。

どっと倒れた隙間女を希那子が素早《すばや》く組み伏《ふ》せる。隙間女は必死にのたうつが、押さえ込《こ》みは全く緩《ゆる》まない。

「あれっ、この子は……？」

悪あがきを続ける怪物を観察していた希那子が、はっとしたように顔を上げた。

「――あっ、しまった。いや、良かったのか」

謎《なぞ》のようなことを言いながら、今度は諒介に視線を向ける。

「ねえねえ、戸川くん。君の体調はどうだろう？　死にそうなぐらいきついかい？」

「えっ……？」

おかしな質問だが、諒介は急いで自分の体を探《さぐ》る。疲労感はかなり強い。無理に例えるなら長距離走《ちょうきょりそう》をやった日に徹夜《てつや》したくらいだろう。ただし、先ほどに比べれば体調も回復しつつあるようだ。なんとか立ち上がれそうである。

「そこまでひどくはないと思います」

「うん、そうだよね。それなら、この子にもう少し元気を分けてあげてくれない?」

「ええっ?」

「大丈夫。命を吸われ過ぎないようにボクが注意しているから、最悪でも二、三日寝込《ねこ》むくらいで済むよ」

何がどうなっているのか分からないし、数日寝込むのは決して安い代償ではない。諒介としては「はい」と答えかねる。彼としては隙間女に恨《うら》みはあっても恩はない。修平のためにも退治してしまいたいのが本音で、施《ほどこ》しをする理由は一つもないのだ。

(でも……)

隙間女はぐったりとして動かない。どんなに暴れても希那子の技から抜けられないので戦意を喪失《そうしつ》したらしい。こうなってみるとやせ細った体は哀《あわ》れっぽい気もする。

「……分かりました。でも、もう修平を困らせないように言い聞かせてくださいね。どうしたらいいですか?」

「この子の手を握ってあげて」

希那子は押さえ込みをやめ、隙間女を後ろから抱《だ》く形になった。諒介はためらいながらも彼女たちの前にひざまずくと、灰色の小さな手を包み込むように握る。

彼の体から何かが流れ出ていく感覚があったが、先ほど首を絞《し》められた時よりはずっと穏やかだった。奪われるのではなく分け与《あた》えているというのか、著《いちじる》しい疲れはない。

「ありがとう、戸川くん」

希那子は礼を言い、隙間女の頭や背中を優しくたたく。

「……もうちょっとだけ我慢《がまん》していて。すぐに助けに行くからね」

隙間女の黄色い目から二、三粒の涙《なみだ》が落ちたかと思うと、彼女の姿はほどけて灰色の煙《けむり》に変わり、棚の隙間へたなびいて消えていく。

最後の一瞬《いっしゅん》、諒介は泣き疲れた幼い少女の幻《まぼろし》を見た気がした。

希那子が手をはたきながら立ち上がる。室温は急に十度も暖かくなったようだ。

「これでよし。それにしても、友達をかばって一人で対決かい。戸川くんは危なっかしい子だね――まあ、やりそうだなーとは思っていたけれども」

希那子が今度は諒介を抱き締《し》める。

「な、なんですか？」

「こら、あの子の霊障を上書きしているんだから、暴れるんじゃないよ。変な所が当たるだろ。ボクのやつなら、無害とは言わないけれども命にかかわることはない」

「西島先輩の霊障？」

「おやおや、君はそんなに鈍くないだろう？」

西島希那子――その真ん中を抜き取って『まきなさん』というのはあり得るあだ名だが、こんなに陽気な幽霊《ゆうれい》がいるだろうか？　足もあるし、向こうの景色が透《す》けて見えるようなこともない。

しかし、背中へ回っている手からも、押し当てられている体からも、確かに体温は感じられなかった。

「……先輩は幽霊なんですか？」

「うん。まあ、幽霊じゃなくて怨霊、悪い方に一つ格上だけれども。君は結構霊感《れいかん》があるみたいだから、かえって気付きにくかったのかな。寝《ね》ているボクは普通《ふつう》の子には見えないはずなんだ。そうじゃなかったら、さすがにお尻《しり》を出さない程度の注意はするよ。はい、おしまい――さあ、次は君の番だ。ああ、無駄《むだ》だから逃げない、逃げない。君のその特技は怪異には通用しないから後学のために覚えておくといいよ。ちょっぴり影《かげ》が薄いかな、というくらいで丸見えさ。いや、今更恥《いまさらは》ずかしがっても遅いからね」

諒介を解放した希那子が、しきりに独り言をつぶやきながら室内を歩き回る。そうして彼女は何もない空間をつかまえた。「ひえ」という、気が抜けそうにかわいらしい悲鳴は、どこから聞こえてくるのか分からない。

やっと立ち上がった諒介が尋ねた。

「あの、何をしてるんですか？」

「隙間女二号の治療《ちりよう》さ。まさかこんなことになっているとは思わなかったんで、戸川くんには見当違《けんとうちが》いの助言をしちゃったね。あの子のことも危《あや》うく見殺しにするところだったし、よく反省しないといけないや」

「はい？　ええと……その、ええと？」

「戸川くん、なんでもいいから服を一組見繕《みつくろ》って。それから君のスマホを貸してもらえるかな――ありがとう。そうしたら、そのポスターのお兄さんを一分間見つめようか。途中で振り向いちゃ駄目だよ。塩の柱にはならないけれどもね」

理解できないことばかり続くので、諒介は思考を放棄《ほうき》する。言われた通り手近なタンスからスポーツウェアを探し、スマホを渡《わた》し、眉《まゆ》のりりしい名選手とにらめっこを始める。

背後で再び闇《やみ》の扉《とびら》が開いたようだった。大慌《おおあわ》てで着替《きが》えるような衣擦《きぬず》れとファスナーの音が聞こえた。それでも彼は頭を空っぽにして六十秒を数え続ける。

そして振り返ると、希那子はどこかへ消えていた。代わりに、修平のスポーツウェアを着た、左目が隠《かく》れるほど長い髪をもじゃもじゃさせた女性が恐《おそ》れ入って正座している。

諒介は全く知らない――いや、どこかで見たことがある。

「……こ、こんにちは」

声を聞いて思い出した。一昨日、隙間女から逃げ出した時にアパートの前でぶつかってしまった相手だ。

背中を丸める癖《くせ》があるようで、気弱そうな印象である。諒介よりも年上だろうが、そう離れてもいない。やっと二十歳《はたち》を過ぎたくらいだろう。

「あなたは……あなたも隙間女――さん、だったんですか？」

諒介は希那子が隙間女二号と言っていたからそう尋ねたのだが、女性は「いえいえ」と両手を振った。それから玄関の方向を指さした。

「わたしは、その、そんな強そうなのじゃなくて……ここの向かいのアパートに住んでる、ただの透明《とうめい》人間です。すみません」

「あなたは、お向かいの……」

「はい」

「……ただの、透明人間さん？」

「は、はい――って、危ない。危ないですよ！」

隙間女に精気を吸われた上に、追い打ちでとんでもない話を聞かされた諒介は目まいに襲われる。ダンベルの棚に突《つ》っ込みかけた彼を、自称《じしょう》透明人間の女性が手を取って支えてくれた。

（修平の家に隙間女が出て、学校の先輩が幽霊で、近所のお姉さんは透明人間？　なんだ、それ。むちゃくちゃ過ぎない……？）

彼は自分の常識ががらがらと崩《くず》れ落ちる音を聞いた。

「救急車を呼びましょうか」

「ああ、大丈夫です。すみません」

諒介はそっと彼女の指をほどき、また倒れないように床《ゆか》に座った。混乱が少し収まるといくらか頭と鼻が働くようになる。彼は目の前の女性から花の香りを嗅《か》ぎ取った。多分せっけんの匂《にお》いだろうが、隙間女に殺されかけた時も同じものを感じている。

「ということは、さっきはあなたが助けてくれたんですね」

「え、ええと、そう言っていいんですかね……夢中で突き飛ばしただけで、すぐにやられちゃいましたけど」

「いいえ、助かりました。ありがとうございました」

あそこで割《わ》り込んでくれなければ、諒介は希那子を呼べないまま死んでいただろう。

「あなたも隙間女に攻撃《こうげき》されてましたけど、具合は悪くありませんか？」

「あっ、はい。わたしはほんのちょっとぶたれただけですから……それでもすごい寒気がしましたけど、もう平気です」

「それなら良かった」

　ほっとため息をついたついでに、諒介は自分の服装がぐちゃぐちゃになっていることに気付いた。シャツの前をはだけたままでは失礼だと、あわててボタンを留め直す。一番上の一つはどこかへ飛んでしまったらしいが、せめて襟《えり》の形だけは整え、改めて尋ねる。

「ぼくは三鏡高校の戸川諒介といいます。この部屋に隙間女が出ると聞いて、代理で話し合おうとしてて、こんなことになりました。あなたも修平のお友達ですか？」

「い、いえいえ。引っ越《こ》しの時に一言挨拶《あいさつ》してもらっただけなので、友達なんてそんな。近所に住んでる人としか認識《にんしき》されてないと思います」

「それなら、どうしてここにいるんでしょう？」

「えっ？　え、ええと……それはですね……」

　髪に隠れていない女性の右目が泳ぐ。いたずらをしたときの明日香にそっくりだな、と諒介は思った。彼は妹用と違う穏やかな声を作る。

「本当のことを聞かせてください」

「あっ、はい」

観念したらしい彼女が、頬を赤く染める。

「わたしは栗原唯《くりはらゆい》っていいます。一応大学生なんですが、透明になって街をうろつくのが趣味《しゅみ》でして……」

「……そうなんですね」

それは趣味の前に『悪』が付くのでは？　と諒介は思ったが、本人も自覚しているようなので、まあ黙《だま》っておくことにした。唯の話が続く。

「さっきも言った通り、小菅くんのことは名前と学校ぐらいしか知りませんでしたけど、半月ぐらい前かな。夜中に買い物へ行った帰り、彼がアパートの前で倒れてるのを見かけまして。近寄ったらお酒臭《さけくさ》かったんですけど、いつもまじめそうな子だし、きっと何かの間違《まちが》いだと思って……よその人に見つかると問題になっちゃいそうだし、病院へ行くほど具合が悪くもなさそうなので、余計なお世話ですけど、わたしが送ることにしたんです」

（そういえば、悪い先輩にだまされたって言ってたっけ。酒を飲ませるだけでもひどいのに、そのまま放り出していくって最低だな）

諒介は顔をしかめる。つまらない悪ふざけのせいで修平が停学にでもなったらと思うと腹が立った。

「それで、部屋の中まで引っ張っていったんですけど、妙《みょう》に空気が冷たくて……なんだか変だと思ったら、隙間に光る目があって……その時はすぐに消えたんですけど、それからずっとこの部屋を気にしてたんです」

「それで、鏡に引っ越せと書いたんですね」

「ご、ごめんなさい。小菅くんが隙間女に気付いてないなら、危ないと思って……」

「二週間前は修平の鍵を使ったとして、今日はどうやって入ったんですか？」

「それはその……わたし、簡単な鍵なら工具で開けられるんです。昔、ちょっと練習したことがあって——あっ、泥棒とかじゃないです！　本当に本当です！　いつもは公の場所しか歩かないようにしてますし、なるべく実害は出さない方針で……いえ、それでも駄目《だめ》なものは駄目なんですけどね、はい……」

「……なるほど……」

諒介は思わずため息をつきそうになる。隙間女とは別にピッキングが得意な透明人間がおせっかいを焼いていた、などという荒唐無稽《こうとうむけい》な真相をだれが見抜《みぬ》けるだろうか？

専門家の希那子にとっても予想外だったようだし、素人《しろうと》の諒介には想像もできなかったが、これは推理小説ではない。そんなの反則だ、と唯を責めるわけにもいかない。

ともあれ、事情はすっかり分かったようである。

「あの……わたしはどうしたらいいでしょう?」

と、唯がおずおずと手を挙げた。

「どうする、というと?」

「つまり、その、住居侵入罪《しんにゅうざい》とか……」

「ああ……」

諒介は少し首をかしげた。唯はゆがんだ趣味こそ持っているものの、根は善良らしい。なんの利益《りえき》もないどころか、命の危険すらあり得るこの場にいるのが、欲得ずくではない何よりの証拠《しょうこ》である。

「……今回はそういう問題にはならないんじゃないでしょうか。ぼくは栗原さんに助けてもらった立場ですし、修平には隙間女を退治したとだけ報告すれば充分《じゅうぶん》で、余計なことは言わなくてもいいです。鏡のメッセージだって修平を心配してくれたんですしね」

「わたしもお化けだから退治する、なんていうことは……?」

「ええっ?　いや、ぼくはただの高校生で、お化け退治をやってるわけじゃないですよ。西島先輩もそんなつもりはなさそうですし——第一、栗原さんは生きてますよね」

先ほど借りた手には温かい血が通っていたし、希那子の口ぶりを思い返すまでもなく唯は生身だと分かっている。透明になれるのは驚《おどろ》きだが、隙間女と怨霊《おんりょう》を目《ま》の当たりにした今となっては騒《さわ》ぎ立てるほどでもない。

「……ええと、そうですね。まだ死んだことはありません」

「それならお化けじゃなくて人間――超能力者《ちょうのうりょくしゃ》じゃないですか」

「いえ、超能力者といってもほかのことはなんにもできないんですから」

「あはは、姿を消せるのは立派に超能力だと思いますよ。まあ、なんだか西島先輩には見えてたみたいですけど」

そう言われた唯は、みるみるうちに耳まで真っ赤になる。

何を照れているのか――と考えて、諒介はようやく気付いた。ほかに考えなければならないことが多過ぎて思い至らなかったのだが、きっと姿を消している時の唯は裸《はだか》なのだ。

だから希那子は服を探させたのだ。

（……素肌《すはだ》に一枚羽織ってるだけか）

だとすると、先ほどから唯が背中を丸めているのは胸の膨《ふく》らみを隠すためかもしれない。

諒介はぶかぶかの服の下を想像しそうになり、慌《あわ》ててやめた。ついでに、もう一メートルほど距離《きょり》を取る。

二人の間に妙な緊張感《きんちょうかん》が漂《ただよ》いかけたとき、希那子が空中に姿を現した。

「やあ、ただいま。なんとか無事に片付いたよ」

すとんと軽《かろ》やかに着地した彼女が言う。

「片付いたって、何がどうなったんですか？」

「ふふふ、教えてもいいんだけれども、数日後には分かることだし秘密にさせてもらおうかな。とにかく、隙間娘ちゃんが現れる心配はもうない。それはボクが保証するよ」

「はあ」

「戸川くんは人助けをしたんだよ。君が意地を張ってくれたおかげで、お友達がただ避難《ひなん》するよりもいい結果になったと思う」

「はあ」

そんなことを言わずに分かりやすく説明してください——と食い下がるだけの気力は、諒介に残っていなかった。

「そっちの面白《おもしろ》そうなお姉さんとは仲良く話し合えたかい？　何か問題はあるかな」

「大丈夫です。こちらは栗原さんといって、近所の親切な透明人間さんでした」

おびえた様子を見せる唯に、希那子がひらひらと手を振る。

「あらためてこんばんは。戸川くんがお世話になったみたいだね。ボクはそんなに悪い怨霊じゃないから、怖《こわ》がらなくてもいいんだよ」

「は、はい……」

「じゃ、ボクはいったん引き上げるね。戸川くん、カードを持って『まきなさん、お帰りください』と言ってくれるかい」

「あっ、はい……ええと、まきなさん、お帰りください」

頼《たの》まれた通りに発音した直後、彼は急いで付け足した。

「――それに、ありがとうございました」

「ふふふっ。どういたしまして、ばいばい」

相変わらずの人懐《ひとなつ》っこい笑顔を残し、希那子はその場から消え失《う》せた。見送った唯が、右目をぱちくりさせる。

「……あの、わたしは初めて見たんですけど……幽霊さんって、あんなに元気なものなんですか？」

そう聞かれても、諒介は微苦笑《びくしょう》するほかなかった。

「ごめんなさい、ほかに幽霊の知り合いがいないので比べられません」

四

諒介と修平が不愉快《ふゆかい》なニュースに触れたのは、それから間もなくだった。

──五歳《さい》の長女を家具に閉《と》じ込めて充分な食事を与えなかったなどとして、警察は昨日、児童虐待《ぎゃくたい》の疑いで母親と、交際中の男を逮捕《たいほ》した。母親らは長女を虐待する様子を撮影《さつえい》し、SNSに投稿《とうこう》していたという。

投稿された動画が悪辣極《あくらつきわ》まるものだったこともあり、報道は過熱気味だった。マスコミは現場の前から生中継《なまちゅうけい》し、虐待の様子も一部ぼかした上で放送していた。

諒介はそれらに見覚えがあった。問題の家の庭にはカボチャの三輪車が転がっていたし、やせ細った被害者《ひがいしゃ》の少女はふわふわのフリルが付いた子供服を着ていたのである。全ては修平のアパートのすぐ隣で行われていたのだ。

「……じゃあ、隙間女の正体はこの子の生き霊《いりょう》だったのか?」

「そうみたいだね」

身動きもできない狭《せま》い空間に閉じ込められた少女は、飢《う》えと渇《かわ》きに苦しんだ末に怪異と化したのだろう。修平は指が白くなるほどの力でスマホを握《にぎ》り締めていた。

「……助けを求めてたなら、もっと早く気付いてあげたかったな」

「修平が悪いわけじゃないよ。雨戸を閉め切ってたし、悲鳴なんか全然聞こえなかったたんでしょ？　気付きようがないじゃない」

「だけど、おれはあの家にも引っ越しの挨拶に行ったんだ」

　と、修平が舌打ちする。

「そうなの？」

「何しろ一人暮らしは初めてで慣れてないからな。あの家とは窓が向き合ってるし、悪気がなくても迷惑《めいわく》を掛けることがあるかもしれないと思って菓子《かし》を届けたよ」

「へえ……」

「応対に出たのはこの母親だったが、妙な目付きでおれを見てたな。いきなり挨拶に来たおれを怪《あや》しむのは当然だとしても、その時に顔を出そうとした子供を金切り声で叱《しか》ったのは嫌《いや》な感じで気に入らなかった。どうやら女の子だと分かっただけで、顔も見えなかったけど——あのころ、もう虐待は始まってたのかな」

「………」

　いつから虐待が始まったのかはまだ報じられていないものの、修平が訪ねた当時、既《すで》に異常な体形だった可能性は高い。しかし、責任を感じることはないのだ。むしろ、修平が諒介を呼び、諒介が希那子を呼ぶという順番からして、少女を救った連鎖《れんさ》の始点は修平といえる。

少女は衰弱《すいじゃく》が著しいものの、命は助かる見込《みこ》みだという。心身ともに深く傷付いた彼女の今後を考えると暗澹《あんたん》たる気持ちになるが、それでも最悪の結果は免れたというべきか。諒介が分け与えた精気もいくらか足しになったのかもしれない。

あの『隙間女』が生き延びようとする意志の化身《けしん》のようなものだとしたら、少女は強い心の持ち主に違《ちが》いない。諒介としては元気になってくれることを祈《いの》るばかりだ。

「虐待した彼氏《かれし》は女の子の父親じゃないらしいけど、血のつながらない子供と暮らすって難しいことなのかな……」

諒介のつぶやきに、修平が吐《は》き捨てるように応じた。

「そうだとしても、だからいじめるっていうのは全然筋が通らないだろ。自分の子供でも他人の子供でも関係ねえよ」

「……そうだね」

放課後、彼《かれ》らは連れ立って南校舎の三階を歩いていた。修平が希那子に礼を言いたいというので諒介も付き合うことにしたのである。

数日前、諒介は唯を彼女の家まで送ってスポーツウェアを回収した後、修平に「研究会の先輩に教わった『おまじない』で隙間女を退治した。隙間女の正体が分かるまでには数日かかるが、安全は確保できた」と報告した。

修平は半信半疑だったようだが、部屋に立ち込めていた嫌な気配がきれいに消えているのを見ると一目で納得し、その夜から自宅へ戻《もど》った。もちろん、それきり隙間女は現れていない。

諒介は疲労困憊《ひろうこんぱい》して連日の早寝遅起きを強《し》いられたが、それ以上深刻な被害《ひがい》はなかった。妹には相当からかわれたし、今朝はとうとう心配されてしまったが。

「それにしても、おまえに除霊《じょれい》の才能があるとは知らなかったよ。どんなおまじないだか知らねえけど、一発で成功したんだもんな」

「いや、ぼくはなんにもしてないよ。すごいのは研究会の西島先輩さ。会ったら、きっと修平も驚くと思うよ――いろいろと」

諒介は、希那子が『自称《じしょう》・愛と正義の怨霊のまきなさん』だということを修平にまだ教えていなかった。別に驚かせて面白がるつもりで伏せているわけではない。とんでもない主張をするにはとんでもない証拠が必要だという決まりに従ったのだ。そんな途方《とほう》もない話、本人の前以外で語れるものか。

さて、諒介は廊下《ろうか》の突き当たりの扉をたたいたが、返事がなかった。

「今日は休みか？」

と、修平が尋ねる。

「そんなことはないと思うんだけど」

幽霊は欠席しないいんじゃないかな、とノックを三回追加するが、やはり反応はなかった。取っ手を回してみると錠《じょう》は掛《か》かっていなかった――が、また希那子があられもない格好で眠《ねむ》っていたらまずいので、扉をほんの少し開けて中の様子をうかがう。

それを見た修平が、体育会系の快活さで先手を打った。

「おいおい、何をこそこそしてるんだ。かえって失礼だから、開いてるならさっさと挨拶しろって――失礼します！　二年F組の小菅修平と申しますが、西島先輩はいらっしゃいますか?」

よく通る声で言いながら、ぐいと扉を押す。中にはだれもいなかった。

「鍵《かぎ》が開いてるなら校内にいるだろ。少し待たせてもらうか」

と、室内を見回していた修平が首をかしげる。

「――おい、これはおまえのじゃないか?」

修平が指さしたのは手前の机で、上に黒いスマホが置いてあった。今ではもうあまり出回っていない二世代ほど前の旧型である。

「……うん、そうだね」

パスワードを入力してみた諒介がうなずく。三日前に希那子に貸したきり、まだ返してもらっていなかった物だ。修平が再び首をかしげる。

「おまえ、さてはおれに何か隠してるな？　一体何があったんだ？」

「ああ、ええと……」

どう説明しようか諒介が迷っていると、廊下の向こうからだれかに声を掛けられた。

「そこの男子二人、すぐに部屋から出てー！　早くー！」

眼鏡を掛けた女生徒が、三部屋も離《はな》れた場所から薄い冊子を丸めたメガホンで諒介たちを呼んでいる。扉を開けたまま話《はな》し込んでいた彼らは、素直《すなお》に部室を出た。

「すみません、うるさかったですか？」

「うるさくないけど危ないの。あなたたち、あの部屋がなんだか知らないの？　あんな所でのんびりおしゃべりしてたら呪《のろ》われちゃうんだからね」

そう言って肩《かた》をすくめる小柄《こがら》な彼女は漫画《まんが》研究会の三年生だろう。リボンが黄色いし、漫画研究会の部室の前に立っているし、丸めていた物は昨年度の会報である。

「何って、怪異研究会の部室ですよね？」

「違う、違う。あそこは悪霊《あくりょう》の部屋だから立ち入り禁止なの。十五年前に殺された女の子の悪霊が住み着いてて、ちらりと見たら風邪《かぜ》を引き、目が合ったら三日寝込み、声を掛けられたら無事には卒業できないって言われてるんだからね」

「それってまきなさんのことですか？」

「きゃあああっ、その名前を口に出さないで！　たたられて死ぬよ！」

背伸《せの》びした三年生が、諒介の口を会報でふさぐ。

「あそこはまじで危ないいんだから。どこの学校にもある安っぽい七不思議とはものが違うの。一昨年あの部屋を倉庫にしようとした剣道部《けんどうぶ》の顧問《こもん》の先生が、次の日に廊下のこの辺から土下座してて、ちょっと面白かったたんだからね」

「面白かったんですか」

緊張感があるようなないような話に、諒介は苦笑いする。

「でも、明らかにだれか出入りしてる形跡《けいせき》がありますよ。お菓子なんかもたくさん置いてありますし……」

「ああ、それはおまじないのお供えだよ。困った時は助けてくれるとか、なんでも願い事をかなえてくれるとか――悪霊なんか頼《たよ》ってもろくなことになんないのに」

三年生は顔をしかめ、持っていた会報を諒介の手に押《お》し付けた。

「とにかく、あの部屋には絶対に近寄らないで。大惨事《だいさんじ》が起きたらうちも巻き添《ぞ》えで活動停止になりかねないいんだから、よろしくね」

そう念を押すと眼鏡の三年生は自分の部室へ消えた。諒介は少女漫画風の表紙が付いた冊子をぱたぱたと扇子《せんす》代わりに使う。

「もらっちゃった」

「うちの漫研《まんけん》は実力派で、文化祭のときに出す本はいつも大人気なんだぜ。おれも他校の友達に一冊頼まれたことがある。明日香ちゃんにあげろよ」

「あいつは凶暴《きょうぼう》だから、変身して戦って最後は大爆発《だいばくはつ》するようなやつしか読まないんだ」

「ははは。そういえば、昔から剣《けん》やベルトのおもちゃばっかり持ってたっけ」

笑った修平が、すぐにまじめな表情を作り直した。

「そんなことより、今の先輩の話だけど……実はおれもサッカー部の仲間に同じ怪談《かいだん》を聞かされたんだ。この学校には三つ編みの女の子の幽霊がいて、見ると呪われるとか、逆に願い事をかなえてくれるとか、結構有名なうわさらしい。ちょっと検索《けんさく》してみたらネットのオカルトサイトにも項目《こうもく》があった」

魔忌名様【まきなさま】　幽霊
都内のM高校に現れる怪異。校内の便所で殺された女生徒の霊で、その性質は『トイレの花子さん』に似る。不吉《ふきつ》な名前は生前のあだ名に由来するらしい。
危険な悪霊で、同校の生徒には「ちらりと見たら風邪を引き、目が合ったら三日寝込む」

などと恐れられている。一方で、彼女の部屋に菓子を供えて願い事をするとかなうというわさもあるが、これを実行して呪われた例も少なくないそうだ。


修平のブックマークから記事を読んだ諒介は、まがまがしい見出しについ苦笑《くしょう》する。

「漢字が怖いね。助けてくれたんだから、悪霊ってことはないと思うんだけど」

「……『幽霊じゃなくて、確かに生きた人間だった』とは言わないのか」

「あっ……」

冴《さ》えた指摘《してき》に諒介がたじろぐ。修平はじっとその顔を見つめていたが、やがて怪異《かいい》研究会の部屋に深く一礼した。それから諒介にも頭を下げた。

「……すまん、諒介。おれのわがままのせいで、随分迷惑《ずいぶんめいわく》を掛けたな」

「やめてよ、ぼくが好きでやったことなんだから。ありがとうも、ごめんもなし」

修平はそろそろサッカー部の練習が始まる時間だ。諒介も早めに自習室の席を確保しておきたい。歩き出した二人が、ほとんど同時にため息をつく。

「それにしても、生き霊なんて言葉、古典の授業以外で初めて使ったぜ。六条御息所《ろくじょうのみやすどころ》専用の単語だと思ってた。幽霊って結構そこら中にいるもんなのかね？」

「うーん……ぼくたちがそういうものを見るのは今回が初めてだし、身の回りでも聞いたことがないし、やっぱりめったにいないんじゃないかな」

実はすぐ近所に透明人間のお姉さんもいたし、なんなら三、四回は修平の部屋に上がり込んでたんだよ――と言うのは見合わせる。唯との約束を守らなければいけないし、そうでなくてもややこしくなるだけだ。

「まあ、そうだろうな。そうじゃなきゃ困る。おれはもうお化けには懲《こ》り懲《ご》りだよ」

「本当にお疲《つか》れさま」

修平と別れ、一人になった諒介は考える。常識的に考えれば、今後の人生で再び怪異に出逢《であ》う確率は極《きわ》めて低い。希那子とかかわる機会は二度となく、自分は平穏《へいおん》な日常に戻り、何事もなく暮らしていくのだろう。それでいい。いいのだが、

（……でも、なんだかちょっと……）

彼は廊下のリサイクルボックスを横目に通り過ぎる。掃除《そうじ》当番が回収を忘れたのか、漫画の原稿《げんこう》用紙に交じって、希那子が食べたチョコレート菓子の箱がまだ残っていた。

第二話　吸血動画

一

薄暗《うすぐら》い室内に、大小の光る長方形が浮《う》かび上がっている。

ゲーミングチェアに座《すわ》った栗原唯《くりはらゆい》はデスクトップPC・タブレット・スマートフォンの三台を見比べながら一心にキーボードをたたいていたが、とうとう満足げにうなずいた。いくつかのファイルを送信し、安堵《あんど》のため息とともに椅子《いす》から立ち上がる。背筋を伸《の》ばすと、こわばった節々が小気味良く鳴った。

「ん、んんんっ……終わった……間に合った……」

そう独《ひと》り言《ご》ちた彼女《かのじょ》を飢えと渇きと尿意《にょうい》が襲《おそ》う。

どういう順番で対処しようかな——と、ばかな検討をしかけたのは疲れのせいだろう。

当然ながらまずはトイレへ駆《か》け込む。それから手を洗い、水道水をがぶ飲みする。もし逆をやったら悲劇を招くのは必至だった。

冷凍庫《れいとうこ》からミックスベジタブルを取り出し、凍《こお》ったまま口へ入れる。舌の上で転がして溶《と》かしながら食べるのだ。自然解凍《かいとう》可の商品とはいえ口の中を傷付けかねない危険な行為《こうい》だが、電子レンジで温めるのも面倒《めんどう》な時、唯はこれをよくやる。彼女はほおの内側に霜《しも》が張り付く痛みも嫌《きら》いではない。同じ要領でチャーハンとマンゴーも胃に収め、食欲も一応満たした。

部屋着にしている高校時代のジャージを脱《ぬ》ぎ捨てて浴室へ向かう。熱いシャワーでざっと汗《あせ》を流し、ちょうど沸《わ》くように予約しておいた風呂《ふろ》の湯に肩まで沈《しず》むと、快感に変な声が漏《も》れた。

「ふあああああああ……」

唯の世間的な身分は大学二年生だが、生活の実態はフリーランスのプログラマーに近い。出席を重視しない教授の講義ばかり登録し、語学と定期試験の日以外はあまり通学しなくてもいいようにしてある。主客転倒《しゅかくてんとう》といえばその通りだが、彼女は学費と生活費を自分で稼《かせ》がなければならない立場なのだ。

（……さて、と）

唯はぼさぼさの髪《かみ》と青白い肌《はだ》を同じ安物の石けんで洗いながら考える。抱《かか》えていた案件は片付いたので、散らかり放題の室内から目を背《そむ》けるならしばらく暇《ひま》になったわけだ。

人心地《ひとごこち》がつくと気になるのは、先日知り合った戸川諒介《とがわりょうすけ》のことである。

（あの子、どうしてるかな……）

怨霊を自称する少女を呼び出し、隙間女《すきまおんな》に立ち向かった少年。しかし、戦い慣れているようには決して見えなかった。三鏡高校《みかがみこうこう》はオカルト界隈《かいわい》で有名な心霊《しんれい》スポットらしいが、まつわる怪談には生徒が害を被《こうむ》る結末も多い。

（また、ちょっと様子を見てこよう）

浴室を出て髪を乾《かわ》かした唯は、ここ数日分の服や下着やタオルを拾い集めてことごとく洗濯機《せんたくき》へ放《ほう》り込《こ》み、裸で玄関《げんかん》を出た。もちろんその前に透明になっていることは言うまでもない。素足《すあし》で日なたを歩くとやけどするので、慎重《しんちょう》に影を踏《ふ》んでいく。

靴《くつ》を履《は》いていないせいで歩みは遅《おそ》くなるが、それでも七、八分で三鏡高校に到着《とうちゃく》した。

通用門から入って階段を上がり、まずはすぐ横の二年F組をのぞく。

今は六時間目で、科目は英語らしい。大柄《おおがら》な外国人教師が順番に質問しているようだ。ちょうどその時、赤に近い茶髪《ちゃぱつ》が目立つ男子生徒が指名される。

（あっ、小菅《こすげ》くん）

どんな問題にどう答えたのか、廊下では聞き取れないが、小菅修平《しゅうへい》の態度は落ち着いていた。教師も笑って大きくうなずいたから、正解だったのだろう。

（ふうん、サッカー部なのに勉強もできるんだ）

運動部員に偏見《へんけん》を持つ唯は不当に感心する。それはともかく、向かいのアパートに住む彼の安否は、その気ならば自室の窓からでも確かめられることだ。F組はついでに寄っただけなので、もう切り上げてB組へ向かう。

（こっちは数学——確率分布だね）

間もなく放課後ということで集中力を欠いている生徒が多いのだが、後ろの窓際《まどぎわ》に座る小柄な少年はグラフに真剣《しんけん》な眼差《まなざ》しを向けていた。飾《かざ》り気《け》のないさらさらの黒髪《くろかみ》に鮮《あざ》やかな天使の輪が回っている。ショートカットの女生徒と間違えそうなくらい線が細いのは、怪異の悪影響《あくえいきょう》ではなく生まれつきだろう。その証拠に制服の大きさがぴったりだ。

（良かった、戸川くんも元気みたい。いつもまじめで偉《えら》いなぁ）

ぼんやり諒介の横顔を眺《なが》めていると授業が終わり、生徒がどっと廊下へあふれてきた。透明とはいえ人とぶつかったらおしまいなので、近くの空き教室で波をやり過ごす。

諒介はノートでも整理していたのか、流れが落ち着いたころに出てきた。唯はそっと後を追っていく。

（今日も図書室で勉強して帰るだけ、かな。ネットには「三鏡高校にはたまに悪霊を使う生徒が現れるらしい」なんて書いてあったけど、戸川くんに変わった様子はないし、もうお化けの西島《にしじま》さんとは縁《えん》が切れてるのかも……）

唯が諒介を心配しているのはうそではない。せっかく助けた相手だし、そうでなくてもいい子のようだから健《すこ》やかに過ごしてほしいと願っている。しかし、無事を確かめるだけが目的ならば、こう度々《たびたび》三鏡高校を訪《おとず》れる必要はない。

諒介がまだ怪異や超能力にかかわっているなら、仲良くなって話をしたい――内心、唯はそんな希望を持っていた。

彼女が透明になれるという事実を、諒介ほど自然に受け入れた人間はほかにいない。血のつながった家族でさえ唯の力を嫌った。怖がられたり気味悪がられたりすることなく、穏《おだ》やかに当たり前に接してもらうのは初めての経験だった。

実のところ諒介の身の周りに異変があることは必須《ひっす》条件ではない。彼が普通《ふつう》の高校生に戻っているとしても顔見知りから始めて親しくなればいいのだ。しかし、用事もないのに年下の少年に話し掛けて、おしゃべりに付き合ってもらえると考えるほど唯の自己評価は高くなかった。

（……うん、帰ろう。こんなことはやめなくちゃ）

諒介が後遺症《こういしょう》に苦しんでいないと分かれば、これ以上見守る口実はない。不道徳な行為をしてきたという自覚はあった。罪の意識もあった。

（ごめんなさい、戸川くん。もう二度と近付きませんし、今後はＰＣの生きた周辺機器になったつもりでおとなしく暮らしますから許してください）

彼女がそう決意して合掌《がっしょう》した時、諒介がいぶかしげに足を止めた。

（あわわわわわわっ！）

唯はだれにも見えない顔を真っ青にする。彼は透明人間の存在を知っているのだから、もっと慎重に行動するべきだった。「悪気があってつきまとっていたわけじゃありませんし、これっきりでやめるつもりでした」などと謝《あやま》っても通用するわけがない。警察に突き出されるのが当然だ。

全裸《ぜんら》で高校をうろついた変質者として裁かれるか、透明人間の標本としてどこかの大学で研究された後に解剖《かいぼう》されるか、たどる末路はそんなところだろう。それ以前に、諒介や修平に軽蔑《けいべつ》の目を向けられた時点で生きる気力が萎《な》えそうだ。

だが、諒介の視線は廊下の端《はし》にうずくまって死を覚悟《かくご》している彼女へ向いていなかった。

彼が見上げているのは校内放送用のスピーカーだった。

――繰《く》り返します。二年Ｂ組の戸川諒介くん、戸川諒介くん。お客さまがお待ちです。一階の応接室へ来てください。

呼び出しを受ける心当たりはないらしい彼が、首をひねって歩きだす。引き上げようとしていたことも忘れて、唯はそろりそろりと忍《しの》び足で後を追った。

＊＊＊

透明人間【とうめいにんげん】　超人《ちょうじん》

見えない体を持つ人間。薬品で透明になった科学者が有名だが、超能力による例もあるという。原理によって、一度姿を消したら容易には元に戻れないタイプと、可視・不可視を自在に切り替《か》えられるタイプに分かれるようだ。

知力や腕力《わんりょく》は常人と変わらないものの、悪事を働くのに極めて好適な特性であることは言うまでもない。もしも泥棒《どろぼう》や暗殺者になったとしたら恐《おそ》るべき相手である。

二

ほとんどの生徒は用がない部屋なので、諒介も応接室の場所を知らなかった。彼は来客用の案内板を見ながら北校舎の端へたどり着き、扉《とびら》をたたいた。

「あの、放送を聞いて来ました。二年B組の戸川です」

「入りなさい」

三鏡高校の応接室は、壁《かべ》にターナーの複製画を飾り、テーブルをソファで囲んだだけの簡素な設《しつら》いだった。もやが立ち込める海の絵の下で待っていた二人の一人、銀縁《ぎんぶち》の眼鏡をかけた小心そうな中年の男性は大久保《おおくぼ》という数学教師で二年B組の担任だ。しかし、もう一人の方には見覚えがない。

「ああ、戸川。こちらは巣鴨《すがも》警察署の平塚《ひらつか》警部だ」

大久保がそう紹介《しょうかい》したのは、茶色いスーツを着た巨漢《きょかん》である。筋肉質の体は身長一八五センチを超《こ》えているだろう。小柄な諒介には見上げるほどの背丈《せたけ》だ。鋭《するど》い目付きと坊主頭《ぼうずあたま》のせいで年が分かりにくく、三十歳から五十歳までのいくつにも見える。

「初めまして、戸川諒介です」

平塚警部が開いてみせた警察手帳を一瞥《いちべつ》し、諒介は静かに頭を下げた。

「警部さんは、君と二人で話をしたいそうなんだが……その、大丈夫《だいじょうぶ》だろうね？　まさか心当たりなんてないだろうな？」

冷《ひ》や汗を拭きながら言いつのる大久保を、平塚が大きな両手で制する。

「大久保先生、何も心配はいりませんよ。先程《さきほど》から申し上げている通り、その子は決して容疑者じゃありません。捜査《そうさ》の参考にちょいと話を聞かせてもらいたいだけなんです」

「それにしても、学校の中で取り調べなんていうのは不祥事《ふしょうじ》ですからね」

「ですから、これは取り調べなんてもんじゃありません。ほんのおしゃべりです。街中で急に話しかけたんじゃ信用してもらうのが大変でしょう。それなら学校で手短に済ませた方が彼も無駄《むだ》な緊張をしなくていいだろうと、それだけのことなんです。とにかく、三十分か一時間で片付きますから」

「いや、しかしですね……」

「学校の不名誉《ふめいよ》になるようなことなんて何もありゃしません。それは本官が保証しますよ。ご協力をお願いします、頼みます――ええ、どうもどうも」

平塚は強引《ごういん》に大久保を廊下へ追い出すと扉を閉めてしまった。それから自分の頭をつるりとなでて、

「やあ、すまんね。こんな大騒《おおさわ》ぎにはしないで、君だけをそっと呼び出してもらうつもりだったんだが、先生に勘違《かんちが》いされちまった。本官は人相が良くないからな」

「いえ、そんなことは……それで、ご用件というのはなんでしょう？」

「そうそう、それなんだがね。実は心当たりがあるだろう？」

「ありません」

「ほう、本当に？」

常習犯でも震《ふる》え上がりそうな眼光でじろりとやられて諒介もちょっと困ったが、やはり首を横に振《ふ》った。諒介は喧嘩《けんか》も万引きも自転車泥棒もやったことがない。家庭には多少の問題があるが、それは警察が乗り込んでくるような性質のものではない。

「はい、悪いことをした覚えはありません」

「そうか。だが、いいことをした覚えはあるだろう？　例えば、虐待で死にかけている女の子を見つけて通報した、とかね」

「えっ！」

平塚はにっと白い歯を見せた。

「ははははっ、びっくりしただろう。いや、種を明かすとね、お化けちゃんから児童虐待の通報を受けたのは本官なんだよ。ほら、例の『まきなさん』というやつさ」

「警部さんは西島先輩《せんぱい》のお知り合いなんですか？」

「ああ、昔の事件で掛かり合いになってね。お化けちゃんが警察に用があるときの窓口は本官ということになっている。普通の一一〇番に分かれといっても無理だからな。まあ、非公式の怪異特命係といったところだ」

どうやら希那子《きなこ》に協力者がいるらしいことは諒介も察していたが、それはこの平塚警部だったようだ。

「被害者の女の子は保護されたと聞きましたが、何か問題でも……」

「いや、あの事件は無事に片付いたとも。あの子の心身の傷は深いが、そっちの手当ては専門の役所が相当に力こぶを入れているからきっと立ち直ってくれると思う。本官もなるべく暇を見つけて見舞《みま》いに行くつもりだ」

平塚はせき払《ばら》いを一つして、

「今日は別の話、次の事件だ。続けざまで気の毒だが、何しろ人命にかかわるから大急ぎで解決せにゃならん。ぜひとも君の力を貸してもらいたい」

「……はい？」

諒介は首を傾《かたむ》ける。

「すみません、ちょっとお話が分かりません。だれかとお間違《まちが》えじゃないですか？」

「ほかに同姓《どうせい》同名のクラスメイトがいなけりゃ、君でいいんだ」

平塚はスマホの画面を諒介へ向けた。「二年B組の戸川諒介くんが部員になりました。今後ともよろしく」という短いメールに幽霊《ゆうれい》の絵文字が添《そ》えられている。発信は諒介のアドレスだが、希那子の作文だろう。

「部員？　部員って、なんの部員ですか？」

「もちろん怪異研究会の部員さ。なんだ、聞いていないのかね。今度は戸川くんがお化けちゃんと一緒《いっしょ》に、ばりばり活躍《かつやく》してくれるものだと思ってたんだが」

「いえ、ばりばりも何も、部員になった覚えすら——あっ……」

ない、とは言えなかった。先日、西島希那子に『まきなさんカード』をもらったとき、これを使うと高く付くから覚悟しろ、と注意を受けた記憶《きおく》がよみがえったのだ。そういえば、彼は今のところ何も支払《しはら》っていない。

「どうやら思い出したらしいね」

「ええ、まあ……でも、ぼくが間に入る必要がありますか？　警部さんが西島先輩と直に話した方が手っ取り早いと思いますが」

「できるならそうしたいんだが、お化けちゃんの相棒は在校生と決まっとるそうなんだ。それに、どうも本官は霊感《れいかん》とか霊力《れいりょく》とかいうやつが弱いらしい。妖気《ようき》に耐性《たいせい》がないから、お化けちゃんの近くにいるだけで病気になりかねない——と、前の部員の子に言われてね。そんな訳で、君のような子に取り持ってもらわないとどうにもならんのだよ」

「は、はあ……」

諒介は生返事をする。あまりにも急な話だから、どうしても驚きが先に立った。

「おだてるわけじゃないが、お化けちゃんにかかわった生徒はみんな部員にされるという仕組みじゃないんだ。それは、これまで部員が空席だったことからも分かるだろう。霊感があるのは大前提だとしても、気骨のしっかりした子を選んどるようなんだ」

平塚が諒介の顔をじっと見つめながら言う。

「とはいえ、本官はあくまでも協力をお願いする立場だからな。考える時間が欲《ほ》しいとか、先にお化けちゃんと相談したいとかいうんだったら出直そう。ただ、急ぐ話だということは忘れんでもらいたい」

「……分かりました、お話をうかがいます」

諒介はきっぱりと答えた。希那子に恩があるのは確かだし、彼女に指名されたのも事実らしいとなれば、覚悟を決めざるを得ない。それに、人命にかかわる事件と聞いては逃《に》げ出すわけにもいかなかった。

「うむ、ありがとう」

警部は大きくうなずき、それからふーっと深いため息をついた。

「……すまんね。本官が霊感とやらを身に着けられればいいんだが、これぱかりは筋肉のように簡単にはいかん。ジムや道場じゃ鍛《きた》えられんのだからな」

筋肉を付けるのも大変だと思うけど――と、きゃしゃな体形の諒介は思ったが、そんなことを言ってもしょうがないので、口には出さないことにする。

「事件というのは、やっぱり何か怪異がかかわっているんですか？」

平塚は諒介を手招きして横に座らせると、武骨で頑丈《がんじょう》そうなノートPCを取り出した。

「無論、生身の犯人なら我々だけで逮捕するさ。しかし、今回のような相手はどうも――ああ、これから見せるものは本来極秘《ごくひ》の捜査情報だからね。たとえ友達でもむやみに話してもらっちゃ困る。当然、SNSに投稿するなんていうのは絶対にやめてくれたまえよ」

「分かりました」

うなずいた諒介は、平塚が鋭く目を光らせていることに気付いた。

（……ぼくの返事が安っぽかったかな？）

などと彼が心配していると、平塚はいきなり立ち上がり、入り口の扉をさっと開けた。

廊下に顔を突《つ》き出して左右を見回している。

「警部さん、どうしたんですか？」

「うむ、だれかが外で盗《ぬす》み聞きしとるような気がしたんだが……だれもおらんな。本官は、こういう勘《かん》は鋭いつもりなんだが」

応接室の扉には縦にすりガラスの窓が入っているし、前の廊下は真っすぐである。どこにも人間が隠《かく》れられる場所はない。

「大久保先生は心配性《しんぱいしょう》ですが、戻ってきて立ち聞きするほどじゃないと思います」

「ふむ、そうかね。いや、それならいいんだ」

平塚は首をかしげながらソファに戻ると、あらためて太い指で器用にPCのキーボードとタッチパネルを操作する。

液晶《えきしよう》画面に表示されたのは『ダーケストアワーグラス』なる怪しげなウェブサイトだ。黒い背景に動画のサムネイルがずらりと並んでいるが、ほとんどは女性の裸《はだか》である。諒介はちょっと頬《ほお》を染め、視線を十五度ほどそらした。

「暗い砂時計、ですか」

「マニアには『暗砂』という略称《りやくしよう》で呼ばれとるサイトだが、知っとるかね？」

「いいえ、なんとなく想像は付きますが」

「アンダーグラウンドなものを専門に扱《あつか》う動画配信サイトだ。サーバーを海外に置いて、無修正のポルノなんかを売買させとる。業界じゃ四番手か五番手だが、いわば老舗《しにせ》で、月に何百万回もアクセスがあるそうだ。君の同級生にも利用者がいるかもしれん」

「………」

「ただ、これから見てもらうのはエロじゃない。グロの方だ。君、血は得意かね？」

「ええと……すみません、正直に言うと苦手です」

諒介は露骨《ろこつ》に顔を引きつらせた。

「でも、必要なら我慢《がまん》します」

「もし気分が悪くなったら遠慮《えんりょ》なく言ってくれ」

平塚は『ＲＳＦ３』という動画の再生を始めた。

薄暗い林の中を、そばかすの目立つ女性が走っている。その後を黒いマントを羽織った男が追っていく。「だれか助けて！」などという台詞《せりふ》が入る。単調な鬼《おに》ごっこが数分間続き、女性が捕《と》らえられる。

棒読みのような悲鳴を上げる彼女の首筋に黒マントの男が牙《きば》を突き立てた。周囲にぱっと血しぶきが散る。暴れる女性を男が押さえつける。

やがて悲鳴も途《と》切《ぎ》れ、空を蹴《け》っていた両足も間欠的にけいれんするだけになった――というところで、平塚が再生を止めた。

「――大丈夫かね、戸川くん」

「えっ？　あっ、はい。これぐらいならなんともありません」

わざわざ警告するくらいだからよほどえげつない内容なのだろう、と覚悟していた諒介は、見たものに拍子《ひょうし》抜《ぬ》けしていた。役者は二人とも素人《しろうと》同然で、演出にも全く迫力《はくりょく》がない。

地上波のドラマでももっと強烈《きょうれつ》な描写《びょうしゃ》をする。

吸血鬼《きゅうけつき》役の男は顔を白く塗《ぬ》っているが、どう見ても日本人で、中世ヨーロッパ貴族風の衣装《いしょう》がちっとも似合っていなかった。低予算の恐怖《きょうふ》映画の中でも粗悪《そあく》な部類だろう。三鏡高校の映画研究会の方がずっと良い作品を撮《と》るはずだ。

諒介は笑うべきか迷った。からかわれているのかもしれないと思ったのである。しかし、平塚の薄《うす》い唇《くちびる》は真一文字に結ばれていた。

「出来の悪い恐怖映画だと思っただろう?」

「ええ、そうですね」

「最初は本官もそう思ったよ。しかし、この女性——杉沢絵里奈《すぎさわえりな》という二十七歳《さい》の会社員だが、彼女は神奈川県の林で骨になって発見されとるんだ。人間関係にトラブルを抱えていたから自殺と思われたものの、いくつか不自然な点があった。それで念のための捜査を続けていたら、こんな映像が見つかってね」

「……えっ?」

「杉沢絵里奈に関する資料はこれだ。お化けちゃんの参考になりそうだから渡《わた》しておくが、現場検証の様子は大分生々しい。君は見ない方がいいかもしれんな」

平塚はかばんから一束の書類を取り出したが、ブラウスとスカートを着た遺体の写真がちらりと見えた。

「RSFシリーズの動画は一年ほど前から二、三か月に一本ずつ投稿《とうこう》されとる。筋はどれも似たり寄ったり、吸血鬼の格好をした男が女性を襲って殺すというだけだが、被害者《ひがいしゃ》役はいずれも死体で発見された。ＲＳＦはリアルスナッフフィルム――本物の殺人映画の略らしい。一本につき日本円で約一万二千円するが、今じゃこのサイトの隠れた人気商品になっとる始末だ」

「…………」

諒介の喉《のど》の奥《おく》が酸《す》っぱくなる。下手くそな芝居《しばい》だ、と苦笑いを浮かべて聞いていた悲鳴は、本物の断末魔《だんまつま》の叫びだったというのか。

考えてみれば、映画などで聞きなれた悲鳴は、練習した役者がいかにも痛々しく演じるものである。実際に殺される人間はあんなにうまく泣きわめけないのかもしれない。もっとあっけなく死ぬものなのかもしれない。

平塚はもう一つせき払いした。

「警察は被害者の三人を調べたが、彼女たちはいずれも演劇関係者じゃなかった。素人だ。それが急にこんな動画に出演して死んだ。そこになんの関係もないとは考えにくい。偶然《ぐうぜん》は三度も続かんからな。そうすると、この男の扮装《ふんそう》が問題になる」

「どういう意味ですか？」

「ばかげた吸血鬼の仮装をする理由は何か、ということだ。顔を隠したいならこんな化粧《けしょう》をするよりも、目出《めだ》し帽《ぼう》でもかぶった方が手軽だし完全だ。スナッフフィルムの小道具としても迫力が出ると思わないかね？　現実味があるじゃないか」

「……まさか……？」

諒介はあらためてぞっとする。これが単なる連続殺人ならば、確かに恐ろしい事件ではあるけれども、希那子の出る幕はない。

「うむ、そういうことだ。つまり、本官はこう疑っとるわけだ――こいつは、血に飢《う》えた本物の吸血鬼なんじゃないか、とね」

平塚がダークストアワーグラスのタブを閉じ、代わりにオカルトサイトを開く。

吸血鬼【きゅうけつき】　妖怪《ようかい》

人間の生き血をすすり、命を永らえるよみがえった死者。ヴァンパイアとも。ブラム・ストーカーが書いたドラキュラは、世界で最も有名な怪異の一つだろう。

怪力《かいりき》を誇《ほこ》り、コウモリやオオカミに姿を変える魔力《まりょく》を持ち、血を吸った犠牲者《ぎせいしゃ》を自らと同じ吸血鬼に変える――というのが一般的《いっぱんてき》なイメージで、日光や十字架《じゅうじか》、ニンニクなどを嫌うという弱点はあるものの、人類の天敵というべき存在である。

応接室を出た諒介は南校舎の三階へ向かい、ほかの文化部の生徒に気付かれないようにそっと怪異研究会の扉をたたいた。

「はーい、どうぞー」

「こんにちは。あの、放送をお聞きになったかもしれませんが……あれっ？」

室内へ滑《すべ》り込んだ諒介は首をかしげる。金属製の本棚《ほんだな》、古びた事務机、不ぞろいの椅子、お菓子《かし》の詰《つ》まった段ボール箱などは前と変わらないが、肝心《かんじん》の部屋の主が見えない。机の陰《かげ》になっている床《ゆか》をのぞいてみたが、そこにもいなかった。

「ふふふっ、ボクの寝相《ねぞう》は落っこちるほど悪くないよ」

「うわっ！」

急に耳元でささやかれて、諒介はつんのめりそうになる。長い三つ編みとチョーカーが印象的な少女――の幽霊が、いつの間にか背後に立っていた。

「一体、どこから……」

と聞きかけた諒介は、はたと気付いて、

「――そっか、西島先輩は出たり消えたりできるんでしたね」

「いや、あの瞬間《しゅんかん》移動は結構疲れるんだ。今は扉の陰に隠れていただけさ」

「それは念のためですか？　ぼくに連れがいたら困るから、とか」

「ううん、戸川くんを驚《おど》かせようと思って」

希那子が猫《ねこ》を思わせる美貌《びぼう》をほころばせたので、諒介も仕方なく笑う。また随分《ずいぶん》と子供っぽいいたずらだが、隠れ場所《ばしょ》からそろりそろりと忍び寄る姿を想像すると、まあ面白《おもしろ》いには面白い。

彼女が定位置である奥の机に座ったので、諒介も手前の椅子に腰掛《こしか》けた。諒介はほんの一時間前まで、希那子と再会することは一生ないだろうと思っていたのだが、こうして顔を合わせてみると違和感《いわかん》は全くない。普通の上級生と会うよりも気安いくらいである。

「今、平塚警部に会ってきました。あの人は先輩のお友達なんですか？」

「友達というよりは取引相手かな。ボクが生身の人間の犯罪に介入《かいにゅう》するのは難しいから、そういうときは警部に助けてもらう。その代わり、警察に怪異《かいい》絡《がら》みの事件が持ち込まれたときはボクが解決して手柄《てがら》にしてあげるのさ」

「今日の用件もそれで、捜査に協力してほしいそうです。資料を預かってきました」

「うん、そうだろうと思ったよ。今回はなんだって？」

諒介は先ほど聞かされた話を繰り返した。私用のスマホからダークストアワーグラスにアクセスするのは避《さ》けた方がいいだろうと言われたのでサイトの実物は見せなかったが、スナッフフィルムのコピーも再生した。

「やれやれ……こんな悪趣味《あくしゅみ》な動画に高いお金を払《はら》う人がいるんだね。そっちの方が怪異

より<ruby>も怖《こわ》いような気がするよ」

　ＲＳＦ１《リアルスナッフフィルム》からＲＳＦ３までを見終えた希那子が顔をしかめる。諒介も１と２を見るのは初めてだったが、内容は３と大差なかった。撮影《さつえい》場所と被害者の女性が違《ちが》うだけだ。

「この動画は本物なんですか？」

「正直に言うと、動画には霊視《れいし》が利《き》かないんだ。写っているものが人間か怪異かＣＧか、ボクにもよく分からない。でも、三人の犠牲者が出ているのは確からしいし、警部の言う通りただの連続殺人犯がこんな変な格好をする理由がないものね。一応、吸血鬼と考えておくべきかな」

「そうなんですね……」

　諒介は思わずため息をつく。友人の家には隙間女が出た。透明人間も出た。そして近所の警察署は吸血鬼を追っている。世の中には思った以上に怪異がありふれているらしい。何よりも、目の前にいる希那子がトイレの花子さんの一種らしいから、今更驚《いまさらおどろ》いても始まらないのだが。

「先輩は吸血鬼退治を引き受けるつもりなんですか？」

「警察の手に負えない相手なら、ボクたちがやるしかないだろうね」

「……その『たち』って、ぼくなんですよね」

「戸川くんは知らなかったようだけれども、ボクはこれでも『ちらりと見たら風邪《かぜ》を引き、目が合ったら三日寝込《ねこ》む』とうわさされている怖い怨霊《おんりょう》だからね。それを呼び出したからには、まあ無事には済まないわけさ」

そう言って希那子はにっこり笑う。

「そのうわさは最近教わりました。本当は、魔《ま》法《ほう》の忌《い》み名《な》って書いて魔《ま》忌《き》名《な》様なんだそうですね」

「ああ、聞いた？　でも、その当て字はだれかが勝手にでっち上げただけで別に正式名《めい》称《しょう》とかじゃないんだ。仰々《ぎょうぎょう》し過ぎて格好悪いし、様は偉そうで嫌《いや》だから戸川くんはやめてね。カードを使うときも『魔忌名様、遊びましょう』じゃ飛べないし――それちょうだい」

諒介は足元の段ボール箱から、彼女が指さしている揚《あ》げせんべいと緑茶のペットボトルを取り出して渡した。

「修平を助けてもらったことは感謝してますし、できるだけお手伝いしますけど……ぼくはどうしたらいいんですか？」

「うん。それなんだけれども、残念ながら戸川くんがボクを手伝うというよりも、ボクが戸川くんを手伝う形になるんだ」

彼女は揚げせんべいをさくさくとおいしそうに食べながら言う。

「ボクはしょせん幽霊で、この部屋を長くは離《はな》れられない。だから学校の外の調査は戸川くんにお任せするしかないんだよ。何かを調べたいときや怪異《かいい》と対決するときは遠慮なく呼んでくれていいけれども、あくまで主人公は君なんだ」

「ちょっと待ってください！　いくらなんでも、ぼくが探偵《たんてい》のまねをするのは無理ですよ。推理なんてできないし、腕力もないし……」

思わず悲鳴を上げた諒介の口に、希那子がせんべいを一枚押《お》し込む。

「いや、別にシャーロック・ホームズになる必要はないんだよ。間違ってもいい、しくじっても構わない。鮮やかに事件を解決できなくても、一人でも犠牲者を減らせたら立派なものさ。それに荒《あら》っぽいことはボクが引き受けるから腕力の心配はいらない。自分で言うのもなんだけれども、ボクはとても強いんだ。神様と呼ばれるような相手じゃない限り、どんな怪異でも問題なく転がしてみせるよ」

「そう言われても……」

諒介もそれなりに覚悟を決めてきたつもりだったが、それでもさすがに「分かりました、頑張《がんば》ります」と即答《そくとう》はできなかった。彼《かれ》はほんの半月前まで、怪異とはなんのかかわりもない平凡《へいぼん》な高校生だった。それが、今や怨霊召喚《おんりょうしょうかん》を駆使《くし》する超常探偵《ちょうじょうたんてい》である。飛躍《ひやく》が激し過ぎて、なかなかついていけない。

「他人事のようで申し訳ないけれども、戸川くんが不安なのはよく分かるよ。実際、怪異研究会が一人きりという時期は珍《めずら》しいんだ。部員は〇人か、さもなければ二、三人のことが多かった」

希那子はなぜか諒介から視線を外し、部室の扉を眺めながら言った。

「もちろんここへ来てくれればボクが相談に乗るけれども、単独行動は何かと危険だからね。だれか信用できる人に協力してもらったらどうかな？」

「それは……平塚警部に紹介してもらう、っていうのは駄目《だめ》なんでしょうね」

「うん、警察関係者は困る。ボクは警察の下請《したう》けになるつもりはないし、警部にとっても不都合だと思う。あくまでも戸川くん個人の味方じゃないと」

「それだと、ちょっと思いつきません。もう修平は巻き込みたくありませんから」

諒介は首を横に振った。小菅修平は小学校からの親友だし、助けを求めればきっと快く応じてくれるだろうが、彼にはサッカーに集中してもらいたい。元々そのために隙間女と対決したのだから、調査に駆り出しては本末転倒《ほんまつてんとう》である。

「なるほど。ほかに良さそうな人はいないの？」

「大丈夫です。ぼくだけでなんとかやってみます」

修平以外にも仲のいい友達はいるが、まさか一緒に殺人事件に取り組んでくれとは言えない。両親は論外だし、妹の明日香《あすか》を危ない目に遭《あ》わせるくらいならば吸血鬼にかまれた方がましだ。

「そっか」

うなずいた彼女《かのじょ》は、まだ出入口へ視線を向けている。

「ところで、戸川くんは真っすぐ家へ帰るのかい？」

「いいえ、自習室で宿題を片付けないと……それに、スーパーに寄って夕飯の材料を買うつもりです」

「スーパーは駅に近い方？　それとも橋の向こう？」

「橋の向こうですね、ぼくはあっちに慣れてるので。何か欲しい物でもありますか？」

「いやいや、ただの雑談だよ。今晩は何を作るのかな」

「ええと……まだよく考えてませんが、最近は和食続きなので手軽な中華《ちゅうか》にしようかと。特売がなければ、マーボー豆腐《どうふ》にもやしキャベツ、卵スープとかでしょうか」

「それはおいしそうだね」

諒介がおずおずと呼び掛《か》けられたのは、ひき肉や野菜を一通り買い物かごに入れ、もう一品足そうかと冷凍《れいとう》のギョーザや唐揚《からあ》げを見比べていた時だった。

「……あ、あの。戸川くん、こんにちは」

「はい？」

彼の背後に立ったのは、灰色のパーカーに黒いパンツという服装の女性である。フードと長い前髪《まえがみ》で顔を半ば隠しているが、それが透明人間の唯であることはすぐに分かった。

「あれ、こんにちは。栗原さん」

「こ、こんなところで会うなんて奇遇《きぐう》ですね」

「そうですね」

「本当に偶然ですね」

「そうですね」

近所にある大きなスーパーは二軒《けん》きりなので、地元の人間が顔を合わせるのは二度言うほど珍しい出来事でもないのだが、諒介は愛想《あいそ》良《よ》く笑う。

「栗原さん、あれから体調は大丈夫ですか？」

「あ、ありがとうございます。平気です、元気です。戸川くんはどうですか？」

「ええ、おかげさまでなんともありません」

「そ、そうですか。良かったです」

「…………」

「…………」

「…………?」

話が途切れても唯が立ち去ろうとしないので、諒介はしばらく彼女のあごを眺めていた。

といっても、身体を見るのは失礼だし、目元は隠れているし、ほかに視線を向けるべき所がなかっただけで深い意味はない。

冷凍食品を見たいのかな——と諒介は脇《わき》へ一歩よけたが、唯は商品ではなく彼を追っているようだ。

「……あの、栗原さん。どうしました?」

赤面しやすい性質らしい唯は、頬をぱっと桜色に染めた。

「い、いいえ、戸川くんは、もしかしてわたしに何かご用事があるんじゃないかなって——じゃなくって、ええと、なんだろう……どうしましょう……」

と、彼女が頭を抱《かか》える。諒介には事情が分からないが、どうやらただの挨拶《あいさつ》以外の用件があるらしいことは察せられた。

「ええと、せっかくですし、買い物の後でたい焼きでもどうでしょう。ほら、外に屋台がありますよね」

「あっ……はい! はい、ありがとうございます。ご一緒させてください」

「じゃ、駐車場《ちゆうしやじよう》でお待ちしてます」

「行きます、行きます。すぐ行きます！」

そう言って唯は会計の列に並んだが、

「あの、栗原さん。かごが空っぽみたいですけど……」

「あああ、そうでした！　なんでもいいから買ってきます！」

今度は急いで売り場へ引き返した彼女の背に、諒介が呼び掛ける。

「ゆっくりで大丈夫ですよ。ぼくももう少し悩《なや》みますから」

二人がいたスーパーはいわゆる郊外型店舗《こうがいがたてんぽ》に近い形態で、ホームセンターと家電量販《りようはん》店《てん》が併設《へいせつ》されていた。駐車場の隅《すみ》はテーブルと椅子《いす》が置かれた休憩所《きゆうけいじよ》で、いつもたい焼きの屋台が出ているため、近隣《きんりん》の中高生のおしゃべりによく使われている。

「栗原さんは、ここによく来るんですか？」

「いいえ、今日が初めて――じゃなくって、たまに来ます。本当です」

そう言いながら、唯はしきりに冷や汗《あせ》を拭《ふ》いている。彼女が社交的な性格でないことは諒介も知っていたが、今日は特に緊張感《きんちようかん》が強そうだ。ほとんど挙動不審《きよどうふしん》といってもいい。

これは、よほど言いにくいことに違いない。

諒介は、カスタードクリームの尾《お》びれをかじりながら考える――彼女に声を掛けられる心当たりが一つある。隙間女事件の時から、ずっと気にしてはいたのだ。

「きっと、栗原さんのご用事は修平のことですよね」

「……えっ？」

諒介が尋《たず》ねると、唯は髪《かみ》に隠れていない右目をぱちくりさせた。

「その、良かったらご紹介はできますよ。あいつはサッカーで忙《いそが》しいですし、恋人《こいびと》を作るつもりがあるかどうか分かりませんけど……」

唯は二、三秒ほど沈黙《ちんもく》した後、顔色を桜色から桃色《ももいろ》に染め変えた。

「えっ？　えーと……あっ、ああああああっ！　違います、違います、違います」

「あれ、違うんですか？」

「これは本当の本当に違います。そんな、そんなそんなそんな。小菅くんがいい子なのは知ってますけど、そんなつもりは全然ありませんから」

唯は諒介にとっても命の恩人だが、彼女が最初に助けようとしていたのは修平である。隙間女と遭遇《そうぐう》する危険を冒《おか》すというのは並大抵《なみたいてい》のことではないから、単なる厚意《こうい》ではなく好意とも考えられた。何しろ修平は女性に人気があるのだ。

その場合、自分の対応は気が利かなかったな——と諒介は反省していたし、今日の唯の目的はそれだと推測したのだが、どうやら見当違《けんとうちが》いだったらしい。

「そうですか、すみません」

「いいえ、こちらこそごめんなさい」

お互《たが》いに謝《あやま》って、二人の会話はまた途切れる。

心当たりがなくなった諒介は黙《だま》って無料サービスの麦茶を飲んでいた。唯もしばらくはつぶあんのたい焼きを食べるのに専念していたが、とうとう包み紙を丸めると、こう切り出した。

「実は、戸川くんにお願いがありまして」

「はい」

「もし……もしもなんですけど、西島さんとまた一緒に行動することがあったら、その時はわたしも連れていってくれませんか？」

「えっ？」

唯はやや身を乗り出した。

「わたし、自分以外の超能力者《ちようのうりよくしや》と会うのは初めてなんです。親は普通《ふつう》の人間だし、ずっと独りぼっちのような気がしてて――だから、まきなさんや隙間女の存在を知ったときは、正直、ちょっとほっとしたんです。すごく身勝手な話なんですけど」

「なるほど……」

彼女が隙間女事件に深入りしたのは、修平の身を心配したというだけではなく、怪異に対する興味もあったのだろう。その気持ちは諒介も理解できた。

「もちろん、ただ見学するだけのつもりじゃないです。わたしにできることならなんでもします。これまで、わたしはろくでもないことにばっかり力を使ってきましたけど、人の役に立てるなら立ちたいです。ですから、あの、もし機会があったら、その時はお手伝いさせてください！」

「……分かりました」

と、諒介はうなずいた。

「実は、ちょうど事件を持ち込《こ》まれて困ってたんです。栗原さんが力を貸してくれたら、とても助かります」

遵法《じゅんぽう》意識とコミュニケーション能力には若干《じゃっかん》の不安があるものの、唯は賢《かしこ》くて勇敢《ゆうかん》だ。大人の女性というだけでも頼《たよ》れるのに、錠前《じょうまえ》破りが得意な透明《とうめい》人間となれば、にわか探偵にはもったいないほど理想的な助手である。

タイミングが良過ぎるのは少々気になったが、唯の態度からすると平塚警部や希那子が手を回したわけではなさそうなので、諒介はそれ以上疑わなかった。

「……ただ、今度の事件は殺人なんです。戦いは西島先輩が引き受けてくれるそうですが、かなり危険かもしれません。それでも一緒にやってくれますか？」

「やります、やらせてください」

「ありがとうございます」

諒介が頭を下げる。唯はほっとため息をつくと、興奮で暑くなったのかフードを背中に払った。

これまで唯の顔をあまり気にしていなかった諒介は、この時ようやく彼女も相当な美人だと気付いた。童顔なので希那子とは全く系統が違うが、男性ならだれでも「かわいい」か「とてもかわいい」と評価するだろう。スタイルもいい。

（……まあ、距離感《きよりかん》があるから西島先輩よりはやりやすいけど）

と、今更《いまさら》ながら少し戸惑《とまど》った。

三

翌日、諒介は早めに帰宅して夕食の準備を始めた。水を張った鍋《なべ》を火にかけ、野菜を刻んだりこんにゃくをちぎったりしているところに妹も帰ってくる。

「お帰り、明日香」

「ただいまー。お兄ちゃん、今日は早いね。もしかして暇《ひま》？　暇？」

「ごめん、友達と約束があるんだ。夕飯までには帰るけど、留守番よろしく」

「なーんだ、つまんないの……まあいいや、なんか食べる物ない？　お腹空《なか》いちゃった」

通学用のかばんを放り投げた明日香が、洗ってきたばかりの手を伸《の》ばす。諒介はそこに赤い棒状の物を数本乗せてやった。

「……お兄ちゃん。何、これ？」

「にんじんスティックだね」

「いや、確かに食べ物だけどさ！」

「なんなら大根もあるよ」

「いちょう切りじゃん！　明らかにけんちん汁《じる》の具！」

ふくれっ面《つら》を作った明日香が台所へ侵入《しんにゅう》して冷蔵庫をあさる。彼女は諒介が昨日買っておいた三個パックのプリンをせしめると、兄の手元をのぞいてから背中に軽く頭突《ずつ》きして出ていった。

包丁を使っていないか確かめる気遣《きづか》いに、諒介はくすりと笑う。もちろん本気で怒《おこ》ったわけではない妹も、スプーンをくわえた口元は緩《ゆる》んでいた。

諒介と唯は目的地の最寄《もよ》り駅で待ち合わせていた。

諒介も約束より五分早く着いたのだが、彼女はもう駅前のロータリーの隅でうつむいていた。大学生らしき男三人に周りを囲まれているのだが、どう見ても友達と仲良くおしゃべりしているという雰囲気《ふんいき》ではない。諒介は慌《あわ》てて駆《か》け寄った。

「すみません、お待たせしました！」

「あっ、良かった——ええと、そういうわけなので、ごめんなさい。さようなら」

唯はナンパ男たちに律義《りちぎ》に謝り、彼らの間をすり抜《ぬ》けて逃げだした。人混みにまぎれたところで、ほっと安堵《あんど》のため息をつく。

「嫌な思いをさせてすみません」

諒介が詫《わ》びる。

「い、いえいえ、とんでもない！　わたしが早く来ちゃったからいけないんです。それにしても、なんだかしつこい人たちでしたね。どこを見てわたしなんか誘《さそ》ってるんでしょ。あははは……」

「…………」

セクハラにならない言い方を思い付かないので口には出さなかったが、諒介にも先ほどの連中の目の付け所が分かってしまう。

灰色のパーカーとゆったりしたパンツにキャスケットという地味な格好はいかにも押しに弱そうだし、斜《なな》めにかけたバッグのストラップが著《いちじる》しく豊かな胸を強調している。それでいて顔は抜群《ばつぐん》にかわいいのだから、狙《ねら》われるのも当然だ。

しかし、そんなことを言っても褒《ほ》めたことにはならないし、かえって唯に不愉快《ふゆかい》な思いをさせるだろうというのが諒介の判断である。彼としては、こう提案するのが精いっぱいだった。

「次からは、もっと安全な場所で待ち合わせましょう」

「は、はい。ありがとうございます。それで、行き先は白山大学《はくさんだいがく》でしたよね？」

すれ違う通行人に聞かれないように、二人は低い声で話しながら歩いていく。行き交《か》う人々の四分の一ぐらいは白山大学の関係者だろうから油断できない。

「はい。捜査状況《そうさじょうきょう》はメッセージでご説明した通りですけど、この事件には手掛《てが》かりらしい手掛かりがほとんどありません。撮影場所は林や廃墟《はいきょ》の中ですし、時間が経《た》っているので指紋《しもん》なんか取れません。動画を配信してるダークストアワーグラスも警察に非協力的で、問い合わせても投稿者《とうこうしゃ》の素性《すじょう》を明かさないだろうということでした」

「暗砂は防弾《ぼうだん》ホスティングを利用してて、決済も暗号資産だそうですね。運営してるのは暴力団か、某国《ぼうこく》のテロ組織だっていう説もあるそうです。それに、そもそも管理者だって投稿者の個人情報は持ってないんじゃないでしょうか」

　インターネット文化に詳《くわ》しいらしい唯は、違法《いほう》動画サイトの略称をさらりと口にする。これも少し気まずいので、諒介は聞き逃《のが》したふりをして、

「被害者の身の回りを調べても吸血鬼らしき男がいないので、平塚警部たちは捜査《そうさ》の方針を変えたそうです。ＳＮＳなんかでスナッフフィルムを話題にしてるやつらの中に犯人がいるんじゃないかと見立てて、そちらを調べていきました」

「なるほど、そういう正規のサイトなら警察に協力的ですもんね」

「そういうことです。それで、ダークストアワーグラスに動画が投稿されるたびに宣伝のような書き込みをしてる人物が見つかりました。『この動画、やばくね？　行方《ゆくえ》不明の女子大生、殺されちゃってるじゃん』とか、そんな感じですけど、最初の書き込みはフィルムが世間的に全く注目されてない時期だったんです」

「ステマっていうか、自作自演ですね」

「それで、警察はＩＰアドレスなんかをたどっていって、この人にたどり着きました」

　諒介はいったん立ち止まり、自分のスマホを唯に見せた。平塚から預かった資料の一つ、茶髪《ちゃぱつ》を丸く固め、耳に銀のピアスを着けた若い男の写真である。

　くっきりした二重まぶたといい、高い鼻といい、部品一つ一つはまあまあ美形なのだが、

組み立てた顔はなんとなくバランスが良くない。

「怪《あや》しい書き込みをしてたのは水戸正人《みとまさと》――白山大学経済学部の四年生なんですが、自主制作映画の監督《かんとく》で、二年前に殺人事件のモキュメンタリーを撮ってます。ちなみに大学は早くも留年が決まってて、来年の卒業も怪しいとか」

「モキュメンタリー――本物の記録映像っぽく作ったフィクションですか。それが今度はドキュメンタリーに転向して、女の人を三人も殺した……？　でも、そうだとしたら主犯は水戸さんですよね。吸血鬼はどうして撮影に協力してるんでしょうか？」

「その点は西島先輩《せんぱい》も不思議がってました。売り上げを分けてるとか、何か互助《ごじょ》関係にあるんだと思いますけど」

「それも、わたしたちが調べないといけないわけですね。頑張ります」

唯はそう意気《いき》込《ご》んだが、ふと思い出したように首をかしげた。

「……あの。そういえば、漫画《まんが》やゲームの吸血鬼って大抵《たいてい》強敵ですよね。まきなさんって、吸血鬼に勝てるんですか？」

「西島先輩によると、『ボクより強い怪異はめったにいないから大丈夫《だいじょうぶ》』だそうですが……正直、ぼくには本当かどうか分からないんです。だから、危ないと思ったときは栗原さんだけでも逃《に》げてくださいね」

そう言って笑う諒介を見て、唯はかすかに眉根《まゆね》を寄せる。

間もなく二人は白山大学の前に着いた。

白山大学のキャンパスは都心ながら広々としていた。美術館か何かのようにも見える、ガラス張りのしゃれた建物をれんが敷《じ》きの通路が貫《つらぬ》いている。緑も豊富で、日差しの強い今日は行き交う学生たちの多くが木陰《こかげ》をたどっていた。

正門の横に年配の警備員が立っているのを見た諒介が、唯にそっと尋ねる。

「あの、栗原さん。大学は無関係な人間が入っても怒られないと聞いたことがあるんですけど、そういうものなんですか？」

高校の場合、よその生徒が無断で立ち入ったらちょっとした騒《さわ》ぎになるからだが、唯はこの未成年らしい質問を喜んだ。

「あら、ふふふふふっ。はい、そういうものです。わたしも大学生になったばかりのころは驚きましたけど、大学ではよっぽど変なことをしない限りは学生証を出せなんて言われません。近所の人が学食でご飯を食べてたりしますよ」

と、彼女は得意顔でお姉さん風《ふ》を吹かせる。

「それだったら、ぼくが入っても大丈夫ですか」

「大丈夫です、大丈夫です」

そう保証されても、正門を通り抜ける時の諒介はやや緊張した面持《おもも》ちだった。もちろん警備員は何の反応も示さない。

諒介がほっとため息をついたので、唯はまた口元に手を当てた。

「——今、水戸は一号館にいるはずです。ええと、この先を左に曲がった建物ですね。出てくるのを待ち構えましょう」

平塚警部から預かった資料には水戸が登録している講義の時間割や普段《ふだん》の暮らしぶりも含《ふく》まれていた。警察の捜査が徹底《てってい》していることがよく分かる。

諒介と唯は構内の地図を頼りに歩いていき、一号館への出入りがよく見えるクスノキの下に陣取《じんど》る。立ち話をしている学生は大勢いるので目立つ心配はなかった。

「授業が終わるまで七、八分ありますね」

二人が立ち止まった辺りには木漏《こも》れ日《び》がゆらゆらと暖かくたまっていた。陰惨《いんさん》な事件を追っていることなど忘れてしまいそうに穏《おだ》やかな午後である。

「新しくてきれいな学校ですね」

と唯が言った。

「栗原さんはどこへ通われてるんですか？」

「一応、玉苗《たまなえ》です。文学部ですけど」

「ええっ、すごいですね」

学歴を褒められた人間はだれでもそうするものだが、唯も困ったように笑った。玉苗は私立を代表する名門大学である。諒介が通う三鏡高校からも年に何人か進学するが、その数は二桁《けた》に届くか届かないかといったところだ。

「文学がお好きなんですか？」

「その、実は特に好きというわけでもないんです。ただ、体質の関係でちょっと嫌なことがあったので、とにかく地元を離れたくて……でたらめに東京の大学を受験したら、たまたま玉苗に合格しただけで」

「それは、やっぱり優秀《ゆうしゅう》なんじゃないでしょうか」

自分のことを語り過ぎたと思ったのか、ここで唯は急に話題を変えた。

「戸川くんは進路をもう決めたんですか？」

「いいえ、まだ。できれば進学したいんですけど……」

「できれば、なんですか？」

唯は首をかしげたが、もう雑談は続けられなかった。少し早めに講義が終わったらしく、一号館から学生たちが流れ出してきたのである。

諒介たちはその中に青いシャツの男子学生を見つけた。ドングリを連想させる茶髪に銀のピアス——水戸正人に間違いない。デイパックを背負った彼はだるそうに目をこすったり首をひねったりしている。居眠《いねむ》りでもしていたのだろうか。

「あいつですね。気付かれないように後をつけましょう」

諒介と唯は数秒待ち、見失わない程度に距離を取って追う。すると、水戸はキャンパスを出たところでバッグからビデオカメラを取り出し、辺りをぐるりと撮影した。

二人はさりげなく物陰《ものかげ》に隠《かく》れてレンズを逃れる。

「今のは何を写したんでしょう?」

と、唯が不審《ふしん》そうに眉《まゆ》をひそめる。

「さあ……水戸はああやって何もない道路を撮《と》ることがよくあって、警察も目的が分からないそうです。後をつけられたくないのかもしれませんが、それにしては雑なような」

「はい。後ろが気になるなら振《ふ》り返った方が早いですし、尾行《びこう》を警戒《けいかい》してるならあんな無造作な動きはしないですよね」

水戸は撮れた動画を確かめている様子だったが、ざっと再生しただけなのだろう。十秒かそこらの作業で、それほどの真剣《しんけん》さは感じられなかった。

彼はすぐにカメラをしまい、まだぼんやり寝《ね》ぼけているような顔でぶらぶら歩きだした。白山大学の近くには地下鉄も通っているが、巣鴨《すがも》駅まで歩くつもりらしい。

「とにかく、ぼくたちはなるべく写されないようにしましょう。顔を覚えられたらまずいですから、あまり近付き過ぎないようにして……」

「分かりました、気を付けます」

諒介の注意に唯がうなずく。

水戸は埼玉の実家で両親と三人暮らしと分かっている。真っすぐに帰るなら池袋《いけぶくろ》で西武《せいぶ》鉄道に乗り換《か》えるのが早いが、山手線《やまのてせん》の沿線で寄り道することが多いと警察の資料に書かれていた。

諒介や唯の強みは怪異の実在を前提にできることである。刑事《けいじ》にとってはなんでもない行為《こうい》でも怪しいと見破れる可能性がある。

もしも水戸が女性を襲《おそ》ったり吸血鬼《きゅうけつき》と落ち合ったりといった決定的な行動を取ったら、平塚警部の到着《とうちゃく》を待たずにその場で取り押さえざるを得ないかもしれない。二人は改めて気を引き締《し》め、水戸の青い後ろ姿を追った。

四

「そうすると、この数日間はちっとも進展がないんだね」

「はい」

諒介は希那子の確認《かくにん》にうなずいた。

二人がいる場所は怪異研究会の部室だ。今日のおやつは辛子明太子《からしめんたいこ》味のコーンスナックで、袋《ふくろ》は皿状に大きく開かれているものの、膨《ふく》らんだ三角形の九五パーセントは希那子の口へ放《ほう》り込まれていく。

さくさくもぐもぐとおいしそうな音を聞いていると、この先輩は幽霊《ゆうれい》のくせにどうして物を食べるんだろう、食べた物は一体どこへ行くんだろう、消滅《しょうめつ》しているとしたら膨大《ぼうだい》なエネルギーが放出されて地球が危ないんじゃないか——といった疑問が今更ながらわくのだが、天体の危機は高校生の手に余るので関東地方の話を続ける。

「たまに街の動画を撮る以外、水戸の行動に変わったところはありません。寄り道は主に池袋で、本や服を買ったり、映画を見たり、ラーメンを食べたり……昨日は上野《うえの》の美術館へ行きました。すごく金遣《かねづか》いが荒いというほどじゃないです」

「まあ、仮にスナッフフィルムの利益《りえき》を独《ひと》り占《じ》めしていても千万円単位だからね。高級車を乗り回すような豪遊《ごうゆう》はできないと思うよ。彼はだれかと会わなかったかい？」

「大学には友達がいるみたいですが、映画館も美術館も一人で行きました」

「ふうん、全然手掛かりなしか。困ったね。戸川くんと栗原さんも毎日デートばかりしているわけにはいかないだろうし」

「栗原さんに申し訳ないので、そういう意地悪は言わないでください」

諒介は冷静を装《よそお》って抗議《こうぎ》したが、その頰《ほお》はわずかに熱を帯びる。

もちろん、唯が協力を申し出てくれたことは事前に希那子に報告してあった。その時の希那子は「それは驚《おどろ》いたねぇ」を大げさなほど連発していたが、助手として得難《えがた》い逸材《いつざい》だという評価は共通だった。

ここ数日の諒介たちは他人から見ればカップルそのものだっただろう。一緒《いっしょ》に散歩して、映画や美術展を見て、お茶を飲んだ。正直なところ諒介も、これが事件の調査でなければとても楽しいだろうと何度か思ってしまった。とはいえ彼女はあくまでも協力者だから、節度を守って接するように心がけている。

「ふふふ、ごめんごめん」

と、希那子はいったん素直《すなお》に謝ったものの、両足をぶらぶらさせながら駄々《だだ》っ子《こ》のようなことを言いつのる。

「ああ、でも、うらやましいなぁ。ボクもたまには遊びに行きたいや。映画を見たいし、新しい服も買いたいよ」

付き合いが増えて遠慮《えんりょ》がなくなったのか、近ごろの彼女は最初の印象よりも子供っぽい態度が目立つ。享年《きょうねん》でいうと諒介たちと大差ない年齢《ねんれい》なのだから、こちらが素地なのかもしれない。諒介はやれやれと苦笑いした。

「ですから、ぼくたちは遊んでるわけじゃありませんってば。なんだったら映画館や服屋で西島先輩を呼びましょうか？」

「ボクが街中を歩き回ったら防犯カメラが心霊《しんれい》写真だらけになっちゃうからなぁ。それに幽霊が着替《きが》えるのはとても難しいんだよ。靴《くつ》を履《は》き替《か》えたりアクセサリーを付け足したりするぐらいがせいぜいでね。まあ、脱《ぬ》ぐだけなら比較的《ひかくてき》簡単なんだけれども」

そう言って、彼女は意味ありげにセーラー服のリボンに指をやる。

しかし、もし本当に上着を脱いだとしても普通のTシャツ姿になるだけで、下着や肌《はだ》は露出《ろしゅつ》しないことを諒介はよく知っていた。制服の上だけ脱いだ状態でごろごろしている妹を見慣れているからだ。

これ以上ふざけられないうちに——と、諒介は無理やり話題を戻《もど》す。

「先輩にいい考えはありませんか？」

希那子はちえっと舌打ちして、開けるふりをしていたファスナーを閉め直した。

「さあ、難しいね。無理やり状況《じょうきょう》を動かす方法はいくらでもあるけれども、水戸くんだけ捕《つか》まえて本丸の吸血鬼に逃げられたんじゃ玉無しだ。最終的には新作の撮影《さつえい》現場を押さえるしかないかもしれないね」

「でも、ずっと尾行を続けるのは無理ですよ。栗原さんには勉強とお仕事がありますし、ぼくも妹に怪しまれます」

「そうだよね。そう考えると監視《かんし》は本職の平塚警部たちに任せて、何かあった時に呼んでもらう体制を整えた方がいいかもしれないな」

諒介はくしゃくしゃと頭をかき回す。なかなか調べがはかどらなくてやきもきするが、ここはベーカー街二二一Bではなく、従ってホームズはいないのだ。

「これから栗原さんとも相談してみます」

スマホの時計を見て、彼は椅子から立ち上がった。


初日の反省に基づいて、二人は待ち合わせ場所を白山大学に近いショッピングモールに変えていた。店員や警備員の目があるので女性一人でも安心だという考えである。

約束の十五分ほど前に到着した諒介は、唯を探して一階を歩きだした。気を遣《つか》う性格の彼女は、どうやらかなり早め早めに行動している様子なのだ。

案の定、唯はファストファッションの店にいたが、何やら困ったような顔でマネキンを見上げている。声を掛けるか、それとも邪魔《じゃま》にならないように時間をつぶしてくるか――

諒介が方針を決めかねているうちに、唯の方が先に気付いてはにかんだ。

「あっ、戸川くん。こんにちは」

「すみません、お買い物中でしたか？」

「ええと、その、いつも同じ格好だと顔を覚えられちゃいそうですから……」

なるほど、調査を始めてからの彼女はずっと、大きめのパーカーとパンツにキャスケットという服装を続けている。もちろんパーカーは毎日替えていて今日はクリーム色を着ているが、確かに追跡者《ついせきしゃ》としては大胆《だいたん》にイメージを変えた方が有利かもしれない。

「なるべく平凡な格好がいいと思うんですが……普通の大学生って、どんな服を着るものなんでしょうか……」

唯はよくよくファッションに自信がないらしく、モデルの写真やマネキンを見比べてはため息をついている。諒介も他人に助言できるような知識はない。同級生の女子はみんな制服だし、一番身近な明日香に至っては着回しに行き詰《づ》まると兄の古着を持ち出すくらいおしゃれに無頓着《むとんちゃく》なのだ。

(何を着てもよく似合うと思います——なんて言っていいのかな？)

諒介は悩む。これはお世辞ではなく率直《そっちょく》な意見なのだが、知り合ったばかりなのになれなれしいような気もする。軽薄《けいはく》なようで恥《は》ずかしくもある。それに唯の発言を文字通りに解釈《かいしゃく》するなら、似合うかどうか答えるのは不適切だ。

「…………」

「…………」

諒介も唯も考え込《かんが》んだせいで、二人は意味もなく数秒間見つめ合う形になった。そしてほぼ同時に我に返って、気まずく目をそらした。

「ご、ごめんなさい。みっともないご相談をしちゃいました」

「いえいえ、とんでもない。こちらこそ……」

「そんなことはネットで勝手に勉強しておきますね。ごめんなさい、ごめんなさい」

赤面した唯が、しきりに詫びながら逃げるように店を出る。何か無難な反応をしておくべきだったと後悔《こうかい》しつつ、諒介も後を追う。

「ええと、白山大学ですよね。今日は何号館へ行けばいいんでしょう?」

「あっ、はい。ええと――あれっ?　すみません、栗原さん。ちょっと待ってください」

資料を確認しようと取り出した諒介のスマホが震《ふる》え、電話の着信を知らせる。

発信者は『平塚さん』と表示されていた。学校を訪問された時に番号を交換《こうかん》したが、実際に通話するのは初めてである。緊急《きんきゅう》の用件だろうか。

「戸川です」

「おお、巣鴨署の平塚だが、いま大丈夫かね？」

「これから白山大学へ行くところですが、何かあったんですか？」

平塚の答えは一拍《いっぱく》遅《おく》れた。彼《かれ》の野太い声は怒《いか》りと悔《くや》しさに震えていた。

「――実は、つい先ほどダークストアワーグラスで新しいスナッフフィルムが配信された。例の吸血鬼による、四番目のＲＳＦだ」

「……えっ？」

「もちろん公開する時間は事前に予約できるからあまり参考にならんが、動画の撮影場所の目星が付いた。本官はこれから現地へ向かうが、君も来てくれるかね？」

諒介は青ざめ、よろめいてショッピングモールの外壁《がいへき》に突《つ》き当たる。彼を支えようと唯が伸ばした手は、むなしく空をつかんだ。


諒介たちの居場所は巣鴨警察署からそれほど離《はな》れていなかったので、平塚警部のセダンに拾ってもらえた。

怪異《かいい》研究会を信頼《しんらい》しているのか、唯を紹介《しょうかい》されても、平塚は何も詮索《せんさく》しなかった。静かに「そうか、よろしく頼《たの》むよ」と頭を下げただけである。大学生だと聞いた時は少し驚いたらしかったが、これは単に唯が若く見えるせいだろう。三鏡高校の生徒だと思ったのかもしれない。

後部座席に座《すわ》った二人は、平塚に借りたPCからダークストアワーグラスに接続した。

『RSF4』と題されたファイルを再生すると、まずは緑色のカーテンが映った。続いてカメラがやや引き、同じ色の寝具《しんぐ》に包まれて眠《ねむ》るきれいな女性の顔が見えた。

ゴシック風の衣装《いしょう》を着た東洋人吸血鬼が、物干しロープらしき物をぶらぶらさせながら近寄っていく。その膝《ひざ》が布団《ふとん》に乗り、ベッドのきしみが女性を目覚めさせた。

何か叫《さけ》ぼうとしたらしい彼女《かのじょ》の首にロープを押《お》し付け、吸血鬼が低い声で言う。

「静かにしろ」

もちろん女性が素直に従うはずはない。必死に身をよじり、馬乗りになっている吸血鬼を振り払《はら》おうとする。しかし、腕力《わんりょく》と体重の差か吸血鬼はびくともしない。抵抗《ていこう》を楽しむように、にやにや笑いながら女性の首を押しつぶし、絞《し》め上げる。

とうとう彼女はぐったりして動かなくなった。着衣の乱れた体を抱《だ》き起し、吸血鬼が首筋に牙《きば》を立てる。鮮血《せんけつ》がしたたり、服とシーツを朱《あけ》に染めていく。

「あっ……ひっ……」

くぐもった悲鳴が断続的に続いた。最後にうつろな目で天井《てんじょう》を見上げる女性の死に顔が大写しになり、画面が暗転する。

たった五分足らずの短い動画だったが、唇《くちびる》を強くかんでいた諒介は痛みを覚えた。唯は浅く不規則な呼吸を繰《く》り返し、目の端《はし》に涙《なみだ》をにじませていた。

「彼女の名前は半谷《はんや》真理亜《まりあ》。年齢は三十二歳《さい》、都内のＩＴ企業《きぎょう》を退職したばかりだった」

運転席の平塚が、ちらりとルームミラーを見て言った。

「二週間前に自分のベッドで亡《な》くなっているのが見つかったが、その時点で死後十日ほど経っていた。つまり、実際に死んだのは一か月近く前ということだな」

平塚が時期をことさら強調したのは、事件を考える上で重要だからでもあるだろうが、諒介と唯を慰《なぐさ》める意図もあったのかもしれない。殺害が一か月前なら、まだ二人は調査に乗り出しておらず、従って女性の死に何ら責任はないといえる。

ただ、そう教えられても諒介の気持ちはほとんど晴れなかった。この動画が女性の遺族や友人をどんなに傷付けるだろう、と考えてしまう。

「殺人事件として調べていたなら、吸血鬼の手掛かりがつかめそうですね」

諒介が言うと、平塚は無念そうに首を横に振った。

「……それなんだが、地元の警察は首吊《くびつ》り自殺と判断して捜査を早々に打ち切っとるようなんだ。彼女は職場恋愛《れんあい》がこじれて仕事を辞《や》めたそうでな。まあ、死ぬ理由があると考えたんだろう」

「えっ……で、でも、この人は首を絞められた上に、牙でかまれてるんですよね。それを見落とすなんて失敗があり得るんですか？」

唯の質問に答える平塚の表情は、いよいよ暗かった。

「全く面目《めんぼく》ないことだが、そういうしくじりも絶対にないとは言い切れんのだ。死後十日も経つと遺体は傷《いた》みだしていただろうし、牙のあとは紛《まぎ》れて分かりにくくなっていたかもしれん。ちっとでも怪しければ科捜研《かそうけん》の美人研究員が出張《でば》って徹底的《てっていてき》に調べる——というのは、ありゃフィクションでね。現実には、どうやら自殺らしいとなると解剖《かいぼう》しないことが多いんだよ。何しろ法医学の先生は慢性的《まんせいてき》な人手不足だからな」

三人が乗ったセダンは岩境《いわさか》市へ入った。東京都と埼玉県が接する、そろそろ西に山々が見えだす地域である。片側二車線の国道に面した、閉店して久しいらしいドラッグストアの隣《となり》に灰色のタイルを張ったアパートがあった。その前に数台のパトカーが見えた。制服の警察官も集まっていた。

「あそこらしいな。まだやじ馬に嗅《か》ぎ付けられていないのは何よりだ」

すぐに若い警官が駆け寄ってきたが、彼は平塚の警察手帳を見ると、やや緊張した様子でさっと敬礼した。

「あっ！　お疲《つか》れさまです、警部。どうぞこちらへ」

平塚の所属は二十三区の巣鴨警察署なのだから、岩境市はどう考えても管轄外《かんかつがい》である。諒介と唯が警察関係者でないことも一目瞭然《いちもくりょうぜん》だ。しかし、二人を事件の現場へ連れ込むことに、だれも疑問を差し挟《はさ》もうとしない。

(平塚警部は怪異特命係だなんて言ってたけど、有名なのかな)

諒介はそんなことを考える。遠巻きにしている警察官のだれかが「お化け警部」というような言葉をささやくのが聞こえた。

帽子《ぼうし》と手袋《てぶくろ》を借り、諒介たちはアパートの中へ入る。

半谷真理亜の部屋は二階のドラッグストア寄りで、玄関《げんかん》を入って右側が台所、左が浴室とトイレという構造である。真っすぐ進んだ先が寝室《しんしつ》で、動画で見た緑色のカーテンが窓に掛《か》かっていた。木製のベッドには枕《まくら》も布団もなかった。

換気《かんき》は充分《じゅうぶん》にされているが、それでもなお、室内にはかすかな腐臭《ふしゅう》がこもっているようである。

(……本当に、人が亡くなってるんだ……)

諒介は改めて責任の重さを痛感する。

「布団などは遺族が既《すで》に処分したそうです。その、遺体の状態が悪く、体液でかなり汚《よご》れておりましたので……」

説明する若い警官は気まずそうだった。殺人事件の重要な証拠《しょうこ》を失ったのだとしたら、それも当然だろう。さらに彼は凹字型《おうじ》をしたベッドのヘッドボードを指さして、

「被害者《ひがいしゃ》は非定型でした。この両端《りょうはし》から垂らしたロープを首に掛けて、うつ伏《ぶ》せの姿勢で亡くなっていたのです。発見当時部屋の鍵《かぎ》は掛かっておりませんでしたが、友人からは元々あまり施錠《せじょう》の習慣がない女性だったという証言が得られました」

諒介は唯の顔色をうかがったが、彼女が首を横に振ったので今度は平塚を見た。

「警部さん、非定型ってどういう意味ですか？」

「ああ。映画なんかによくある、高い所からぶら下がって足が浮《う》く首吊りを定型的縊死《いし》、寝たり座ったりしたまま足が浮かないようにやる首吊りを非定型的縊死というんだ。名前とは逆に、割合としては非定型の方が多い。準備がずっと楽だからな——自殺するにも、自殺を偽装《ぎそう》するにも」

平塚はそう補足すると、「君、いったん外してくれ」と案内役を追い払ってしまった。

「戸川くん、お化けちゃんを呼ぶだろう？」

「そうですね……」

諒介や唯に現場検証をする能力はないのだから、そうするしかなかった。安全のため、平塚にも部屋の外で待ってもらうことにする。

「まきなさん、遊びましょう」

諒介はカードを取り出し、裏面《うらめん》を三回たたいて呪文《じゅもん》を唱える。赤黒い気配が渦《うず》を巻き、この世の物ならぬ扉《とびら》を形成する。だが、中から現れた三つ編み髪《かみ》の怨霊《おんりょう》少女、『まきなさん』こと西島希那子は、体操の演技を終えた選手のごとく両手を上げておどけてみせた。

「じゃん！　やあ、二人ともお疲れさま。どんな状況か教えてもらえるかい？」

希那子は形のいい眉を寄せて二人の報告を聞いていたが、それが済むとクローゼットを開けてみたり風呂場《ふろば》やトイレをのぞいたりした。とうとう床《ゆか》にはいつくばってベッドの下まで確かめた後、「あれ？」と首をかしげる。

「他殺で死後一か月なら、本人の幽霊や怨念《おんねん》が残っていておかしくないんだけれども……いないねぇ。一体どこへ行っちゃったんだろう」

「吸血鬼の方を追いかけることはできませんか？」

「うーん、ボクは犬のお化けじゃないからなぁ。そもそも、この部屋に残っている怪異の痕跡《こんせき》はかなり弱いんだよ。よっぽど力を隠すのが上手《うま》い吸血鬼なのか、念入りにお祓《はら》いをした後なのか……いや、それとも……」

希那子は部屋の中を歩き回りながら何か考え込んでいたが、やがて悔しそうにため息をついた。

「――ごめん、やめよう。戸川くん、いったんボクを学校へ戻してくれる？　平塚警部やほかのお巡《まわ》りさんたちが怖《こわ》がっているみたいだから」

「えっ？　あっ、はい。分かりました――まきなさん、お帰りください」

「何が起こっても悪いのは吸血鬼で、戸川くんたちじゃないんだから、あまり深刻にならないでね。それじゃ、ばいばい」

　ひらひらと手を振り、希那子はたちまち消え失《う》せた。

　諒介と唯は部屋を出たが、表で待っていた平塚が真っ青な顔で震えているのでびっくりした。地元の警察官たちも先ほどに比べて数メートルずつ距離を取っている。耐性《たいせい》のない人間にとって、希那子の霊気《れいき》は壁越《かべご》しでもまだ危険な代物《しろもの》らしい。

「ふむ、戸川くんたちは本当に平気なんだな。本官はどうしても慣れんのだが――それで、お化けちゃんはどう言っていた？　何か分かったかね」

　平塚の耳打ちに、諒介は黙《だま》って首を横に振る。

「……そうか、残念だ。いや、しかし、ありがとう。本官はここにもうしばらく残らなくてはならんのだが、君たちはだれかに送らせよう」

　平塚は運転手を探しに行った。その背中を見送った唯が、不安そうにつぶやく。

「……これじゃ、また水戸さんの後をつけるしかありませんけど……それで、本当に次の犯行を止められるんでしょうか」

「……それは……」

諒介は返事に困る。水戸さえ監視していれば安心、次の凶行《きょうこう》は起こらない——とは、当然ながら言い切れない。意外にも無関係ということも考えられるし、もっと別の共犯者がいる可能性も否定できない。希那子は気楽なことを言っていたが、今この瞬間《しゅんかん》も吸血鬼が犠牲者《ぎせいしゃ》を物色しているかもしれないのだ。

そう考えると気は急《せ》くが、諒介が打てる手は限られている。希那子の力を使えば水戸を取り押さえるのは容易だろうが、それで吸血鬼に逃げられては無意味だ。とはいえ、彼に気付かれないように身辺を調べる方法となると……、

「わたし、考えたんです。きっと、戸川くんも、西島さんも思い付いてて、でも、気を遣ってくれてるんでしょうけど……」

「栗原さん……？」

決意を示すように、唯がぎゅっと拳《こぶし》を握《にぎ》る。

「——やれ、って言ってください。水戸さんの家へ忍《しの》び込《こ》んで、手掛かりを捜《さが》せって」

五

二人は「駅まで歩いて電車で帰る」と平塚に断って、アパートを後にした。水戸の家は豊島区《としま》から出直すよりも岩境市から向かった方が近い。

諒介は家捜《やさが》しなら日を改めるべきではないかと提案したが、唯はすぐがいいと主張した。

「スナッフフィルムを編集したりアップロードしたりした痕跡が、まだ残ってるかもしれません。動画投稿者さんなんかは、前日に徹夜《てつや》で作業することも多いみたいですから」

これはクリエイターに近い立場にいる彼女らしい視点だった。もう一つ、今日は水戸の監視を緩《ゆる》めてしまったという懸念《けねん》もあったから、結局は諒介も直行に同意した。

既に道を覚えたので迷う心配はない。ただ、朝から晴れたり曇《くも》ったりを繰り返していた天気は急に崩《くず》れだして、二人が電車を降りるころには黒っぽい雲が増えていた。

水戸家は裕福《ゆうふく》で、埼玉県の都市と田畑が交ざっている地域でも特に大きい。広い敷地《しきち》は近ごろ珍《めずら》しくなった高い塀《へい》で囲われており、警察の資料によると母屋《おもや》のほかに離《はな》れ家《や》と倉庫があるらしい。両親は母屋で生活しているが、水戸正人は中学生のころから離れの方で過ごす時間が長いという。

塀の外にある砂利《じやり》敷《じ》きの駐車場《ちゆうしやじよう》に先日は白黒二台の車が止まっていたが、今日はどちらも見当たらなかった。

「……両親は留守みたいですね」

諒介の言葉に唯がうなずく。

「はい、好都合です」

二人は家の一〇〇メートルほど手前、柿の木《かきき》が植わった農園から様子をうかがっていた。

この数日間、水戸の帰りはいつも午後六時過ぎだったので約一時間は猶予《ゆうよ》があるとみている。普通《ふつう》の人間に唯の『透明人間《とうめいにんげん》』が見破られるとは考えにくいが、だれもいないうちに調べを済ませられるなら、それに越したことはない。

「……行きましょう。人目は……大丈夫そうですね」

「大丈夫だと思います」

諒介は一応首を巡《めぐ》らせたが、元々交通量が少ない道路なのだ。

唯は果樹の木陰に身を隠した。足元に荷物を置き、静かに目を閉じる。元々青白い肌がさらに透明感を増していく。

諒介は思わず低く感嘆《かんたん》の声を漏《も》らす。彼女が姿を消せるのは知っていても、その過程に立ち会うのは初めてである。神秘的だな――などと興味津々《きょうみしんしん》で見ていると、中空になったクリーム色のパーカーがもじもじしだした。

「あ、あの……恥ずかしいので、できればしばらくあっちを向いててもらえると……」

「わっ、すみません！」

諒介はあわてて顔を背《そむ》ける。服は消えないのだから少なくとも下着は見えてしまうし、不可視でもなんでも女性の脱衣《だつい》を凝視《ぎょうし》するのは無神経だった。

背後でファスナーを開く音が聞こえ、さらに衣擦《きぬず》れが続く。やがて、膨らんだバッグが彼の手元へ飛んできた。

「お願いしてもいいですか？」

と言う唯の姿は、全く見えない。

「あっ、はい。お預かりします」

中身は脱ぎたての服だと意識すると訳もなく緊張《きんちょう》するので、頭を空にして受け取る。体温の残りを感じるような気がするのは、もちろん錯覚《さっかく》だろう。

「何かぼくにできることがありますか？」

「ええと、塀に登るのを手伝ってもらえると助かるんですけど……」

諒介は唯が口ごもる理由を察して笑った。

「ちっともかまいませんから、遠慮なく踏《ふ》んでください。ほかには？」

「それから、鍵開けの道具を投げてもらえますか。かばんの一番上のそれです」

「分かりました」

諒介はゆっくりと水戸家へ近付き、その前で靴紐《くつひも》を直すようなふりをする。しゃがんだ彼の背中や肩《かた》に、念入りに汚れをはたいた唯の足が掛かった。

「……お、重くてごめんなさい……」

彼女は恐縮《きょうしゅく》しきりといった声色《こわいろ》でささやくが、諒介の体感では妹と大差ない重みである。全く負担にならなかった。

「とんでもない。それよりも、本当に無理をしないでくださいね」

無事に塀の向こうへ着地した唯に工具を投《な》げ渡《わた》す。彼女の気配が、雑草を踏みながら遠ざかっていった。

諒介は道を少し引き返し、もし通行人が通り掛かったときに怪しまれないための言い訳にスマホを取り出す。もちろんＳＮＳを見たりゲームを遊んだりする気にはならなかった。周囲に注意しながら時刻表示を眺《なが》め続ける。

（……栗原さんはすごいな）

ふと、そんなことを考える。諒介が隙間女にかかわったのは被害者が親友の修平だったからだし、今回も希那子への義理を果たしているに過ぎない。

それに比べて、唯はあくまでも自主的に危険な調査に加わっている。彼女自身は好奇心《こうきしん》のためだと言っているし、それも全くのうそではないのだろうが、何ら見返りを求めない姿勢は、やはり善意や正義感に基づいているに違《ちが》いない。

（……結構時間がかかってるけど、大丈夫《だいじょうぶ》かな……）

そんな不安を感じ始めた時、水戸家のどこかからガラガラという音が聞こえた。辺りに鳴り響《ひび》いたというほどの大音量ではないものの、空《あ》き缶《かん》を一つ蹴飛《けと》ばしたくらいでもない。もっと重量のある物をひっくり返したように聞こえた。人が争う時の音らしくもあった。

諒介の全身に緊張が走る。

「あっ……」

彼はとっさに駆《か》けだそうとして、わずかにためらった。不法侵入《しんにゅう》だからではない。それは覚悟《かくご》の上だったが、唯だけなら問題なく逃げ切れる場面を、かえって面倒《めんどう》にしてしまうかもしれないと思ったのである。

（……いや、それでも！）

もしも吸血鬼と遭遇《そうぐう》していたら唯が危ない。ほかの失敗は挽回《ばんかい》の可能性もあるが、彼女の身に何かあったら取り返しがつかない。

小柄《こがら》な諒介は、腕力に自信がない代わりに身軽である。彼は塀を素早《すばや》く乗り越《こ》えると、あまり手入れが行き届いていない庭を、音が聞こえた方向へ走った。

立派な家がほかにあるから、見えてきたのは消去法で水戸正人が利用している離れだと分かる。

　といっても、その建物は元々住宅として造られたわけではないらしい。ぽかんと大きな、ただの金属の箱のような代物である。敷地の一番端にあることから考えて、昔はトラックなどを入れておく車庫だったのだろう。農業用の倉庫も兼《か》ねていたのかもしれない。

　役目を終えた後、扉を付けたり窓をはめたりする簡易な改装を加え、人が――あるいは吸血鬼も――暮らせるようにしたのだろう。

「待って、待って、待ってください！」

　足音を忍ばせるのも二の次にして急ぐ諒介の耳に、ささやく叫びとでもいうような声が届く。立ち止まった彼の肩を、目に見えない、小さくて柔《やわ》らかい手が押さえた。

「栗原さん、無事ですか？」

「ごめんなさい。さっきの音は、そこのごみをひっくり返しちゃっただけです。わたしは何ともありません」

「そうですか、良かった」

　なるほど、離れの壁際《かべぎわ》にチューハイや発泡酒《はっぽうしゅ》の缶でいっぱいのごみ袋《ぶくろ》が積み重ねられていて、その一つが脇《わき》へ転がり落ちていた。諒介はほっと力を抜《ぬ》く。

「……心配してくれたんですね。ありがとうございます」

唯がうれしそうに言ったが、浮かべているであろう笑顔《えがお》はやはり不可視だった。

「あっちの——って、指をさしても駄目《だめ》なんでした——えっと、戸川くんから見て左側はごく普通の家でした。一通り回りましたが、だれもいませんし、特に変わったことはありません。正面の離れにも人の気配はありません。今鍵を開けたので、これから中を詳《くわ》しく調べるつもりです」

こうなると、今更《いまさら》諒介だけが先に引き上げるという選択肢《せんたくし》はなかった。不法侵入という意味では二人とも既遂《きすい》だし、遠くから唯の身を案じているのはもうごめんである。

彼らは一緒に離れへ踏み込んだ。

暗幕のような黒く分厚いカーテンが窓からの光線を徹底的に遮《さえぎ》っている上に、蛍光灯《けいこうとう》もまばらなので扉が閉まるとひどく暗い。四方にぬぐいきれない闇《やみ》がわだかまっている。

隅《すみ》に洗面所らしき小部屋がある以外、内部はほぼ区切られていなかった。諒介の身近な場所に例えるなら二回り縮めた体育館のようなものだ。天井は屋根の鋼板が見えているが、床はきちんと板が張られている。

あちらこちらに古い家具や家電が置かれているし、どうやらここは住まいというよりも作業場としても使える物置といった性質のようだ。警察の資料は少々不正確だったということになるが、諒介たちを絶句させたのはそんな違いではなかった。

「えっ……？」

部屋の中央辺りにカーペットが敷《し》かれ、ベッドが置いてある。その向こうには背の高いパーテーションが二枚立てられ、カーテンが取り付けられている。その周りを囲むように照明も配置されている。

つまり映画撮影用のセットらしいのだが、その光景は諒介や唯が一時間ほど前に岩境市で見た物とそっくりなのだ。アパートの寝具は廃棄《はいき》されていたから、より正確には「最新のスナッフフィルムとそっくり」と表現するべきだろう。

「これは、一体どういうことなんでしょう？」

犠牲者・半谷真理亜の部屋を再現したものなのは明らかだ。緑色のカーテンやシーツには真っ赤な染《し》みが広がっているし、床には洗濯用《せんたくよう》のロープも丸まって落ちていた。

「訳が分かりません。本当の殺害現場はアパートじゃなくて、ここだったとか……いや、それは変か。死体をわざわざ岩境市まで届ける意味がないですもんね」

諒介の考えは言っている本人が途中《とちゅう》で気付くほど無理筋だった。

「はい。それに、一か月も前の殺人の痕跡を全然片付けてないのもおかしいですよ。連続殺人鬼《さつじんき》は記念品を集めるなんて話もありますけど、お布団を丸ごとっていうのは、いくらなんでも」

「そうですね。でも、そうすると……うーん？」

二人はしばらく悩《なや》んでみたが、どうしても合理的な説明を思い付かなかった。

「いや、考えるのは後ですね。とにかく、調べられるだけ調べてしまいましょう」

水戸正人はＲＳＦの関係者に間違《まちが》いないと決まったのだから、それだけでも一歩前進といえば前進だ。推理はいったん棚上《たなあ》げし、血まみれのベッドやロープをスマホのカメラに収めておく。

そして、もっとほかの証拠を求めて奥《おく》の方へ進みかけたのだが、

「——あっ！」

唯がいきなり諒介の口をふさいだ。そうされたおかげで、諒介も彼女を驚かせたものに気付いた——扉に鍵が差し込まれつつある！

「隠《かく》れてください、早く！」

唯に促《うなが》されて、諒介はとっさに奥の暗がりへ走った。がらくたの陰《かげ》に転《ころ》がり込むと同時にガチャンとドアノブが回されたが、それが二人の足音をごまかしてくれたらしい。

帰宅した水戸正人が小首をかしげたのは、開いていた錠《じょう》とつけっ放しの蛍光灯を不審《ふしん》に思ったからだろう。

とはいえ、その疑惑《ぎわく》はさほど深刻なものではなかったようだ。彼はさらに首をひねって

関節を鳴らすと、諒介たちが隠れている場所とは別の隅からテーブルを引っ張り出した。少し革《かわ》の破れたソファも運んできて、そこにデイパックを置く。

「………」

諒介は懸命《けんめい》に息を殺していた。

心臓がうるさい原因は水戸か、それとも唯だろうか。狭《せま》い場所へ折り重なるように隠れたので、諒介は全身でしっとりと汗《あせ》ばんだ柔肌《やわはだ》を感じていた。髪の甘《あま》い匂《にお》いを嗅いでいた。しかも、今も彼女は透明だからどこに体が当たっているのか分からない。聞いて確かめられる状況ではなく、謝《あやま》っている場合でもないから、変なところには触《ふ》れていないことを祈《いの》るばかりだった。

「ほらほら、突っ立ってないで座ってよ」

水戸の声に諒介の鼓動《こどう》が再び跳《は》ねる。見つかったのかと思ったが、そうではなく連れがいたらしい。

金髪《きんぱつ》にきつくパーマを効かせた女性が、室内をきょろきょろと見回していた。そろそろ飲み物に氷が欲《ほ》しい季節なのに、長袖《ながそで》のセーターの襟元《えりもと》に茶色いマフラーを巻いている。下半身もロングスカートにブーツと、ひどく暑苦しい装いだった。

厚着の彼女は血まみれのベッドをちらりと見たが、あくまでも映画のセットだと思ったらしい。別段おびえる様子もなく、用意されたソファに腰《こし》を下ろした。

「中林《なかばやし》さん、お酒はどう？」

諒介たちが調べるのが間に合わなかった一角に、戸棚《とだな》や小型の冷蔵庫があった。水戸がそこから銀色の缶を取ってくる。

「はあ？　いや、無理無理。あたしが飲めるわけないじゃん」

「あははっ、みんな最初はそう言うんだよね。でも、今ならきっと大丈夫だから」

「えっ、まじで？　……それ、何か特別なビールなの？」

「いや、これは普通のビールなんだけどさ。まあ、試《ため》してみて」

中林というらしい女性が恐《おそ》る恐る口を付ける。直後、彼女はごほごほとむせたが、せきが落ち着くとうれしそうに笑いだした。

「やばーい、飲めた！　水戸くん、こんなことできるんだ？　すごいねぇ」

「おいしい？」

「うん。ぶっちゃけると、ビールってそんなに好きじゃなかったんだけど、たまんない」

水戸もビールを開けたらしく、中林と缶をぶつけて乾杯《かんぱい》する。その様子を、諒介と唯は物陰《ものかげ》からうかがっていた。

「……何だか変な女の人ですね。まだ知り合ったばかりって感じですけど……」

耳たぶをかまれそうな至近距離《きより》からのささやきに、諒介はぞくぞくする。

だが、おかげで唯の今の姿勢がおおむね推測できた。不慮《ふりよ》の接触《せっしょく》を防ぐため、彼は唯の肩を両手で支えてしまうことにする。彼女は一瞬《いっしゅん》首をすくめ、すんと小さく鼻を鳴らしたものの、意図を理解したらしく嫌《いや》がりはしなかった。

「……でも、人殺しの現場に連れ込むからには、ただのナンパとは思えません。あの人を助けなくちゃ」

諒介たちがもぞもぞやっているうちに、水戸と中林は急速に打ち解けたらしい。並んで座り、ポテトチップスをつまみながら和《なご》やかに話を続けている。

「えーと……それで、あたしに何をしろって？　なんか映画を撮《と》るとか言ってたよね」

「うん、そう。おれ、個人で映画を撮ってるんだ。自主制作なんだけど、中林さんに出演してもらえないかなって」

「そんなことのためにあたしを連れてくるって、水戸くんって結構いかれてるね」

「監督《かんとく》は正気じゃできないからね。芸術のためなら人も殺すくらいじゃないと」

水戸のこの言葉に諒介は強い憤《いきどお》りを覚えたが、経緯《けいい》を知らないのであろう中林は平気で聞き流してしまった。

「へー、よく分かんない。まあ、退屈《たいくつ》してるから協力してあげてもいいけどさ。あたし、お芝居《しばい》なんて小学校以来やったことないよ。それとも、映画ってエロいやつ?」

「あはははっ。そっちも撮っていいなら撮るけど、今回は普通のやつで」

「ほかの人はどうすんの? 水戸くんとあたしの二人きり?」

「ううん、おれはカメラだから、役者は友達。そこにいるけど、呼ぶ?」

「あっ、そういうことね! 会いたい、会いたい」

中林にうながされた水戸が、バッグから取り出した何かを操作する。どうやら吸血鬼《きゅうけつき》に連絡《れんらく》するらしい——と、諒介は考えたのだが、違った。

水戸たちが座っているソファのすぐそばの空間に、火花がぱちぱちと散ったかと思うと、にわかに黒いマントを羽織った人物が現れたのである。

「……あいつ……!」

遠目にも間違いなかった。スナッフフィルムの中で、犠牲者の首に牙を突き立てていた吸血鬼——詳しい方法は分からないが、諒介が希那子を呼べるように、水戸も怪異を招き寄せられるらしい。

「わっ!」

超自然的《ちょうしぜん》な出現に驚《おどろ》いた中林が悲鳴を上げる。水戸と吸血鬼は、顔を見合わせて意地の悪い笑いを漏らした。

「やあ。こちら、次の女優をやってくれる中林さん」

「どうも、初めまして」

諒介は全身を緊張させる。こうして怪異にかかわる力を披露《ひろう》したとなると、水戸たちは中林を無事に帰す気はないと考えるべきだ。もはや一刻も猶予すべきではない。

「……ぼく、行きます。栗原さんは逃《に》げてください」

「えっ？」

驚く唯をそっと押し退《の》けると、諒介は生徒手帳から『まきなさんカード』を抜きながら立ち上がった。

「水戸正人、吸血鬼！」

と叫ぶ。

「警察だ！　あんたたちを逮捕《たいほ》する！」

この名乗りが法律的に相当ひどく間違っていることは言うまでもないが、ほかに端的《たんてき》な説明を思い付かなかったのである。それでも、『警察』と『逮捕』の二語には水戸たちを浮足立《うきあしだ》たせる効果があった。

「な、なんだ？」

「警察？」

水戸たちは抵抗するか逃げるか迷ったらしく、顔を見合わせる。しかし、諒介は、そのどちらも許すつもりはなかった。

「――まきなさん、遊びましょう」

カードの裏面を指で叩《たた》きながら、そう唱える。空中に周囲の薄闇《うすやみ》よりも暗い扉が現れ、怖気《おぞけ》をふるわせるきしみと、凍《こご》える風をともなって開いた。

「はいはーい。おや、一日に二回は珍しいと思ったら、これはまた劇的な場面だね」

まがまがしい登場に反して、希那子の口調は今回も軽い。彼女は長い三つ編み髪をもてあそびながら、水戸たちに笑いかける。

「ふうん、これはとんだ吸血鬼だ――まあいいや。ええと、初めまして、水戸正人くん。ボクは怨霊をやっている西島希那子という者で、君たちが撮った人騒《ひとさわ》がせな映画についてお説教をしに来たんだ。おとなしく聞くかい？　それとも殺陣《たて》を一幕やるかな？」

こんな襲撃《しゅうげき》を受けるとは予想もしていなかったのだろう。水戸の顔色は真っ青だった。諒介は彼が案外素直《すなお》に降参するかもしれないと思ったが、吸血鬼の怒声《どせい》がそんな雰囲気《ふんいき》を打ち消した。

「騙《だま》されるなよ、水戸！」

彼は諒介を指さしてわめく。

「こんな怪《あや》しい連中が、お巡りのわけねえぞ！」

「ええ……いや、君に比べたらボクたちはいかにも堅気《かたぎ》らしいと思うんだけれども。そのぺらぺらのマントはいくらで買ったんだい？　二千円ぐらい？」

「うるせえ！　――水戸、カメラだ。早くこの女を捕《つか》まえちまえ！」

「あっ……あ、ああ！」

水戸がテーブルに置いていたビデオカメラを構え、希那子に向ける。すると、彼女の体から赤黒い煙《けむり》のようなものがじわじわと漏れ、レンズに吸《す》い込まれだした。

諒介たちの隠れ場所《ばしょ》から水戸の手元は確かめられなかったが、どうやら吸血鬼を呼んだ道具も同じらしい。いつも街を撮っていた物だが、ただのカメラではなかったようだ。

「へえ、面白《おもしろ》い道具だね」

希那子が、溶《と》けたようになった自分の指先をぺたぺたとくっつけたり離したりする。

「余裕《よゆう》ぶってられるのも今のうちだぜ。もうすぐ動くこともできなくなるんだ」

吸血鬼があざ笑う。

「ふうん、そりゃ大変だ。じゃ、その前になんとかしなくちゃね」

希那子がスカートの裾《すそ》をひるがえして突進《とっしん》する。格闘《かくとう》が始まった。

吸血鬼という存在がどれほどの脅威《きょうい》なのか、諒介は知らない。希那子が倒《たお》してくれると信じるしかない。

だが、水戸が構えているカメラには希那子の力を奪《うば》う性質があるようだ。諒介は身長も体重も一回りずつ負けているが、だからといって傍観《ぼうかん》してはいられない。

(あれを取り上げないと)

少なくとも、レンズを希那子へ向けられないように邪魔《じゃま》しなければ——そう考えて駆け出した諒介の前に、厚着をした金髪の女性が立ちはだかる。なんと、水戸たちの毒牙《どくが》にかかろうとしていた中林だ。

「どいてください！　あいつらはあなたを殺そうとしてるんですよ！」

「してねえよ！　ばーか、ばかばかばーか！」

小学生の喧嘩《けんか》より貧弱《ひんじゃく》な語彙《ごい》でののしられて、諒介は対処に困る。いくら線が細くても、諒介も男性だから彼女《かのじょ》よりは腕力がある。しかし、中林は状況《じょうきょう》を理解できていないだけの被害者だ。乱暴なことをしてけがをさせるわけにはいかない。

なんとか先へ行こうとする諒介と彼女がもみ合いになる。

(——えっ？)

腕《うで》をつかまれた諒介は、細い指の感触《かんしょく》にぞっと震《ふる》えた。

(この人、まさか……？)

気付いた彼《かれ》は手加減をやめ、本気になって中林を押《お》しのけようとする。しかし、彼女は力任せに突《つ》き飛ばされてもひるまない。

（まずい、まずい、まずい！）

諒介が苦戦している間も、怪しいカメラは希那子のエネルギーを吸い取り続けている。ぐずぐずしてはいられないのだが、中林の抵抗《ていこう》が頑強《がんきょう》でどうにもならない。彼女の後ろで、水戸がにやりと笑うのが見えた。

――次の瞬間、水戸の後頭部にビールの空き缶が投げ付けられた。追い打ちで、顔面に食べかけのポテトチップスが一つかみ浴びせられた。

「うっ⁉」

どちらも、彼らが使っていたテーブルからひとりでに浮き上がった物に見えただろう。塩と青のりにのけぞった水戸の手から、カメラがひったくられる。

「な、なんで――うわっ！」

見えない敵に慌《あわ》てた水戸が、ソファにつまずいて転倒《てんとう》する。その隙《すき》に、空中のカメラが吸血鬼に向けられた。中林にも向けられた。

「く、くそっ……！」

「きゃっ！」

二人の姿はたちまち青い火花に変わり、レンズの中へ消える。

水戸は少し擦《す》りむいた肘《ひじ》をなでながら立ち上がったが、もうその時は諒介も目の前に来ていたし、何より希那子が平気で笑っているのだから、どうしようもなかった。

観念したらしい彼は両手を上げて、どっとソファに倒れ込む。

「……先輩《せんぱい》、一体どうなってるんですか。あのカメラはなんなんですか？」

諒介が尋《たず》ねる。

「ボクも体験したけれども、あれは怪異《かいい》――幽霊《ゆうれい》をとらえるカメラらしいね。大昔は写真を撮ると魂《たましい》を抜かれるという迷信《めいしん》があったそうだし、その応用かな」

「やっぱり中林さんは幽霊ですか」

先ほど取っ組み合いをした諒介は、中林に体温がないと分かっていた。

「それに、もう一人も吸血鬼の格好をしているだけの普通の幽霊さ。本物の吸血鬼なら、あんなおもちゃじゃ――栗原さん、ありがとう。よくやってくれたね」

物陰で服を着た唯が問題のカメラを持ってやってきた。空き缶などを投げ付けたのは透明になった彼女である。今は姿を現しているが、冷《ひ》や汗《あせ》をかいたらしく髪がぐっしょりと湿《しめ》っていた。

「あの……さっきの人たちをこれに吸い込んじゃいましたけど、大丈夫でしょうか？」

「問題ないよ。きっと簡単な操作で出し入れできるに決まっているからね。そうだろう、水戸くん？」

「ええ、まあ、そうっすね」

水戸はふてくされたような声で認めた後、いくらか態度を改めた。

「あんたらは警察官には見えないけど、まじで逮捕するんならおれだけにしてください。ほかのみんなは勘弁《かんべん》してあげてください。映画を考えたのも投稿《とうこう》したのもおれで、みんなは付き合ってくれただけなんです。特に中林さんなんか、今日知り合ったばっかりで全然関係ないんで」

自分の三つ編みを手に絡《から》めて遊んでいた希那子は、その言い分をあっさり受け入れた。

「まあ、そんなところだろうね。それにしても、あの吸血鬼くんはどうしてあんな服装をしているんだろう。君、事情を知っているかい？」

「ああ、菊池《きくち》くんですか。あいつは、ハロウィンの帰りに交通事故で死んだんです。服は着替《きが》えられないっていうから、それで映画を吸血鬼ものにしました」

「おやおや、それは気の毒に……奇抜《きばつ》な服装で亡《な》くなると不便だね。ボクは制服で、まあ良かったということになるのかな」

希那子は納得《なっとく》したようだが、まだ常識が抜けきらない諒介は理解が追い付かない。

それでも必死に情報を整理してみる――目の前のカメラは幽霊を撮れる。吸血鬼は菊池という名前の平凡《へいぼん》な幽霊だった。水戸はスナッフフィルムを作ったと認めている。

さて、そこから導かれる結論はというと、

「すみません、西島先輩。ぼくが間違ってたら指摘《してき》してもらいたいんですが……」

「うん」

「つまり、例の動画は幽霊ばかり集めて撮った偽物《にせもの》だったたっていうことですか。出演者が亡くなったのが先、スナッフフィルムが後――っていうことは、この水戸さんも、吸血鬼っぽい菊池さんも、人なんか殺してない。自殺や事故死を殺人に見せかけた、ただのいたずらだった？」

「それで合っているようだね」

と、希那子は笑った。

「ダークストアワーグラスの利用者は、ある意味でいい買い物をしたことになるのかな。幽霊主演の映画は、多分、世界初だろうからねぇ」

「…………」

諒介は呆然《ぼうぜん》と天井《てんじょう》を仰《あお》ぐ。やはり怪異というべきか、今回の真相も隙間女事件に負けず劣《おと》らず不条理極《きわ》まる。こんなミステリーはどんな名探偵《めいたんてい》も知ったことじゃないだろう。

しかし、落ち着いて考えてみると、ここで殺人が行われていないことには、すぐ気付いても良かったのだ。

何しろこの建物は、血まみれのベッドがあるのに少しも生臭《なまぐさ》くない。諒介も唯も空気については何も言わなかった。あれが絵の具であることは分かり切っていたのである。

事情を聞くにあたって、水戸家が広い一軒家《いつけんや》なのは好都合だった。近所への影響《えいきょう》を気にすることなく、希那子も同席できるからだ。

彼らの今後にかかわる話し合いだから、心霊《しんれい》カメラの中の幽霊たちにも参加してもらうことにした。諒介は水戸にカメラを返すのがやや不安だったが、希那子いわく「もしものときは手加減なしでひっぱたくから大丈夫」とのことだった。

水戸がボタンを操作すると周囲に四人の幽霊が現れる。不機嫌《ふきげん》そうにしている中林と、あちこち痛そうにしている菊池以外の二人は初対面だ。

初対面なのだが、諒介は彼女たちの顔に見覚えがある。ふっくらとした頬《ほお》にそばかすを刷《は》いた女性は杉沢絵里奈――平塚警部に最初に見せられたスナッフフィルムの被害者《ひがいしゃ》役だった。髪を巻き、緑色の服を着た美人の方はもっと記憶《きおく》に新しい。最新作で吸血鬼に首を絞《し》められていた半谷真理亜である。

この二人は先ほどの乱闘《らんとう》に加わっていなかったが、おおむね状況を理解していた。どうやらカメラの中にいても外の様子をのぞき見できるらしい。

「もう一度、念のために確認《かくにん》するけれども、君たちは水戸くんや菊池くんに殺されたわけじゃないいんだね？」

希那子の質問に、杉沢はぷっと噴《ふ》き出した。半谷も軽く肩をすくめた。

「ええ、違うわね。わたしは事故死というか、なんというか……人生が嫌になって、林の中をふらふらしてるうちに行き倒れちゃっただけだもの。水戸くんに声を掛《か》けられた時は、死後一か月ぐらい経《た》ってたかな」

というのが杉沢の、

「……わたしは自殺だけど、同じく、この子たちと知り合ったのは死んでからよ」

というのが半谷の答えである。

こう聞かされて、諒介と唯はいよいよ気抜《きぬ》けした。ほっとしたといってもいい。やはり『RSF』はスナッフフィルムではなく、幽霊主演のB級ホラー映画だったようだ。

「ふうん……ええと、半谷さんは四作目で、杉沢さんは三作目だったね。それより前の幽霊はどうしたんだい？」

「新谷《しんたに》さんと佐山《さやま》さんですか。カメラの容量に限界があるんで帰ってもらいましたけど、亡くなった現場へ行けば会えますよ。先週も挨拶《あいさつ》してきたんで」

落ち着いて答えた水戸が、さらに説明を続ける。

「——最初に仲良くなったのは菊池くんでした。おれは昔から映画に興味があったんで、一緒《いっしょ》にやろうって話になったんですけどね。でも、菊池くんは昼間出歩けないし、着替えられないし、普通の作品を撮るのは無理じゃないですか。それで、幽霊の女の人を誘《さそ》ってスナッフフィルムっぽく仕立てることにしたんです」

どうもふざけた話だが、この気安さが大学生らしいといえば大学生らしくもあるようだ。自主制作映画などというものは、これくらいの勢いがないと生まれないのかもしれない。

（……それにしても、幽霊ってそんな簡単にスカウトできるものなの……？）

諒介はちらりと唯の横顔を見た。同じような感想を抱《いだ》いていたらしい彼女が、戸惑《とまど》いの混じった苦笑《くしょう》で視線に応じる。

希那子はあきれたように自分の長い三つ編み髪《かみ》をくるくる振《ふ》り回していた。

「……なるほどね。警察は水戸くんたちを殺人犯として追っていたわけだけれども、その容疑についてはもういいや。それで、カメラはどうやって手に入れたんだい？」

「ああ、このフリマアプリで買いました——いや、本当です。説明文に『お化けを撮れるように改造してあります』って書いてあったんですけど、もちろん冗談《じょうだん》だと思いました。

つまり、素人《しろうと》がいじくって壊《こわ》しちゃったって意味だろうなって。でも、値段もジャンク品並みだったんで、面白半分に買ったんです。型は新しいし、うまく修理できたら儲《もう》けもんだと思って」

「ジャンク品並みって、いくらだったんだい？」

「送料込《こ》みで三千円はしませんでしたね」

「三千円……」

希那子が険のある声で復唱する。諒介にも彼女の気持ちが分かった。その価格ではどう考えても出品者に金銭的な利益《りえき》はない。材料費だけでも相当な赤字を出したに違いないが、どんな目的で心霊カメラを作り、そして捨て値で売り払《はら》ったのだろう？

「売り主の情報があったら見せて。アプリの履歴《りれき》も、品物を送ってきた時の伝票や梱包材《こんぽうざい》も、手掛《てが》かりになりそうなものは全部」

「それが、その出品者は取引の後すぐにアカウントを削除《さくじょ》してるんですよ。段ボール箱も捨てちゃったし、情報と言われてもなぁ……こんな物ならありますけどね」

水戸は隅のがらくたを引っかき回すと、ビデオカメラのマニュアルを取ってきた。薄《うす》い冊子になっているそれの間に、家庭用プリンターで印刷したらしい素っ気ない文書が一枚挟《はさ》まっている。

抜き取ってみると「怪異を見る」「怪異を保存する」「怪異を呼び出す」といった異常な操作の説明書だった。最後に『Ｗ』一文字が四角形で囲まれているのは、どうも署名のようなものらしい。

「Ｗ……これの意味に心当たりは？」

「いや、全然ありません。普通に渡辺《わたなべ》とかの頭文字《かしらもじ》じゃないですか。それとも『魔法使い《ウィザード》』とかかな」

彼にとぼけている様子はない。この説明書も、隠そうと思えば隠せたのを素直に出してきたのだから、Ｗについては本当に何も知らないのだろう。

「……んで、あんたらはおれたちをどうするつもりなんです？」

と水戸が言った。長々と話しているうちに頭の中が整理されて、悪く度胸が据《す》わったのかもしれない。

「おれを逮捕するって言ってましたけど、一体なんの罪になるんですかね？」

確かに、実話風のホラー映画を作ることは別に犯罪でもない。怪異については公に証言できないわけだし、乱闘についても先に諒介たちの家宅侵入がある。その気になれば水戸は正当防衛を主張できるだろう。

どう片付けるか、諒介は少し困った。

希那子はくすりと笑った。笑うだけで、すぐに言葉を発しなかったのはわざとだろう。彼女の美貌《びぼう》は、威圧的《いあってき》に使えば周囲の人間を萎縮《いしゅく》させる武器になる。

水戸たちは彼女の笑いに圧倒《あっとう》され、仲間同士でそっと視線を交《か》わした。気まずい沈黙《ちんもく》をたっぷり数秒間味わわせてから、希那子が口を開く。

「ねえ、先に少し脅《おど》かしておくと、ボクはこの問題を腕ずくで解決することもできるんだ。そのカメラを叩き壊してから水戸くんを警察に突き出せば済むんだからね」

「はあ？　だから、こいつは犯罪になるようなことはしてねえって言ってんだろ」

口を挟んだのは吸血鬼の菊池である。希那子は笑顔のまま大きくうなずいて、

「そうだったね。じゃ、試しにそう言ってみるといいよ。『わたしはスナッフフィルムの撮影者《さつえいしゃ》ですが、実はこれは幽霊に出演してもらって作った映画なんです。わたしはだれも殺してません』ってね。マスコミも裁判官も、すぐに信じてくれると思うから」

「うっ……」

この皮肉には、菊池も顔色を変えた。

確かに、カメラを壊してしまえば幽霊たちは身動きが取れなくなり、スナッフフィルムが偽物だと証明できなくなる。自身の演出があだとなって、水戸は『連続殺人の現場に立ち会っていた不審者《ふしんしゃ》』の立場に陥《おちい》るわけだ。

殺人罪に問われることはなくても関係を疑われるのは避《さ》けられまい。そして事件の実態は自殺や事故死で、吸血鬼役の菊池も既《すで》に故人なのだから、真犯人が逮捕されることは決してない。水戸はいわば永遠の容疑者として残りの生涯《しょうがい》を送るはめになる。

――しかし、それでは故意に冤罪《えんざい》を作ることになってしまう。悪ふざけの罰《ばつ》としては過《か》剰《じょう》なようでもある。諒介は希那子の真意を量りかねた。

「もちろん、ボクは卑怯《ひきょう》なことはやりたくない」

希那子は涼《すず》やかな声で語り続ける。

「君たちをきつくとがめるつもりもないよ。水戸くんがカメラを使ってみたくなったのは当然だし、菊池くんや杉沢さんや半谷さんの気持ちも分かる。何しろ幽霊は退屈だからね。話し相手ができるだけでもうれしいんだから、一緒にいたずらをやるという提案は魅力的《みりょくてき》だったと思う。でも、このスナッフフィルム騒《さわ》ぎはやめてもらいたい」

「……どうしろって言うんです？」

水戸の質問に、希那子は三本の指を折りながら答える。

「第一に、『ＲＳＦ』の配信を停止すること。第二に、映像は全て偽物だと発表すること。第三に、これまでの出演者の死の真相を詳しく聞き取った報告書を提出すること――宛先《あてさき》は巣鴨《すがも》警察署の平塚警部だ。君は警察にかなり迷惑《めいわく》を掛けたんだから、その埋《う》め合わせをしてもらうよ」

「このカメラは？」

「君には幽霊の友達がいるんだから、没収《ぼっしゅう》するわけにもいかないだろう。もちろん、また悪用したときは容赦《ようしゃ》しないけれども。稼《かせ》いだお金についてはどうでもいい。ボクは税務署に頼《たの》まれたわけじゃないからね。無法な要求じゃないだろう？」

「……………」

水戸は肩《かた》をすくめたが、その仕草は承諾《しょうだく》を意味しているらしかった。希那子は諒介と唯の顔を順番に見た。何か言いたいことがあるか、という確認だろう。

交渉《こうしょう》は妥当《だとう》に決着しているとみて諒介は首を横に振った。唯も同意し、これで引き上げようと席を立つ。

その時、ずっと黙《だま》っていた中林がぽつりと言った。

「……まきなさん、だっけ？　あんたは、きっと幸せに死ねた子なんだね」

「うん？」

希那子が立ち止まる。冬服を着込《きこ》んだ中林は、毛糸のマフラーにくるまれた口を不満げにとがらせているらしかった。

「だって、そうじゃない？　死んだ後も、よりによってマッポの手伝いなんて……あたしはできない。やりたくもない。生きてたころ、あたしにもいろいろあったけど、あいつらはちっとも助けてくれなかったよ」

「……そっか。君たちにもいろいろと事情があるんだよね」

ささやいた希那子が、不意に、いつも身に着けているチョーカーを外した。

布に隠れていた真っ赤な輪があらわになる。縄と爪《つめ》のあとで首の皮膚《ひふ》がぐるりと破れ、ねじれた肉の間から気道か頸椎《けいつい》か分からない乳白色がのぞいていた。

「――確かに、ボクはこんな風に絞め殺されて、みじめにトイレに捨てられただけの幸せな女の子だから、他人の気持ちに疎《うと》いのかもしれないけれども……」

発声につれ、傷口からぷつぷつと血の泡《あわ》がわいて、はじける。

「――でも、ごめん。ボクはわがままだから自分の都合を押し付けるよ。君たちの冗談に警察が振り回されたせいで本当に悪いやつらが見過ごされたら、ボクは困る。偽《にせ》スナッフフィルムがアングラサイトの売り上げに貢献《こうけん》して、運営している連中がお金を儲けたら、ボクは嫌だ。そんなわけで、あらためてお願いするね。どんな理由があっても犯罪ごっこはやめてもらいたい。ボクは、犯罪者が、憎いんだ」

彼女の眼は薄闇の中で赫々《かっかく》と輝《かがや》き、全身から異様な気配があふれ出る。中林がたまらず尻《しり》もちをついた。水戸たち四人は倒れこそしなかったが、それはおのおのソファや手近のがらくたに腰掛《こしか》けていたからに過ぎない。その場の全員が震えていた。唯ですらも、諒介の腕に両手ですがってなんとか立っているというありさまだった。

恐怖《きょうふ》にあえぐ水戸たちの、ひゅうひゅうという喘鳴《ぜんめい》じみた息遣《いきづか》い以外、何も聞こえない時間がしばらく続いた。

「……西島先輩」

諒介は名前を呼んだが、その後に何を言おうという考えはなかった。ただ、声を掛けずにいられなかったのだ。

希那子は悲しげに首を振り、チョーカーを巻き直した。辺りに充満《じゅうまん》していた死の臭《にお》いが薄れていく。

「行こう」

諒介たちは、もう振り返らずに水戸家を出た。

いつの間にか空はすみれ色に暮れていた。広がっていた黒雲は夜風にちぎれ、裂《さ》け目《め》に都心より多めの星が瞬《またた》いている。

「あ、あの、西島さん、その傷を手当てしなくて大丈夫《だいじょうぶ》ですか？　痛みは……」

諒介が聞こうとして聞けなかったことを、唯が尋ねてくれた。希那子はくすりと笑って喉《のど》に手をやり、

「やあ、変なものを見せてごめん。これはいわば生態で治療《ちりょう》できるものじゃないし、怨霊《おんりょう》に感染症《かんせんしょう》はないから大丈夫。それにしても、さっきのあれはボクの八つ当たりだったね。言い過ぎたかな」

弱気なつぶやきに、諒介が反対する。

「そんなことはありません。あの映画はやっぱり迷惑ですよ」

「わ、わたしもそう思います。それに、あんな物を撮っててもっと危ない怪異に遭《あ》ったら大変じゃないですか」

唯も口を添《そ》える。それもその通りだった。水戸は話の分かる幽霊ばかりと出会ったから無事だったが、例えば、あの調子で隙間女と接したら命を取られたに違《ちが》いない。カメラは強い怪異には効きにくいようだし、特別な力のない菊池が加勢しても駄目《だめ》だろう。

「……ふふふ。ありがとう、君たちは優《やさ》しいね」

「カメラを売った『W』のことはどうしましょう?」

「ああ、そうだね。多分超能力者《ちょうのうりょくしゃ》か怪異の悪ふざけだろうけれども、あんな危険物を流通させられちゃ冗談じゃ済まない。平塚警部に報告しておいてくれるかい? フリマアプリから手掛かりがつかめたら――おおっと」

そう言いかけた彼女がふらふらとよろめく。別に足元に何かあったわけではなく、単に疲《つか》れ果てたという感じだった。

「しまった、そろそろ時間切れだ。ごめん、戸川くん。急いで送り返してくれる？」

「はい、お疲れさまでした――まきなさん、お帰りください」

「二人も気を付けて帰ってね」

愛想《あいそ》良く手を振り、希那子は暗黒の扉《とびら》へ消える。それを見送った諒介は、駅へ向かって街路灯をたどりだした。

「……あの、もし戸川くんが死んじゃったとして……」

途中《とちゅう》で唯がぽつりと言った。

「えっ？」

「あっ、ごめんなさい！　縁起《えんぎ》でもないですね。じゃ、わたしが死んだとして――」

「いえいえ、全然いいですよ。ぼくが死んだとして、どうぞ」

「その……つまり、幽霊になったとして、ホラー映画なんかに出たいでしょうか？」

「……ああ、そうですね。出たくない、と思います」

唯の質問の意図を理解して、諒介はふっとため息をついた。自分が急死した後、幽霊として活動できたなら、まずは妹や友人に別れを告げるだろう。もっと長い猶予《ゆうよ》があっても、やはり親しい人間のために時間を使うだろう。

だが、水戸が集めた幽霊たちはそうしなかった。むしろ家族や生前の知人を悲しませる可能性がある偽スナッフフィルムの制作に協力したのである。希那子は「いろいろと事情がある」のだろうと言った。彼女たちは、どうして自ら死を選んだのだろう? それに、希那子はどうして――腹の底に、苦いものが重く沈《しず》んでいく。

「…………?」

諒介はポケットが震えるのを感じた。スマホを取り出し、画面をちらりと見て、苦笑を漏《も》らす。

「戸川くん、どうしました?」

「いや、妹が腹を空《す》かせてるだけです」

「あら……ふふふっ、かわいい」

画面を見せられた唯が肩を揺《ゆ》らした。おにぎり・ラーメン・エビフライと、食べ物の絵文字が羅列《られつ》されている。

「そういえば、今日は結構遅《おそ》くなっちゃいましたもんね。早く帰ってあげなくちゃ」

「ちょっと早足になってもいいですか?」

「もちろんです。急ぎましょう!」

張り切って駆《か》けだした唯の足は、あまり速くなかった。

六

スナッフフィルム事件の調査は公《おおやけ》の活動ではない。平塚警部は意外な真相に驚きつつも解決を喜んでくれたが、報酬《ほうしゅう》として学校に口を利《き》いて便宜《べんぎ》を図《はか》ってやる、というわけにはいかなかった。

つまり、高校生としての諒介は一週間遊び回ったのと同じ状況になったわけだ。勉強は遅《おく》れ気味《ぎみ》になるし、宿題の期日も迫《せま》る。掃除《そうじ》や洗濯《せんたく》といった家事も充分《じゅうぶん》にできなかった。普段《ふだん》から主夫と学生を兼《か》ねた暮らしで忙《いそが》しい彼だから、この遅れを取り戻《もど》すのはなかなか大変だった。

生活がようやく落ち着きを取り戻しかけたころ、諒介が昼休みに学生食堂でたぬきそばを注文していると、幼なじみの小菅修平が日替《ひが》わり定食を手に近寄ってきた。

「よう、一緒に食おうぜ」

「うん」

諒介がそばの茹《ゆ》で上がりを待っている間に、修平は素早《すばや》く並びの空席を確保し、給茶機の玄米茶《げんまいちゃ》も二杯《はい》運んでくれていた。

「おまえが弁当じゃないのは珍《めずら》しいな」

「あはは、今朝はちょっとおかずを切らしちゃって」

「よくもまあ自分で弁当を作れるもんだ。おれは早々に自炊《じすい》をあきらめたぜ」

修平が自分の皿に「いただきます」と手を合わせる。今日の献立《こんだて》は焼き鯖一切れに野菜の白和《しらあ》え、それにほとんど肉の入っていない豚汁《とんじる》が付いていた。

「いや、わざわざ料理してるわけじゃないからね。大抵《たいてい》は夜の残り物に少し足して詰《つ》めるだけだから、そのつもりで用意しておけば楽なんだ。冷凍《れいとう》食品も遠慮《えんりょ》なく使うし」

「そうやって段取り良く準備できるのがすげえよ。それにしても、おまえんちの出張も結構長いな。おじさんたちは今どこにいるんだ？」

「さあ、どこかなぁ」

諒介は七味唐辛子《とうがらし》を慎重《しんちょう》に振りながらおざなりに答える。学食の缶《かん》は穴が大きいので、うっかりすると丼《どんぶり》の表面が真っ赤になりかねない。

「まあ、多分国内だから修平のうちよりは近いよ。そっちはアメリカだもんね」

「おいおい、適当だな――ところで、あれから魔忌名様の方はどうなった？」

諒介の手元が狂《くる》い、唐辛子の粉がぱっと舞《ま》う。彼はあわてて顔を背《そむ》けて、

「どうなったって、別にどうもしないよ。なんで？」

「いや、あれからおれも少し調べてみたんだけど、ものすごい悪霊《あくりょう》らしいからな。おまえにたたりでもあったら困るだろ」

修平は心配そうに眉《まゆ》をひそめた。

「なんにもない、なんにもない。大丈夫だよ」

諒介は笑顔《えがお》で言い張る。怪異研究会の活動に親友を巻き込みたくないという思いは変わらない。修平には隙間女や吸血鬼ではなくサッカーボールを追ってもらいたいのだ。

「そういえば漫研《まんけん》の先輩も怖《こわ》がってたっけ。まきなさんはそんなに危ないお化けってことになってるの？」

「まあ、生きてたころが相当ひどい悪《わる》だったからな。死んだ後も、やっぱり悪霊になると考えるのが自然だろ」

「………？」

辛味《からみ》を均等にしてごまかそうとつゆをかき回していた諒介は、妙《みょう》な言葉にはしを止めた。

「ひどい悪って、まきなさんのことじゃないでしょ？」

「いや、西島希那子のことだ。なんだ、知らなかったのか？　校内で覚醒剤《かくせいざい》をさばいたり同級生に売春させたりしてた、たちの悪い不良グループのメンバーだぞ。最後は薬の取引か何かでもめて、やくざに殺されたんだ」

「……えっ？」

諒介はたっぷり五、六秒ほど呆然としていた。それから修平に反論しようと思ったが、ややこしくなるだけだと気付いてこらえた。彼は話を大げさにする性格ではない。多分、サッカー部の先輩あたりから聞いたうわさをそのまま伝えただけだろう。

諒介は生前の希那子について調べたことがなかった。十五年前に殺されたというから、今と同じように何か事件に首を突っ込んで巻き込まれたのだろうと思っていたのだが、

（……西島先輩が、薬物や売春にかかわるような連中の仲間……？）

修平は諒介が黙り込んでいる理由を誤解して、気まずそうに言った。

「すまん。怖がらせるつもりじゃなかったんだ。とにかく、もしものときはきっとおれが責任を取るから、何かあったら必ず言ってくれよ」

「あっ……うん……」

せっかくの親友との昼食だったが、その後の会話はあまり弾《はず》まなかった。諒介は天かすがふやけたたぬきそばをそそくさとたぐると、部に顔を出すという修平と別れて日差しがぎらつく校庭へ出る。葉桜の陰《かげ》でスマホを使い、十五年前の事件について調べた。

希那子は殺人事件の被害者であり、また高校生でもあるから、大手のマスコミはあから

さまな表現を避けている。しかし、個人のブログなどには遠慮のない表現が残っていた。修平から聞いた通り、希那子は暴力団とつながりのある不良少女だとしている。彼女の死をあざ笑い、いっそ祝福するような文章さえ見受けられた。

希那子を殺したのは暴力団員の男らしい。首を絞めた死体を三鏡高校の女子トイレに捨てて学校関係者の犯行に見せかけようとしたが、この小細工は見破られ、殺害の数か月後に逮捕《たいほ》されたと書かれている。

動機については金銭的な取り決めがこじれたという説と、この男が希那子と恋愛《れんあい》関係にあったという説が紹介《しょうかい》されていたが、本人が黙秘《もくひ》したまま刑務所《けいむしょ》へ行ったため真相は不明らしい。

「…………」

現在の三鏡高校は風紀・学力ともに地域で上位になっているが、一時は少々荒《あ》れていたそうだ。希那子はその時期の生徒で随分《ずいぶん》悪いことをしたが、死後には反省したのだと考えれば、まあ納得も、

「……いや、できないよ」

諒介は思わず独《ひと》り言《ご》ちた。

放課後、諒介は久しぶりに怪異研究会を訪ねた。漫画《まんが》研究会の部員などに見とがめられないようにこっそりと、しかしきちんと扉をノックしてから中へ滑《すべ》り込む。

希那子は定位置である奥《おく》の事務机の上で、座礼の格好で眠《ねむ》っていた。猫《ねこ》がやると『ごめん寝《ね》』などと呼ばれてかわいがられるものだが、人体に適した姿勢かどうかは大いに疑問である。

「はろう、戸川くん」

突っ伏《ぷ》したままの彼女が片手を挙げ、どう聞いても波浪《はろう》の発音で歓迎《かんげい》する。

「こんにちは。西島先輩、そのポーズは何事ですか？」

「うん。ほかでもないけれども、新しい寝方《ねかた》を研究してみようと思ってね」

「それは、ベッドか布団《ふとん》を用意することから始めるべきなのでは……」

「ボクだってできればそうしたいよ。でも、ここにもたまには人の出入りがあるからね。寝床《ねどこ》なんか用意して、いかがわしい場所と勘違《かんちが》いされたらまずいじゃないか。戸川くんが泊《と》まりたいっていうのなら別だけれども」

ぐいぐいと念入りに背筋を伸《の》ばし、ついでに三つ編みもさばいてから、彼女は甲板《こういた》の端《はし》に座《すわ》り直した。長い足をなまめかしく組んだのは、多分わざとだろう。

負けるもんか――と、諒介は気付かなかったふりで手前の椅子《いす》に腰《こし》を下ろす。

「また何か事件かい？」

「いえ、今日は急ぎの用事じゃありません。そういえばスナッフフィルム事件の後始末をきちんとご報告してなかったと思い出したので……それとも、もうご存じですか？」

「ううん、知らない。図書室の新聞はこっそり読んでいるけれども、今回みたいに内済《ないさい》にした事件の顛末《てんまつ》は教えてもらわないと分からないんだよね」

「一応、水戸さんは約束を守りました。ＲＳＦの配信をやめて、入れ替《か》わりにこれまでの出演者が踊《おど》ってる動画をアップしたんです。値段は百円ぐらいで、タイトルは『ディープフェイク』だそうです」

希那子が身振《みぶ》りで要求したので、諒介は段ボール箱からたばこを模した駄菓子《だがし》を取って渡《わた》した。彼女は、高校生の目にはむしろチョークに映るそれを唇《くちびる》の端にくわえて、

「なるほど、全部偽《ディープフェイク》動画だってことにしたんだね。それはいいとして、ええと、踊ってるって？」

「よそのサイトに転載《てんさい》されてるのを栗原さんが見つけて、送ってくれました」

諒介はスマホで動画を再生した。水戸家の離《はな》れであろう建物の中で、菊池や杉沢たちがダンスを披露《ひろう》している。いくらか練習不足でぎこちないが、使っている音楽は最新だし、亡くなった時期がかけ離れた女性たちが一堂に会しているし、スナッフフィルムが本物で

ないことを示そうという意図は分かる。

「……なんだか予想外のものが出てきましたけど、これでいいんでしょうか？」

諒介のつぶやきに、希那子は「いいんじゃないかな」と笑った。

「スナッフフィルムなんかを買うような客には、これくらいふざけた代物《しろもの》をぶつけた方が効くかもしれない。それにボクとしては、水戸くんが幽霊の子たちと仲良くしていること自体に文句はないんだ。みんなかわいそうな子だからね」

「ええ、はい。なんだか楽しそうではありますけど——いただきます」

希那子が諒介の口に砂糖菓子《がし》を一本差《さ》し込む。ココアとミントの甘《あま》い香りが、すっと鼻へ抜《ぬ》けた。

「後は平塚警部がうまく処理してくれるよ。手柄《てがら》になる事件じゃなくても嫌《いや》がらないのが、あの人の偉《えら》いところさ。それから、カメラの売り主の方は？」

「『W』については特に手掛かりをつかめなかったそうです。事件を公表しないとなると、警部さんも大っぴらに調べることはできないんでしょう」

「ふうん……まあ、しょうがないだろうね。じゃ、今度の事件はここまでか。戸川くん、あらためてお疲れさま。ボクたちが乗り出したタイミングを考えれば、満足すべき結果と言うべきなんじゃないかしら。結末はちょっとユーモラスだったしね」

ねぎらった希那子が不意に床《ゆか》へ降り、その場でくるくる回りだす。何事かと驚《おどろ》いたが、どうやら水戸が撮《と》ったダンスのまねらしい。彼女《かのじょ》の運動神経は抜群《ばつぐん》で、初見でも出演者のだれよりも動きに切れがあった。狭《せま》い室内なのに物にぶつかりもせず、見事に踊り終えて優雅《ゆうが》に一礼する。

思わず見とれていた諒介が、拍手《はくしゅ》しようか悩《なや》んでいるうちに、希那子は平然と机の上へ戻ってしまった。

「ところで戸川くん、ほかに面白《おもしろ》い話題はないかい？」

「面白い話題、ですか。新聞に載《の》ってないようなやつですよね……」

一生懸命《いっしょうけんめい》考える諒介に、希那子がくすりと笑う。

「あれから栗原さんはどうしてる？」

「元気そうですよ。でも、アルバイトで忙しいみたいです」

「彼女はかわいいね」

「えっ？　……あっ、はい。そうですね」

「透明《とうめい》になるとき邪魔《じゃま》になるからか、彼女はいつもすっぴんだろう。素顔《すがお》で明らかに美人なんだから、軽くお化粧《けしょう》したらものすごくきれいだと思うよ」

「そんな気がしますね」

「頭がいいし、性格もいい。ちょっと暗いけれども、戸川くんもおとなしい方だから相性《あいしょう》もいいんじゃないかな」

「ええ、まあ……」

うなずく諒介の顔を、机の上の希那子が不思議そうに見下ろす。

「で、何が戸川くんの好みに合わないんだい？　超能力に拒否感《きょひかん》はないみたいだし、年上は嫌というわけでもないのに、どうして次のデートの約束が決まってないんだろうねぇ」

「――待ってください。もしかすると、もう『面白い話題』が始まってますね？」

やっと気付いた諒介が、平手を突《つ》き出して牽制《けんせい》する。どうやら求められているのは時事問題ではなく色恋沙汰《いろこいざた》だったようだ。

「そうさ、こんなに面白いことはないじゃないか。もじもじしたり、いちゃいちゃしたり、ぎすぎすしたりしてボクを楽しませてよ」

「身近な人間関係をいじって遊ぶのはやめてください。ぼくが真に受けたら気まずいことになりますよ」

「ボクは失恋《しつれん》して落ち込む子を見るのも大好きだから、振られて泣いてくれてもいいよ。にやにやしながらなぐさめてあげるんだ」

「そんな俗悪《ぞくあく》な……愛と正義の美少女怨霊はどうなったんです」

「今はプライベートだからお休みさ。ああ、何か刺激的《しげきてき》なことが起こらないかなぁ」

と、希那子は子供っぽく足をぱたぱたさせる。彼女は見た目こそ大人びているが、やはり性根《しょうね》は享年《きょうねん》相応なのかもしれない。

そして、諒介のコミュニケーション能力は変なスイッチが入ってしまった上級生女子の相手をうまくやれるほど高くないので、今日のところは逃《に》げ出すことにした。

「あの、ぼくはそろそろ失礼します」

「そっか、報告ありがとうね」

かばんを持って立ち上がった彼《かれ》に、希那子は一応にこやかに礼を言った。が、横目遣《づか》いの視線はやや不満げであり、寂《さび》しげでもある。

ふと、諒介は自分が使っていた椅子に目を向けた。

「ところで、座布団《ざぶとん》はどうですか」

「うん？」

「座布団です。枕《まくら》の代わりになりますし、部室にあっても不自然じゃないと思いますけど、どうでしょう？」

「……ああ、いいね！　それは助かるよ」

希那子がうれしそうに手を打った。

「今度持ってきますね」

気になっていたことを聞けないまま、諒介は廊下《ろうか》へ出た。

(――西島先輩《せんぱい》は、自分がどんな風にうわさされてるか知らないんですか?)

いや、そうとは考えにくい。新聞も読むという彼女だから、ひどい濡《ぬ》れ衣《ぎぬ》を着せられているると知っているはずだ。なぜ汚名《おめい》をそそごうとしないのだろう?

(先輩はどうして怨霊なんですか? 一体、だれを恨《うら》んでるんですか?)

この疑問を、諒介は駄菓子の空き箱とともに握《にぎ》りつぶして捨てた。うかつに踏《ふ》み込んでいいものではないことくらいは分かる。先日の希那子が見せた激怒《げきど》と、チョーカーの下のむごい傷あとを思い出すと、彼の手はかすかにしびれた。

閑話　平穏無事

いつも早起きの戸川諒介《とがわりょうすけ》も、日曜は自分に寝坊《ねぼう》を許している。平日の寝不足《ねぶそく》を取り返すという目的もあるし、どうせ妹が起きてこないので普段通りに朝食を用意しても無駄《むだ》だという理由もある。

　アラームに急《せ》かされることなく自然に目覚めた彼がゆっくり顔を洗い、昨夜の味噌汁《みそしる》を温めても、やはり明日香《あすか》が降りてくる気配はなかった。時計を見ると、もう九時が近い。諒介はガスコンロの火をいったん消した。

　二階へ上がり、彼女の部屋をノックする。

「明日香、そろそろ起きて。ご飯にしよう」

　返事はなかった――正確には、名状しがたい反応しかなかった。何かむにゃむにゃ言うのは聞こえたが、日本語になっていない。もう一回ノックして呼び掛け、三十秒ほど待ち、ため息をつきながらドアを開ける。

　晴れている割に涼しい朝だが、明日香の寝相《ねぞう》はひどかった。枕は蹴落《けお》としてしまって、丸めた毛布を抱《かか》えている。片足がベッドからはみ出しているし、寝間着《ねまき》代わりのぶかぶかのシャツがめくれて肩甲骨《けんこうこつ》近くまで背中が出ている。

とにかくシャツだけは直してから、優しく肩をたたく。

「おはよう、明日香」

頭の上から呼びかけられても、彼女の反応はとろんとしている。

「……むー……」

「朝ご飯できたよ」

「……なんかね、二人で、どっか海辺の町であんパンのお店を探してて……」

「夢の話は食べながら聞くから。ほら、もうすぐテレビも始まるよ」

「……んー……運んで……」

目をつぶったままの明日香が仰向《あおむ》けになって両手を開く。しかし、中学生の妹を抱っこしてやるほど諒介は寛大《かんだい》でも非常識でもなかった。黙ってカーテンを全開にし、ついでに足の裏をくすぐり、はじけた悲鳴は無視して一階へ戻る。

あらためて手を洗っておかずを仕上げているところに、笑い泣きの痕跡《こんせき》を残した彼女がよろよろと現れた。

「ねえ、最近のお兄ちゃんはちょっと冷酷《れいこく》だと思うんだけど」

「そんなことはない」

気の弱い諒介も、さすがにきっぱりと断言する。ほかに家族がいないからやむを得ないが、本来はわざわざ起こしに行くのすら甘やかし過ぎだろう。

目を覚ましてしまえば立ち上がりが早い明日香は、てきぱきとテーブルを拭《ふ》いて皿などを並べだした。とりとめのない夢の話をしながらの食事は、特撮《とくさつ》ヒーローのキックが悪役を爆発《ばくはつ》四散させるころに済んだ。

特に用事がない限り、休日の午前中は普段行き届かない家事に費《つい》やすのが兄妹《きょうだい》の習慣である。二人は協力して食器を片付け、取り込んだまま積んであった洗濯物《せんたくもの》を畳《たた》み、家中に掃除機《そうじき》をかけた。せっかく天気がいいので布団も干した。

「お兄ちゃん、午後はどうすんの？」

二つの枕をはたきながら明日香が尋《たず》ねる。

「特に予定はないな。スーパーで買い物をしておきたいくらいで」

「あたし、見たい映画があるんだよね。一緒《いっしょ》に行かない？」

「えっ？　いや、チケットは買うから友達を誘《さそ》いなよ」

「みんな趣味《しゅみ》が合わないんだもん。一人で男子に交じるのも面倒《めんどう》くさいし」

ああ、と諒介は察した。彼女が見たがっているのは、怪獣《かいじゅう》が大暴れする話題作だろう。

中学生といえば背伸《せの》びしたがる年ごろだから、いかにも子供向けのアクション映画に付き合ってくれる同級生の女子を探すのは難しいかもしれない。

一人で行かせてもいいのだが、やはりそれは少々心配だった。

「宿題は帰ってからで間に合う？」

「間に合うも何も、もう完璧《かんぺき》に終わってるよ。見たい？」

明日香は自慢《じまん》げにあごをなでる。小学七年生といった感じの趣味からは想像しにくいが、彼女は勉強をまじめにやるし、よくできるのだ。大丈夫だというなら信用していい。

「……じゃ、行こうか」

「やった！」

簡単に身支度《みじたく》して家を出る。調べてみると一番近い劇場は池袋《いけぶくろ》だった。山手線《やまのてせん》に乗れば早いが、急ぐわけではないし今日は暑くならない予報である。明日香が元気を持て余していることもあり、歩いていくことになった。

麦わら帽子《ぼうし》をかぶった彼女は、線路沿いの道をにこにこ機嫌《きげん》良く歩いていたが、大塚《おおつか》の辺りまで来たとき、不意に反対側へ大きく手を振《ふ》った。

「修くん！」

呼ばれた茶髪《ちゃぱつ》の人影《ひとかげ》と諒介が同時に立ち止まる。

「やあ。久しぶり、明日香ちゃん」

身軽に二人の方へ渡ってきたのは小菅修平《こすげしゅうへい》だ。そういえば、ここは彼のアパートのすぐ近くだった。手ぶらだからコンビニにでも行こうとしていたのだろう。

「おー、しばらく見ないうちに修くんが大きくなってる……鍛《きた》えてるって感じ。ちょっと触《さわ》っていい？」

「ははは、明日香ちゃんこそ大きくなったよ」

小さいころ兄たちの遊びによく割《わ》り込《こ》んでいた明日香は、親戚《しんせき》のおばさんのようなことを言いながら修平の腹筋を突っついたりふくらはぎをもんだりする。久しぶりでも遠慮のないなれなれしさに笑いながら、修平は諒介の方に向き直った。

「どうした、二人でお出かけか？」

「うん。明日香が映画を見るっていうから、池袋まで」

「今だとこれかな」

修平がヒーローの必殺技《ひっさつわざ》の構えをまねる。諒介は苦笑《くしょう》しながら認めた。

「そうだ、せっかくだから修くんも行こ！」

一通り筋肉をいじって満足したらしい明日香が、そう提案する。

「おれも？」

「うん、たまにはいいじゃん」

修平はびっくりしたようだが、その反応は消極的でもなかった。何しろ幼なじみだから明日香は共通の妹のようなもので、三人で行動することに違和感《いわかん》はない。

目付きで尋ねられた諒介も大きくうなずく。練習で毎日忙しい修平の休みをつぶすのはどうかと思ったから誘わなかっただけで、本人が乗り気なら大歓迎《だいかんげい》だった。

「それじゃ、お供させてもらうかな」

妙によく知り合いと会うな――と思う経験はだれにでもあるだろうが、諒介にとってはこの日がそれだった。三人で仲良く池袋まで歩き、ラーメンを食べてから映画館へ入った後の出来事である。

たとえ食後でも映画観賞にポップコーンは欠かせないのだと主張する明日香の付き添いを修平に任せ、ロビーで待っていた諒介は、パンフレットを片手に売店から出てきた女性に気付いた。初夏にはやや暑そうな灰色のパーカーと、ぼさぼさの黒髪《くろかみ》が目立っている。

「あれ、栗原《くりはら》さん」

「……わっ、戸川くん！」

声を掛《か》けられた栗原唯《ゆい》が、跳び上がらんばかりに驚く。

「あ、あの、別につきまとってたわけじゃないですよ。仕事が一段落したので、ちょっと気分転換《てんかん》に来ただけなんです。本当に本当です」

「あはは、お疲れさまです」

そんなことは最初から疑ってもいなかった諒介は、ただの冗談《じょうだん》として聞き流した。唯が持っているパンフレットは、明日香が見たがっている作品の物である。

「戸川くんはこれからですか？」

「はい、妹の付き合いで。そうだ、修平も一緒ですよ。あの、栗原さんに助けてもらった小菅修平です」

諒介は飲食の列の中ほどに並んでいる二人を指さした。視線を感じて振り返った明日香が、ちょこちょこと両手を振る。

「わあ……戸川くんと明日香ちゃん、そっくりですね」

「似てますか？」

「似てます、似てます。とってもかわいいです」

この褒《ほ》められ方に諒介は少し困ったものの、悪気がないのは分かり切っているので礼を言った。

「ありがとうございます。映画はどうでした？　ぼくたちもそれを見るんですが」

「ええと、その、面白かったです。今は、それだけで」

唯はうずうずと何か語りたいような熱量をうかがわせたが、我慢《がまん》したらしい。いわゆるネタバレになってはいけないと遠慮したのだろう。

「そうですか、楽しみです」

「はい。それじゃ、お先に失礼しますね」

ぺこりと頭を下げると、彼女はエスカレーターへ逃げ込むようにして立ち去った。諒介には慣れたが、明日香や修平が来たら怖いというような態度である。いくらか対人恐怖《きょうふ》症《しょう》の傾向《けいこう》があるのかもしれない。

入れ替わるように、塩味とキャラメル味のポップコーンを一つずつ抱えた明日香が興味《きょうみ》津々《しんしん》といった顔で戻ってきた。

「お兄ちゃん、今の女の人だれ？　お友達？」

「いや、違うよ。栗原さんっていって、修平のアパートの近所に住んでる人」

「……ん？　なんで修くんのご近所さんにお兄ちゃんが挨拶《あいさつ》してんの？」

「あっ、いや……」

妹に当然至極《しごく》の指摘《してき》を受けて、諒介は隠《かく》し事《ごと》が下手くそなことを自覚する。気を抜いていたとはいえあまりにもひどい答えだった。修平が助け舟《ぶね》を出してくれないかと期待しても、彼は全然事情を知らないのだからそれは無理である。

「……あのさ、お兄ちゃん。ナンパなら身内がいない時にしてね」

すっかり誤解した明日香が、兄に湿《しめ》った視線を向けた。

そんな些《さ》細《さい》な信用失墜《しっつい》はあったものの、諒介は怪異《かいい》と全くかかわらない休日をのんびり過ごした。映画を一番喜んだのはもちろん明日香だが、男子高校生二人もしばらくはそればかり話題にするくらい楽しんだのである。

第三話　鏡の呪い

一

「やあ、これはいいね。肌触《はだざわ》りがいいし、柔《やわ》らかい」

戸川諒介《とがわりょうすけ》が持ってきた二枚の座布団を受け取って、西島希那子《にしじまきなこ》は弾んだ声を上げた。

「枕と敷布団《しきぶとん》を兼ねるんだから、あまり硬《かた》くない物がいいと思ったんです」

「うん、うん。まさに理想的だよ」

ここは三鏡高校《みかがみこうこう》南校舎の三階の外れ、怪異研究会なる怪《あや》しげな看板を掲《かか》げた部室である。昼なお薄暗《うすぐら》いこの場所は、一般《いっぱん》の生徒には悪霊『魔忌名様《まきなさま》』のすみかとして恐《おそ》れられているのだが、とある事件をきっかけに出入りするようになった諒介はちっとも危険を感じていない。

何しろ、その悪霊――自称《じしょう》は愛と正義の美少女怨霊――である希那子は、一見、生身の人間と区別が付かないのだ。美しく整った顔立ち、しっぽのように揺れる長い三つ編み髪《かみ》、首輪を連想させるチョーカーなどが黒猫《くろねこ》じみた印象を与《あた》えるが、陰惨《いんさん》な雰囲気《ふんいき》は全くない。だから諒介は彼女をひらがなで『まきなさん』、あるいは単に『先輩』と呼ぶ。

希那子は備え付けの古びた事務机に乗って、座布団を折ったり丸めたりと居心地《いごこち》を良くする工夫《くふう》に熱中していた。自由に出歩けない幽霊《ゆうれい》にとっては生活の質にかかわる大仕事なのだろうが、はたから見れば小動物の巣作りじみた光景で、これを怖がれという方が無理である。

もっとも、諒介はさりげなく顔を背けて、彼女をまともに視界にとらえないようにしている。希那子の制服のスカートは短く、うっかり中をのぞいてしまうような事故が起こりかねないからだ。

（……っていうか、わざとぎりぎりの格好で挑発《ちょうはつ》されてるような気もするんだけど）

からかわれてなるもんか——と頑張《がんば》っているうちに、希那子は寝床を完成させたらしい。

諒介が振り向くと、結局、一枚を上半身に敷き、もう一枚を畳んで枕にするという古典的なごろ寝の姿勢に落ち着いていた。

「ありがとう、随分快適になったよ。後は何か抱える物が欲《ほ》しいな」

「サメのぬいぐるみでも買ってきましょうか」

「うーん……かわいい物を置くと雰囲気が壊《こわ》れるから悩ましいところだね。まあ、今日のところは戸川くんに添《そ》い寝してもらえばいいや」

よいしょ、と彼女は体をずらして一人分の空間を設けた。

「いや、しませんよ！」

「君は普段からよく働いているし、たまに一、二時間昼寝《ひるね》するのは健康にいいと思うよ。大丈夫《だいじょうぶ》、ボクは何もしないから――君に何をされても抵抗《ていこう》しないという意味も含《ふく》めてね。はい、おいで」

「行きませんよ、行きません！」

手招きされた諒介は断固拒否したが、それでも頬《ほお》が赤くなっていたのかもしれない。

希那子はにやにやと面白そうに笑っていたが、急に真顔になってぱっと跳《は》ね起きると、諒介の首根っこをつかんで部屋の奥、机の下へ押《お》し込んだ。驚くべき早業《はやわざ》である。

「ちょっと、先輩――？」

「しっ！　……静かにして、動いちゃ駄目《だめ》だよ」

抗議《こうぎ》しようとする諒介の口を体温のないほっそりした指がふさいだ。希那子の姿が赤い煙《けむり》に変わって消える。

彼女の行動の意図は間もなく分かった。その直後、何者かが研究会の入り口を恐る恐るといった感じにノックしたのである。

諒介は部屋の隅《すみ》で黙《だま》っていたし、消えた希那子も返事をしなかったが、外の人物は扉《とびら》をそっと開けて入ってきた。影《かげ》の小ささと足音の軽さからして女子らしい。ひどくおびえており、はっはっと浅い呼吸を繰《く》り返していた。

「ま、魔忌名様、魔忌名様、お願いします。魔忌名様、魔忌名様、お願いします……」

彼女は震《ふる》える声で切れ切れに唱えると、床の段ボール箱に何か投《な》げ込み、諒介の存在に気付くことなく逃げ去った。数秒して、希那子が虚空《こくう》から戻ってくる。

「ごめんごめん、今度から戸川くんがいるときは鍵《かぎ》を掛けておこう」

「何か置いていきましたよ」

「ふふふ。なぜだか知らないけれども、ボクにお菓子を供えると願い事がかなうっていううわさが校内に広まっちゃってね。たまに今みたいなお客さんがおやつを補充《ほじゅう》していってくれるのさ」

と、希那子は少し大げさに肩《かた》をすくめた。

「ふうん、先輩は願い事全般《ぜんぱん》をかなえられるんですか？」

「いやいや、ボクはあくまでも一介《いっかい》の怨霊《おんりょう》だからね。できることしかできないんだから、学業成就《じょうじゅ》や病気平癒《へいゆ》を願われても困るよ。そういう用件は湯《ゆ》島天神《しまてんじん》なり高岩寺《こうがんじ》なりしかるべき所へ行ってもらわないと」

「やっぱりそうですよね」

「でも、できることならやるから、戸川くんや栗原《くりはら》さんが困ったときはなんでも相談してもらいたいな。学業成就だって、大学受験は無理でも校内の試験問題ぐらいは盗《ぬす》めるし」

「あはは、カンニングは駄目ですよ」

諒介は希那子の冗談を笑い飛ばした。しかし、彼も「友達の小菅修平《こすげしゅうへい》を助けてほしい」という願い事をかなえてもらったといえる。学業成就や病気平癒はともかく、まきなさんに一種のご利益《りやく》があるのは確かだ。

「ところで、さっきの子は何をくれたんだろう？　賞味期限が短いともったいないから、見てみてくれるかい」

諒介は菓子やジュースの在庫をおおむね把握《はあく》しているので、デパートの地下で売られているような高級クッキーが増えているとすぐに分かった。

その青い平べったい缶の蓋《ふた》に、一通の封筒《ふうとう》がテープで貼られている。

「ロール型のクッキーはいいとして、手紙が付いてます」

「おやおや、熱心だね」

普通《ふつう》、願い事といったら頭の中で祈《いの》るだけで、わざわざ文書にするのは珍しい。希那子はいかにも面白半分といった感じで手紙を開いたが、読み進めるうちにその表情が険しくなっていった。

「……何か嫌なことが書いてありますか？」

「うーん、これ一枚だけではなんとも言えないけれども、ボクの出番の可能性を否定できないな」

諒介は希那子が差し出した便せんに視線を落とした。達筆とはいえないものの、明快で読みやすい字でこう書かれている。

――梅月学園《ばいげつがくえん》にブラッディ・メアリーの呪いが流行し、生徒の一人が死にかけています。魔忌名様、どうかわたしたちを助けてください。

署名は笠井勝美《かさいかつみ》となっていた。梅月学園は駒込《こまごめ》駅の近くにある私立の女子高で、学力は三鏡高校と大差ないが、格式の点ではずっと上回っている。裕福《ゆうふく》な家庭の娘《むすめ》が通う、俗《ぞく》に言うお嬢様《じょうさま》学校というやつだ。地理的に近いので文化祭などの行事の際は交流もあるが、梅月の生徒が三鏡へ来たらちょっとしたお姫様扱《ひめさまあつか》いである。

「ブラッディ・メアリーって、イングランドの女王様じゃないですよね」

希那子が本棚《ほんだな》からペーパーバックの『怪談《かいだん》なんでも百科事典』を抜いて渡してくれた。

ブラッディ・メアリー【Bloody Mary】　幽霊・呪詛《じゅそ》

欧米《おうべい》に伝わる、血まみれの女性の姿をした怪異。ブラッディ・マリーと表記されることもある。暗い部屋に鏡を置き、その名前を三回あるいは十三回唱えると呼び出せるという。メアリーは儀式《ぎしき》を行った人間に未来を教えたり幸運を与えたりすることもあれば、恐るべき死の呪いをもたらすこともある。うかつに呼び出した者の末路は、つまり彼女の気分次第《しだい》と考えるべきだろう。

「とにかく、この笠井という子の話が事実かどうか確かめてみないことにはどうしようもない。また戸川くんたちに協力してもらわないとね」

彼女は事典を取り返すと、パタンと音を立てて閉じた。

笠井勝美の手紙に電話番号などは書かれていない。超自然的《ちょうしぜんてき》な存在には不要だと思ったのだろうし、それは無理もないのだが、おかげで諒介は第一歩からつまずくことになった。

なぜかというと、希那子は差出人の素性《すじょう》や居場所を感じる能力を持ち合わせていなかったからである。

「ボクの元型はトイレの花子さんだからね。妖力は強くても、調査に役立つ特技というと三番目の女子便所への瞬間《しゅんかん》移動ぐらいなんだ」

　怪異研究会へ手紙を届けたのは本人ではなく、頼《たの》まれた三鏡高校の生徒だろうが、諒介も希那子も姿を見ていなかった。こうなると、まさか名乗り出ろと校内放送するわけにもいかない。

「平塚《ひらつか》警部にお願いして、この笠井さんに連絡《れんらく》してもらうのはまずいですか？」

「うん、なるべく避《さ》けたいな。何しろ状況《じょうきょう》がさっぱり分からないし、ボクらと警察の立場が食《く》い違《ちが》うかもしれない。事情次第で犯罪をもみ消すことだってあり得るんだからね」

「なるほど。それじゃ、ええと……どうしましょうか」

近くの学校なので友達の友達をたどっていけばいずれ行き当たるだろうが、用件が用件だからむやみに手を広げたくない。

　取りあえず『笠井勝美』をキーワードにネット検索《けんさく》してみると短い記事が見つかった。去年の演劇大会で梅月学園が優勝したという内容で、集合写真に「脚本《きゃくほん》・青山茜《あおやまあかね》、主演・笠井勝美」と注釈《ちゅうしゃく》が付いている。中央で賞状を手に笑っている生徒が恐らく笠井だろう。当時二年生なら今は三年生になっているはずだ。

「顔が分かればなんとかなりますよ。明日、梅月学園の前で待ってみましょう」

「ありがとう。ボクがうっかりしたせいで余計な手間をかけさせちゃったね」

希那子は申し訳なさそうに言ったが、諒介は彼女を責めようとは思わなかった。手紙が届いた時、希那子は諒介に応対させても良かったのだ。そうしなかったのは、諒介を校内の有名人にしないための気遣《きづか》いだろう。

二

女子から話を聞くとなると、初対面の男子一人ではどうしても信用されにくい。今回も諒介は透明人間の栗原唯《ゆい》に助けを求めざるを得なかった。

スナッフフィルム事件で力を借りたばかりだから気が引けたが、幸い、唯は二つ返事で快諾《かいだく》してくれた。諒介の下校時間よりも早く笠井が帰ってしまったらどうしようもないので、唯は一足先に梅月学園の前へ行って待つことになった。

翌日の放課後、諒介は山手線を駒込駅で降りた。北口から本郷《ほんごう》通りを下り、霜降《しもふり》銀座・染井《そめい》銀座と続く商店街を抜けると梅月学園が見えてくる。豊島《としま》区の街路樹はソメイヨシノが多いのだが、この地域だけは学園が整備したものか梅が植わっていた。

枝を刈《か》り込まれた梅はあまり日陰《ひかげ》にならないので、唯は正門のはす向かい、一方通行の細い道路を挟《はさ》んだ駐車場《ちゆうしやじよう》にいた。看板に隠れていた彼女が、諒介の到着《とうちやく》に気付いて小さく手を上げる。

「こ、こんにちは、戸川くん」

「また頼《たよ》ってしまってすみません。笠井さんはまだですね？」

駒込駅からここまでの道でも、彼は梅月の青い制服とすれ違っていた。

「はい、わたしが見る限りではまだ出てきてません」

唯はいつも通り長袖《ながそで》のパーカーを着ている。紫外線《しがいせん》を防ぐには良いだろうが、半袖《はんそで》でも暑く感じる天気だから熱中症《ねつちゆうしよう》が心配だ。飲み物を持っていないようなので、諒介は近くの自販機《じはんき》でスポーツドリンクを買って差し出した。

恐縮《きようしゆく》しながらもうれしそうに受け取った彼女が一口飲み、ボトル表面の結露《けつろ》で手の平を冷やす。

「ありがとうございます。本当はわたしが中へ入って調べればいいんですけど、学校全体が怪しいそうですから……」

「ええ、危ないことはやめてください」

唯は姿を消す超能力《ちようのうりよく》を持っているが、人間の目やカメラに映らなくなるだけで怪異には通用しない。素《す》っ裸《ぱだか》の彼女が校内でブラッディ・メアリーに遭遇《そうぐう》してしまったら大変だ。

梅月学園の敷地《しきち》は広いので諒介が助けに駆《か》け付けるのも難しい。

「それにしても、学校が呪われるなんてことがあるんですね」

「怪異って意外に多いんですね」

そう言った直後、二人は苦笑いを交換《こうかん》する。自称怨霊《じしょうおんりょう》の少女が闊歩《かっぽ》している三鏡高校も考えようによっては呪われた学校だと気付いたのである。

「……あっ！」

諒介たちはくすくす笑いながらも、視線はきちんと校門へ向けていた。そのおかげで、友人と話しながら道路へ出てきた生徒を見落とさずに済んだ。

眉毛《まゆげ》が濃《こ》く、目に力があり、顔の彫《ほ》りが深い、いかにも舞台《ぶたい》で映《は》えそうな容姿の持ち主――写真よりも幾分《いくぶん》やせているが、確かに笠井勝美だ。

彼女は友人と一緒に駒込駅と反対の方向へ歩いていく。諒介は駆け足で二人に追い付き、呼び止めた。

「すみません、笠井勝美さんですね」

「うん、そうだけど……君、だれだっけ？」

振り返った笠井が首をかしげる。

「三鏡高校怪異研究会の戸川と栗原です。お手紙を読みました。良かったら、詳《くわ》しい話を聞かせてください」

「えっ、怪異研究会！」

諒介はひどく疑われる展開も覚悟《かくご》していたのだが、笠井の反応は好意的だった。彼女はぱっと顔を輝《かがや》かせ、諒介の手を取って握り締《し》めたのである。

「それじゃ、魔忌名様のうわさは本当だったんだね？　ブラッディ・メアリーの呪いを解いて、わたしたちを助けてくれるんだ」

「ええと、はい。ぼくたちにできるだけのことはするつもりですけど……」

おかっぱ頭で眼鏡を掛けた、笠井の友人は手紙のことを知らないのだろう。この突飛《とっぴ》な会話をまるで理解できない様子で、くたびれた制服の袖口《そでぐち》のほつれをいじっていた。

さすがに校門前で立ち話もできないので、諒介たちは駒込駅前のファミレスへ移動した。おかっぱ頭の友人も一緒についてきた。

昔は喫煙席《きつえんせき》だったらしい、奥《おく》まった仕切り付きのテーブルでドリンクバーを注文する。各自が適当な飲み物を取ってから、諒介はあらためて自己紹介《しょうかい》した。といっても、希那子や唯について打ち明けるとかえってややこしいから、「怪異研究会は秘密裏《ひみつり》にお化け退治の活動をしていて、今回は自分と唯が担当になった。これはボランティアで金を取ることはない」という簡単な説明にとどめた。笠井の顔を知った方法は正直に話した。

そう聞いても友人の方は油断しないような険しい目付きを変えなかったが、笠井はふんふんと素直《すなお》にうなずいた。もちろん彼女《かのじょ》も心の底からすっかり納得《なっとく》しているはずはないのだが、あるいは駄目で元々と割り切っているのかもしれない。

「そっか。二人とも、わざわざ助けに来てくれてありがとね。調べてくれたみたいだけど、わたしは三年の笠井勝美。演劇部の部長をやってる。こっちは親友の青山茜。茜は部員じゃないけど、文章がとってもうまいんだ」

笠井は友人の肩を軽く抱《だ》き寄せた。

「あっ、演劇部の記事で読みました。去年優勝した脚本を書いた方ですよね」

「……ええ、まあ。でも、あれは別にあたしの手柄《てがら》じゃありません。勝美たちがやれば、演目は幸福な王子でも、ロミオとジュリエットでも、なんでも勝ったと思うんでー」

青山はそう謙遜《けんそん》すると、ほの暗く微笑《びしょう》して肩をすくめる。まさに対照的な雰囲気の二人だが、この合わないところがいいのかもしれない——と、やはり全然性格が違う幼なじみがいる諒介は思う。

笠井は青山の頬をちょこんと突っついてから諒介たちに向き直った。

「あの手紙は三鏡の友達に頼んで届けてもらったんだけど、その子の説明もいる？」

「いいえ、事件にかかわりがないなら大丈夫です。早速《さっそく》ですが、ブラッディ・メアリーについて教えてください。呪いというのは、いつからどんな風に始まったんですか？」

「実は始まりは去年の二月で、もう一年半近く経《た》ってるんだ。最初の事件は、学校の鏡に変な落書きがあったこと。うちの学校は伝統的に『服装の乱れは心の乱れ』みたいな思想があって、寝癖《ねぐせ》が立ってたりタイが曲がってたりすると叱《しか》られるの。だからあちこちに鏡が置いてあるわけ。姿見の薄《うす》いやつが廊下なんかに固定されてると思って」

彼女は一六〇センチくらいの高さを手刀で示してみせる。

「その何枚かに、赤い口紅みたいな物で三回ずつ『Bloody Mary』って書いてあったんだ。犯人が分からなくて先生たちは怒《おこ》ってたけど、わたしたちはあんまり気にしてなかった。用務員さんがすぐきれいに拭いちゃったし、そもそも意味分かんないしね。呪いが広がりだしたのは、それから間もなくだった」

「…………」

「だれからともなく、『鏡に知らない女がいる』って言いだしたの。例えば廊下の鏡の前を通り過ぎた時、ふっと自分じゃない誰《だれ》かが映るわけ。しかも、それが横顔じゃなくて正面だったり後ろ姿だったりするんだ。立ち止まってよく見ると消えるんだけど、まあ気持ち悪いよね」

笠井の話しぶりは淡々《たんたん》としているのだが、それでも諒介の背筋を冷たくさせた。横の唯もかすかに震えていた。

笠井はハイビスカスティーで唇《くちびる》を湿らせる。

「それから半月ぐらいすると、鏡の女はもっとはっきり映るようになってきた。着てる物は梅月の制服だし、髪型《かみがた》も普通なんだけど、顔や手が血まみれなの。わたしたちは怪談を調べて、その女がブラッディ・メアリーだって知った」

「それが呪いですか？」

「ええと、呪いはまた別っていうか――つまり、これなんだけどさ」

笠井が右の袖《そで》をまくって黒いサポーターを見せた。それを外すと、意外なほど筋肉質な二《に》の腕《うで》と、痛々しいあざがあらわになる。しかも、そこにはくっきりと五本の指のあとが読み取れた。明らかに女性の手形だ。

「あっ……！」

「鏡の前を通り掛かったら、いきなり中から手が伸《の》びてきてね。すぐに振り払《はら》ったけど、後で見たらこのざまなの。もう一年も経ってるのにちっとも治らなくて……お医者さんは別になんともない、偶然《ぐうぜん》の模様だって言うんだけど」

「すみません、ちょっと……」

諒介は身振《みぶ》りで断って、あざに触らせてもらう。指先が当たるか当たらないかのうちに、不吉《ふきつ》な冷たさを感じる。ここ最近、何度か経験した感覚――間違《まちが》いなく霊障《れいしょう》だ。

「絶対冷たいよね。でも、これ、体温計では平熱が表示されるんだよ」

「こんな症状《しょうじょう》の人がたくさんいるんですか？」

「三年生を中心に二十人ぐらいやられてると思うな。この茜もそうだし」

「そうなんですか？」

「ああ、はい。でもー……」

諒介が目を向けると、青山は困ったように眉《まゆ》をひそめた。笠井が自分の胸元《むなもと》をさすって補足する。

「茜がやられたのはここなんで、見てもらうのはちょっとあれなんだ。でも、あざの形や大きさはわたしと同じくらいだから」

「すみません、分かりました。大丈夫です」

まさか無理に下着を脱《ぬ》がされると思ったわけでもないだろうが、青山はほっとため息をつく。症例《しょうれい》は一つ見れば充分《じゅうぶん》なので、諒介は笠井との話に戻《もど》る。

「そのあざは良くも悪くもならないんですか？」

「うん、わたしや茜は今のところ大丈夫。だけど、同級生の一人――木村恵《きむらめぐみ》っていう子は急にあざが大きくなっちゃって、先週の昼休みに学校で倒れたの」

「あざが大きくなった！」

「その子も腕にあざがあったのが、首やお腹《なか》まで広がって――救急車で高台の大きな病院へ運ばれて、それっきり意識が戻らないの。精密検査でも原因が分からないみたい」

そう言う笠井の声色《こわいろ》はもちろん深刻なのだが、わずかに他人事らしい距離《きょり》も感じられた。青山の反応も淡泊《たんぱく》だから、同級生でもあまり親しくないようだ。

だが、何日も昏睡《こんすい》が続いているとなると生命の危機というのも大げさではないだろう。それに、あざが急に広がるというのは尋常《じんじょう》でない。

「その木村さんの呪いが悪化した理由に心当たりはありませんか？」

「それをずっと考えてるんだけど、さっぱり分からないんだ。わたしたちも一緒の教室にいたのに、別になんともないし」

「ほかに症状が重くなった人はいませんか？」

「うん、劇的にひどくなったのは彼女だけだと思う」

「今まで三鏡高校に相談してくれなかったのはどうしてですか？」

「単純に知らなかったんだ。これまではお寺や神社や教会に頼ってて――全然駄目だったけど――その子が倒れたのをきっかけに、初めて魔忌名様のうわさを聞いたの」

去年の二月に予告じみた落書きがあり、間もなく梅月学園の鏡にブラッディ・メアリーが現れるようになった。彼女に触られるとあざが残り、それが悪化して数日前に木村恵という三年生が倒れた。一年間おとなしかった霊障が突然《とつぜん》暴れだした理由は分からない——ざっとまとめるとこんなところのようだ。

（だれが呼び出したのか分かれば一番いいんだろうけど、一年半も前のことじゃ落書きの犯人を調べるのは難しそうだよね。ぐずぐずしてて手遅《ておく》れになるといけないし、とにかく木村さんを助けて、メアリーを退治しちゃうべきかな）

諒介はこう考えをまとめた。

「……事情は分かりました。とにかく、一度ブラッディ・メアリーの実物に会ってみたいので、ぼくたちが梅月学園へ行く口実を作ってもらえませんか？　例えば演劇部の練習に招待するとか」

この提案は容易に受け入れられるかと思いきや、笠井は頭を抱《かか》えた。

「ううん、弱ったな……実は今、外部の人は梅月学園に立ち入れないんだよ。イベントも全部中止だし、よその生徒どころか在校生の保護者すら断られるんだ」

「こっそり忍《しの》び込むのも厳しいですか？」

「やじ馬や雑誌記者が押し入ろうとしたせいで放課後も玄関《げんかん》に見張りの先生がいるんだ。

そこをなんとか通り抜《ぬ》けたとしても、やっぱり男の子は目立つからね」

「そっか、梅月は女子高ですすもんね……」

「うちの制服で変装してくれれば栗原さんは問題ないと思う。さすがに学生証をいちいち確認《かくにん》するほど徹底《てってい》してないから、わたしと一緒《いっしょ》なら疑われないよ」

諒介と唯は顔を見合わせる。メアリーと戦うなら肝心《かんじん》なのは希那子であり、彼女を呼ぶ係の諒介なのだ。それに唯一人ではコミュニケーション面の不安も大きい。本人も目付きで無理だと訴《うった》えている。

笠井はほとんど空になったカップを申し訳なさそうに口に当てたり離《はな》したりしていたが、その目はやがて諒介の横顔に止まった。彼女の視線は彼《かれ》のきゃしゃなあご、青白い首筋、薄い胸板《むないた》をたどっていく。

「……ねえ、戸川くん。ちょっとわたしの提案を聞いてもらえる？」

「えっ？　はい、どうぞ」

笠井はごほんとせき払《ばら》いして、

「わたしはバスケ部の友達がいるから、大きめの制服も借りられるの」

「はい」

「それに、これでもお化粧《けしょう》の腕には自信があるんだ。いつも下級生にやってあげてるから、他人にメイクするのにも慣れてるし」

「はい」

「衣装《いしょう》で体の線をごまかすのも得意だよ。普通は男役のために胸を小さくすることが多いけど、逆に大きく見せることもできるつもり」

「……はい？」

諒介は首をかしげた。唯の体形は十二分に豊満で、だれがどう見ても女性である。と、いうことは――彼はさっと青ざめる。

「……えっ、まさか……冗談ですよね？」

「でも、君たちが二人一緒に行動できる方法はこれしかないと思うんだ。大丈夫。演劇部部長の誇《ほこ》りにかけて、絶対ばれないように完璧《かんぺき》に仕上げてみせるよ」

笠井がまじめな顔で誓《ちか》う。諒介が助けを求めた唯は、それは名案だというように両手を打っている。

「冗談ですよね？」

そう繰り返した諒介の頬を、冷《ひ》や汗《あせ》が一滴《いってき》流れた。

三

翌日の放課後、諒介は駒込駅近くのカラオケボックスへ向かった。先に着いていた笠井はローテーブルに並べた化粧品《けしょうひん》や道具の確認に余念がなかったが、彼が入っていくと振《ふ》り返ってにっこりした。

「ごきげんよう、戸川くん。言った通りに準備してきてくれた？」

「ええ、まあ……」

引きつった表情でうなずいた諒介の顔や手足をじっくり観察し、最後は指でなでてみて、笠井は満足げにうなずいた。

「うん、すべすべ！　お疲《つか》れさま、大変だったでしょ？　そうでもない？」

「……はあ、まあ……」

ひげなんかはあらかじめきれいに処理しといてね――という笠井の指示は、妹の明日香《あすか》に見つかって面白《おもしろ》がられないように気を遣《つか》ったくらいで、作業としてはそう困難なものでもなかった。生まれつき体毛が薄い諒介にとっては、全身を軽くかみそりでなでるだけの仕事に過ぎない。

従って動悸《どうき》がして冷や汗がにじむのは疲労《ひろう》のせいではない。ひとえにこれから行う暴挙あるいは妄挙《ぼうきょ》への不安ゆえである。

もちろん隙間女《すきまおんな》や吸血鬼《きゅうけつき》との対決も恐ろしかったが、女装して近所の女子高へ入り込《こ》むのはまた別種の恐怖《きょうふ》だった。もし発覚したら何がどうなるか想像もしたくないほど不名誉《ふめいよ》を被ることになる。ある意味では怪異にあっさり殺されるよりも悲惨《ひさん》な結末かもしれない。

だが、笠井たちが危険に直面していることを考えれば、ほかの手段をぐずぐず模索《もさく》してはいられなかった。

「……やっぱり素人《しろうと》の男の子には抵抗あるかなぁ。ごめん、わたしたちのために変なことさせちゃって」

心情を察したらしい笠井が、新品のブラシのパッケージを開けつつ一応思いやりのある言葉をかける。

「まあ、こうなったからには珍《めずら》しい体験ってことで楽しんでよ――それじゃ始めるけど、くすぐったくても笑わないで我慢してね。薄化粧《うすげしょう》だし、すぐ終わるから」

諒介は顔に液体を塗《ぬ》られたり、線を引かれたり、粉をはたかれたりした。ボブカットのかつらも乗せられた。どんな目的で何を使っているのか、笠井はいちいち教えてくれたが、それらの説明は頭の中を素通《すどお》りしていった。彼はじっと目をつぶって未知の感触《かんしょく》に耐《た》えていた。

一時間も続くように思えたメイクアップが済むと、いよいよ服を着替《きが》えることになった。制服は笠井が用意し、下着や肌着《はだぎ》も一式買いそろえておいてくれたが、彼女の眼前で裸《はだか》になるのにはかなり抵抗があった。とはいえ、体形をごまかすために布を巻いたり詰《つ》め物をしたりする必要があるから、どうしても笠井に手伝ってもらうしかないのである。

「メイクを先にするか着替えを先にするかは、なかなか悩《なや》ましいところなんだ。わたしは服にファンデーションをこぼしちゃうと面倒《めんどう》だからメイクを先にする主義なんだけど」

諒介の緊張《きんちょう》をほぐす意図もあるのだろう。笠井は男性の肌《はだ》を意識する様子もなく気さくにしゃべり続ける。

「男の子は骨格がしっかりしてるから、胸を大きめにした方がむしろ自然に見えるんだ。髪型は思い切り女の子らしくして、肩の線が隠れるゆったりした服を選ぶといいね。喉《のど》の形が男女で違うんで、できれば何かで隠すこと。うちはアクセサリーに寛容《かんよう》だから今日はチョーカーを持ってきたよ」

「あははは……笠井さんは女装にも詳しいんですね」

「実は、正直に言うと実践《じっせん》するのはこれが初めてなんだけど」

「ええええーっ⁉」

「大丈夫、大丈夫！　昨日の夜に動画をいっぱい見て勉強したから！　もしもばれたときは全部わたしのせいにしていいから。わたしの演劇の練習に無理やり付き合わされたってことにしていいから！」

それって『絶対に大丈夫』から何歩も後退してますよね――と、諒介は思ったが、今更《いまさら》やめるわけにもいかない。とうとう彼は梅月学園の制服を着込《きこ》んだ。笠井にいったん出てもらって黒の短いレギンスとスカートを履《は》いた。

そして、裾《すそ》をひらひらと揺《ゆ》すってみて、三回も四回もため息をついた。

「戸川くん、入っていい？」

「……ええと、はい、どうぞ」

諒介がドアを開けると、笠井に続いて唯と青山茜も入ってくる。後の二人は別の部屋で待っていたのだが、唯は諒介を見るとぽかんと口を開けて立ちすくんだ。

「栗原さん、どうしました？」

「……かわいい……」

「はい？」

「美少女、美少女です！　顔も体付きも女の子にしか見えませんよ。戸川くんのお姉さんだって言えば、きっと小菅くんでも信じます。一枚写真を撮《と》ってもいいですか？」

「いいわけないじゃないですか！」

「だれにも見せなくても駄目ですか？」

「駄目です、駄目です！　この世に証拠《しょうこ》を残さないでください！」

興奮気味にスマホを構えようとする彼女を押しとどめ、諒介はため息を一回追加する。

唯の『かわいい』評価はごく甘《あま》いと分かっているから参考にならないし、笠井は施術《せじゅつ》した張本人だから信用できない。この場では最も中立そうな、部屋の隅で陰気《いんき》に口をつぐんでいる青山に尋《たず》ねる。

「すみません、青山さん。こんな格好で大丈夫だと思いますか？」

「……はあ、あたし？　んー……そうですねー……」

意見を求められると思っていなかったらしい彼女は、少しまぶたの厚ぼったい目で諒介を五秒眺《なが》めてから口元の片端《かたはし》をつり上げた。

「……うちの生徒にしてはちょっと上品に作り過ぎたような気もしますけど、いいんじゃないですかねー。さすがは勝美、よくできてます」

「そりゃもう、わたしがやることはいつも完璧さ！」

自信家の笠井は、親友の皮肉混じりの批評にも胸を張る。やはり安心できない諒介は、借りた手鏡をのぞいてみてぎょっとした。

（えっ、西島先輩《せんぱい》？）

喉仏《のどぼとけ》を隠《かく》すために貸してもらったチョーカーが目立つものの、よく見れば鏡の中の諒介と希那子は似ていない。それでも第一に女性を連想したのだから、なるほど笠井のメイクは巧《たく》みだった。

肉を盛ったり締めたりしているので動きにくいが、制服のシルエットも不自然になってはいないようである。諒介はさらにもう一回ため息を追加し、覚悟を決めた。

（……まあ、こうなったらやるしかないよね）

服装に慣れた方がいいという笠井の提案もあり、一行はしばらくボックスでジュースを飲みながら休んだ。諒介と唯はさすがにマイクを握《にぎ》らなかったが、笠井はせっかくだからと見事な歌声を披露《ひろう》した。しつこく誘《さそ》われた青山も一曲だけぼそぼそとデュエットに付き合った。店を出る時の支払《しはら》いは笠井が全て引き受けた。

こうして四人は梅月学園へ向かって歩きだしたが、諒介は通行人に時折視線で追われるのを感じていた。

「……あの、やっぱり見られてませんか？」

いたたまれなくなった彼のささやきを笠井が笑い飛ばす。

「あははっ、あれは単なる性欲でしょ。かわいい子が並んで歩いてたらじろじろ見られるのは普通、普通。栗原さん、おっぱい大きいしね」

女性同士の気安さか、笠井の言及《げんきゅう》には屈託《くったく》も容赦《ようしゃ》もない。普段《ふだん》はゆったりしたパーカーで体形を隠している唯も、制服ではごまかしが利《き》かなかった。彼女はうつむき加減の角度を深くし、垂らした前髪《まえがみ》で顔の左半分を念入りに覆《おお》い隠す。

「栗原さん、大丈夫ですか？」

気遣う諒介に答える息が、過呼吸じみて荒《あら》い。

「はっ、ひっ……いえ、その、戸川くんのことで夢中でしたけど、よく考えたらわたしの方がきついですよね。この格好は犯罪なのでは……」

「いやいや、そんなことは――」

唯は二十歳《はたち》という年齢《ねんれい》を気にしているらしいが、童顔の彼女よりはるかに大人びた容姿の十代が世間にはたくさんいる。そもそも家庭や健康の事情で二十代になっている本物の高校生だって珍しくない。

だが、諒介は「そんなことはありません、よく似合っててかわいいです」などと軽々に褒《ほ》める習慣を身に着けていないし、かといって「いやいや、もっと老《ふ》けてる高校生もよくいますから」などとうっかり口走るほど間抜《まぬ》けでもない。結局、何も言えなかった。

おどおどしている二人の様子を頼りなく思ったのだろう。やや遅《おく》れて歩いている青山が、ふんと鼻を鳴らす。

学園が近付くにつれて、梅月の女生徒とすれ違うことも増えてきた。人気者らしい笠井は頻繁《ひんぱん》に声を掛《か》けられ、短くおしゃべりすることもあったが、連れの諒介や唯が特に注意を引くことはなかった。やはり変装の出来はいいようだ。

四人はとうとう校門を通り過ぎる。笠井が言っていた通り、正面玄関前《げんかんまえ》には中年の女性教師が立っており、行き交《か》う生徒らを睥睨《へいげい》していた。部外者がまぎれ込まないように見張っているのだ。

一行に視線を向けた彼女が、眉間《みけん》にしわを寄せる。変わらない速さで歩きながらも諒介の心臓は不規則に高鳴る。唯がびくっと体をすくめる。しかし、度胸のいい笠井は平気で笑顔《えがお》を作った。

「ごきげんよう、羽生《はぶ》先生」

「ええ、ごきげんよう」

「今日も暑いですね」

大抵《たいてい》の教師がそうであるように羽生も生徒の挨拶《あいさつ》をうれしがった。とがっていた目付きがふっと和《やわ》らぎ、口元が緩《ゆる》む。

「そうですね。あなたたちも体調に気を付けなさい」

「はい、ありがとうございます」

そっと頭を下げながら諒介と唯は玄関に入った。笠井から新品らしい上履《うわば》きを受け取り、外の羽生の目が届かない所まで逃《に》げ、肺の底からため息をつく。

「あははっ、思ったよりも怪《あや》しまれたな。先生って意外に生徒の顔を覚えてるんだね」

笠井もさすがに冷や汗をぬぐった。

「吐《は》きそうなくらい緊張しました――それにしても、本当に鏡ばっかりですね」

廊下《ろうか》を見通した諒介が驚《おどろ》きの声を漏《も》らす。教室二つに一枚の割合で壁《かべ》に取り付けられた姿見が青白く光っている。これでは校内のどこへ行くにも映るのを避けがたい。鏡の怪異《かいい》にとっては地の利があるわけだ。

「鏡を取り外すとか、せめて布で覆うとかしなかったんですか？」

諒介が尋ねると、笠井は皮肉っぽく顔をしかめた。

「だって、そんなことをしたらお化けが出るって認めることになっちゃうでしょ。学校はブラッディ・メアリーなんていないことにしたいんだ。わたしたちのいたずらか思《おも》い込みだって決め付けてるんだよ」

「とはいえ、先生の中にも被害者《ひがいしゃ》がいるでしょう？」

「あっ、ごめん。言わなかったかな？　メアリーに襲《おそ》われるのは生徒だけなんだ。先生は一人もやられてないんだよね」

「えっ、そうなんですか」

教職員は無事だから学校側が怪異を信じないのかもしれない。しかも木村という三年生が倒れるまでの霊障はあざだけだったらしいから、ブラッディ・メアリーの被害《ひがい》はさほど深刻に受け止められなかったのだろう。

「生徒ばかり狙《ねら》うのは騒《さわ》ぎを大きくしないためでしょうか？」

と、つぶやいたのは唯である。

「うーん……そうだとしたら、かなり悪賢《わるがしこ》いですね。手当《てあ》たり次第だった隙間女なんかと違って、慎重《しんちょう》に相手を選んでるわけですから」

作戦を考える知恵《ちえ》があるのは厄介《やっかい》な反面、交渉《こうしょう》の可能性を示してもいる。希那子によると人型の怪異のほとんどは元人間だというが、メアリーも例外ではないとしたら、梅月の生徒を執念《しゅうねん》深《ぶか》く狙うのはなぜだろう？

「メアリーは特定の鏡に現れるわけじゃないんですよね」

「うん、決まりはないみたい。わたしは二階と三階の間の踊《おど》り場《ば》でやられたけど、廊下やトイレで見た子もいるし、茜は一階だもんね」

「……うん。あたしは確か、そこにあるやつだったかな」

「これですか？」

諒介は身構えつつ青山が指さした姿見をのぞき込んだが、そこに映ったのは見慣れない女装の彼一人だった。唯も恐《おそ》る恐ると顔を出したが、いつもより丁寧《ていねい》に髪《かみ》をとかしているおかげで愛らしさが際立《だ》つものの、やはり鏡面にはなんの異常も起こらない。

「……ここにはいないみたいですね」

こうなったら校内をなるべく調べてみるべきだろう。諒介の方針に笠井も賛成し、彼女の引率《いんそつ》で一周することになった。

あらためて梅月学園には鏡が多い。廊下に点々とあるのは前述の通りで、階段の踊り場にもある。教室の後ろにもある。もちろん、手洗いにも小さな物が付いている──女子高のことだから女子便所ばかりだが、だれも使っていないのを確かめた上で、笠井と青山に見張ってもらい、諒介は鏡をのぞいて回った。

（心臓に悪いな……）

女装して、女子高の女子トイレで、危険なお化けを探す──これが男子高校生の循環器《じゅんかんき》にとって非常なストレスであることはいうまでもない。

しかも梅月学園の中には冷たい気配が黒々と立ち込めている。濃度《のうど》こそ薄いが、隙間女や希那子が現れる際の予兆と同質のもの、つまり妖気《ようき》や霊気《れいき》と呼ばれる成分だろう。この校舎は間違いなく、凶悪《きょうあく》な怪異が跋扈《ばっこ》する狩場《かりば》なのだ。

生徒たちも異常を感じているらしく、まだ時間が早いわりに居残っている者は少ない。運動部員は一応練習を続けているようだが、見かけた表情はいずれも暗かった。おかげで校内は妙《みょう》に静かで、余計に不気味である。

「……現れませんね、ブラッディ・メアリー」

「まあ、毎日きっと出ると決まってるわけじゃないからね」

四人は一階から五階の端《はし》まで上がったが、どの鏡にも不気味な女の姿は見出《みいだ》せなかった。

ブラッディ・メアリーの被害者は一年半で二十人ほど、単純計算だと毎月一人ぐらいだ。出現はそう頻繁ではないのかもしれない。

諒介はひどい疲れを覚えた。歩いた時間はせいぜい二、三十分でも、突然の遭遇を警戒《けいかい》し続けていたのだ。同じく気を張っていた唯もふらふらと壁に寄り掛かる。

「今日はこれくらいにしておく？」

と、笠井が気の毒そうに言った。

「いえ、もう少し頑張《がんば》ります。時間をかければかけるほど目立ちますし、呪《のろ》われた人たちのことを考えるとむやみに延ばすわけにも……」

「でも、いったん休憩《きゅうけい》しようよ。すぐそこにうちの部室があるから」

「ありがとうございます」

集中力を欠いた状態で行動するのは危険である。ここは素直に休んで仕切り直した方がいいだろう。

その時、スマホを見た青山がおかっぱ頭を横に振った。

「……悪いけど、あたしはそろそろ帰る。もうすぐバイトだから」

「ああ、そうなんだ。お疲れさま、気を付けてね」

「あんたこそ気を付けて——戸川さん、栗原さん、勝美をよろしく」

階段を下りていく青山を見送って、諒介たちは演劇部の部屋へ向かう。その途中《とちゅう》も一枚、二枚と姿見の前を通り過ぎたが、彼ら四人の影《かげ》以外は映らなかった。

(——四人？)

はっと諒介は振り返る。青山と別れ、今の彼らは三人に減っているではないか。

鏡の中で、唯でも笠井でもない女がにたりと笑った。

諒介が反応できたのは最近の経験のおかげだろう。伸びてきた手をとっさに払い、笠井と唯をかばう。

「出ました、気を付けて！」

姿見から抜け出した女は、曇《くも》った鏡に映る像のように姿がぼやけている。それでも顔と四肢《しし》が真っ赤に汚《よご》れていることは分かった。梅月学園の青い制服を着ており、身長は笠井や青山と同じくらい。恐らく一六〇センチ前後だろう。

「これがブラッディ・メアリーですか?」

「そ、そうだと思うけど――こんな風に現れるのは初めてなんだ!」

これまでは気丈《きじょう》に振る舞《ま》っていた笠井も、さすがにおびえ、身をすくめている。諒介は後退しつつポケットの『まきなさんカード』を抜いた。生徒手帳を持ち歩くのはいろいろと不都合なので、今日はむき出しだ。

「まきなさん、遊び――」

しかし、彼が呪文《じゅもん》を唱えようとした途端《とたん》、メアリーはくるりときびすを返し、鏡の中へ戻っていく。

(……逃げた?)

そう安堵《あんど》しかけた瞬間《しゅんかん》、諒介の腕に冷たい指が絡《から》んだ。彼は距離を取ろうとした結果、メアリーが現れた一枚とは別の姿見の前に立ってしまっていた。鏡から鏡へと移動できる怪異は、いわば出直す形で不意打ちを仕掛《しか》けてきたのである。

つかまれた右手首から指先に不吉なしびれが走った。

「放して!」

と、唯が果敢《かかん》に割って入る。メアリーがいったん諒介を突《つ》き放《はな》したので、唯と一対一の

もみ合いになった。メアリーは特に怪力《かいりき》というわけでもないようだが、生身で怪異と格闘《かくとう》するのは難しい。非力な唯ではとても太刀打《たちう》ちできない。

それでも、彼女の抗戦《こうせん》は時間稼《かせ》ぎとして立派に役立った。

「まきなさん、遊びましょう！」

「はぁい」

体勢を立て直した諒介が叫《さけ》ぶと、辺りにどす黒い気配があふれ、超常《ちょうじょう》の扉《とびら》を形成する。その中から長い三つ編みをなびかせて希那子が駆け出した。鋭《するど》く踏《ふ》み込みながらの強烈《きょうれつ》な蹴《け》りが、メアリーを三メートルも吹《ふ》き飛ばす。

「Nice to meet you, Mary」

希那子が短いスカートの裾をつまみ、膝《ひざ》を曲げて西洋風にお辞儀《じぎ》する。

「――いや、日本語が通じそうだね。ボクは西島希那子、正義の味方ごっこをやっている怨霊《おんりょう》さ。いま蹴っ飛ばしたのは謝《あやま》るとして、できれば仲良く穏便《おんびん》に話し合いたいと思うんだけれども、どうかな？　ここの子たちの呪いを解いてくれるなら、君の要求もなるべく聞くつもりだよ」

メアリーは一瞬《いっしゅん》ひるむ様子を見せた。希那子の言葉を理解し、また、その余裕《よゆう》を恐れる理性を有しているようだ。だが、メアリーが採った選択肢《せんたくし》は対話ではなく攻撃《こうげき》だった。獣《けもの》のように体を縮め、猛然《もうぜん》と襲い掛かってくる。

迎《むか》え撃《う》つ希那子が、虚空《こくう》から赤黒いロープを引き出した。以前にも使っていた彼女独特の武器だ。二人が激突《げきとつ》し、廊下にこの世のものならぬ稲妻《いなずま》が走る。

しかし決着はあっけなかった。希那子が横薙《よこな》ぎに振るったロープがメアリーの胴《どう》を直撃《ちょくげき》したのだ。ビシッという音が響《ひび》き、怪異の全身にクモの巣状《すじょう》のひび割れが広がっていく。そして赤や青にきらめきながら砕《くだ》け散った後には、破片《はへん》一つ残らなかった。

「やっつけたんですか？」

諒介の質問に、希那子が首をかしげる。

「いや、どうやら逃げられたね。今のは偽者《にせもの》というか、分身というか、とにかく本物じゃなかった。鏡の怪異だから複製《コピー》を作れるのかもしれない」

と、ここまでは厳しい表情で語った希那子が諒介を振り返り、切れ長の目を見開いた。

「――ところで戸川くん。その格好、ものすごく似合っているね。いつも以上にかわいいな。あちこち触《さわ》っていい？」

「駄目《だめ》です」

あちこちってどこですか、とは聞かないことにする。

「じゃ、そのまま部室《うち》へ帰ってきてよ。いや、せめて写真をたくさん撮ってきて」

「ありがとうございました、また何かあったらお願いしますね。まきなさん、お帰りください。お帰りくださいったら」

「ちょっと、なんだかボクの扱《あつか》いが急に雑になってないかい？　これでも怖《こわ》いお化けなんだぞ！」

文句を言う怨霊先輩《おんりょうせんぱい》を暗黒の扉へぐいぐい押《お》し戻し、諒介はため息をついた。三鏡高校の外で彼女が行動すると周囲の人間への影響《えいきょう》が大きい。呼び出しは最低限の短時間とすることは事前の打ち合わせで決めてあった。

だから、これは八つ当たりじゃありませんからね——諒介は内心で正当性を主張する。

実際、今の騒ぎを聞き付けて階下から人が集まってくるかもしれなかった。諒介は唯に手を貸して助け起こす。

「笠井さん、行きましょう。案内をお願いします」

「えっ……あっ、うん。ええと、こっちだよ」

笠井は怪異研究会の戦法を知らなかった上に、メアリーと希那子の妖気を至近距離で浴びたのである。混乱は当然だが、彼女は自分の頬《ほお》を両手でたたき、やっと正気を保った。

公演の宣伝のポスターがべたべた貼られているのが演劇部の部屋だった。半開きの扉を押すと、下級生らしい女生徒が二人、抱き付かんばかりの勢いで笠井を迎える。どうやら戦いの様子をうかがっていたようだ。

「先輩、大丈夫《だいじょうぶ》ですか？　おけがはありませんか？」

「ありがとう、わたしはなんともないよ」

「その人たちが、三鏡高校の……？」

「うん、わたしたちを助けに来てくれた怪異研究会の戸川くんと栗原さん。今もメアリーを追い払ってくれて――あっ」

後輩《こうはい》たちを紹介《しょうかい》しようと振り返った笠井が息をのむ。諒介の手首には、女の指のあとがあざとしてぐるりと巻き付いていた。

これで、諒介も梅月学園に蔓延《まんえん》している呪いの犠牲者《ぎせいしゃ》の仲間入りを果たしたわけだ。


立派な成績を残していることもあって演劇部の部室は大きかった。授業用の教室と同じ広さを丸々与《あた》えられており、三分の一が道具や衣装の置き場所になっている。残り三分の二はがらんとしており、ここは稽古《けいこ》の舞台《ぶたい》になるらしい。校内の全部屋に備え付けの鏡が棚《たな》でふさがれているのは、ブラッディ・メアリー被害者の心理として無理もない。

演劇部は練習中のねんざなどに備えて小さな救急箱を持っていた。応急手当てで呪いが解けるわけではないが、諒介もあざ隠しにサポーターを一本分けてもらう。

幸いなことにというべきか、不思議なことにというべきか、唯は全く無事だった。笠井に背中まで見てもらったが、どこにもあざはなかったのである。メアリーと接触《せっしょく》していた時間は諒介より彼女《かのじょ》の方がずっと長いのだから、これには本人も安心するどころか、反対に首をかしげていた。

「どうしてわたしは平気なんでしょう……？　ブラッディ・メアリーの呪いに条件があるなんて、怪談《かいだん》事典には書いてありませんでしたよね？」

「そうですね。いえ、栗原さんが無事だったのは何よりなんですけど」

諒介も一緒になって首をひねる。梅月学園の生徒でなくても攻撃の対象になることは、いま彼が身をもって証明したばかりだ。

「うーん……単に、二人続けて呪うことはできないだけかもしれませんね」

「再使用時間《クールダウン》ですか。ゲームの必殺技《ひっさつわざ》みたいですけど……」

それが真相なら退治の役に立つとはいえない。メアリーの呪いは即効性《そっこうせい》ではないから、呪いと呪いの間隙《かんげき》を突けば有利になるというものでもなさそうだ。とはいえ、一応希那子に報告しておくべきだろう。

（こんなことを平気で話してられるって、ぼくもそろそろまともじゃないな）

右手を握ったり開いたりして、諒介は自嘲《じちょう》気味に笑う。活性化すれば昏睡状態に陥《おちい》るという霊障を受けても彼は平静を保っていた。

諒介たちの相談が一段落するのを待ちかねたように、笠井の後輩たちが話しかけてくる。

「ねえねえ、戸川さん。魔忌名様ってキックとかで戦うんですね！　メアリーをいきなり蹴っ飛ばしたんで、びっくりしちゃいました」

「うんうん。そもそも魔忌名様って概念的《がいねんてき》っていうか、抽象的《ちゆうしようてき》っていうか、おまじないっぽいものを想像してました。ちゃんとした女の子の幽霊《ゆうれい》なんですね」

二人は園崎《そのざき》と松本《まつもと》という名前で、容姿こそ十人並みだが、芸能界を目指す人間らしい華《はな》と覇気《はき》のようなものを感じさせた。

「あはは……本人いわく、愛と正義の美少女怨霊なんだそうです」

「ふうん、愛と正義なのに怨霊なんですか？」

「でも、そういえばすごくきれいな子だったかも。いや、そういえば戸川さんもかわいい。栗原さんもかわいい。うらやましい」

超常現象を披露したことと部長の笠井を助けたことで、彼女たちはすっかり諒介を信用してくれたらしい。しかし、変装の話題はもう三回目だからたくさんである。

そんなことよりも、諒介は園崎たちから事情を聞き取りたかった。

「あの、園崎さんと松本さんも呪われてるんですか？」

「そうです、そうです」

園崎は手首、松本は肘《ひじ》に巻いていたサポーターを外した。二人とも恐怖の色が薄《うす》いのは、一年以上という時間のために神経がやや鈍麻《どんま》しているのだろう。

せっかくだから笠井のあざももう一度見せてもらい、合計四つを比較《ひかく》する——明らかに全て同じ女の手形だ。指の長さも手のひらの大きさもぴったり一致《いっち》している。

「さっきの怪異がメアリーで間違《まちが》いなさそうですね。お二人はどこでやられました？」

「わたしは五階のトイレでした。ここの前の廊下の突き当りで、部活の後に」

「三階の理科実験室です。授業の忘れ物を、放課後取りに行ったときなんです」

園崎と松本が順に答える。さらに笠井が以下の通り付け加えた。

「場所が気になるなら、三年生の久川《ひさかわ》さんが三階の教室、二年生の柳原《やなぎはら》さんが体育館だよ。この子たちは木村さんが倒れてから演劇部を——っていうか学校自体を休みがちだけど」

「鏡さえあればどこにでも現れる感じですね……どうでしょう、学校の外で襲われた人はいますか？」

「いや、それはいないんだ。もちろんわたしの家にも鏡はあるけど、メアリーが出たことはないね」

笠井の答えに、園崎たちもうなずいて賛意を表する。

事典によると、本来のメアリーは一か所に縛《しば》られる存在ではないはずだ。それがずっと梅月学園にとどまっているとなると、やはり学校関係者の霊《れい》である可能性を疑いたい。

「メアリーが現れた去年の二月ごろ、学校で事件や事故がありませんでしたか？　例えば生徒が亡《な》くなったとか……」

演劇部の三人はしばらく黙考《もっこう》していたが、特に思い当たらなかったらしい。間もなく、全員が首を横に振った。

「それが、本当に何もないんだよね。この一年間、わたしたちもずっと考えてきたけど、呪われるような覚えはまるでないんだ。もちろん梅月は古い学校だし、大昔までたどれば亡くなってる人もたくさんいるよ。でも、あんなお化けが暴れだすきっかけになるような大事件はなかったと思う」

「そうですか……」

メアリーが鏡の中へ逃げ込んだり分身を作ったりできるとなると、腕《うで》ずくで解決するにしても手間取りそうだ。だからあらためて情報を集めようとしたのだが、手掛《てが》かりらしい手掛かりを得られなかった。

まさか梅月高校に通い詰め、怪異と根競《こんくら》べをするはめになるのだろうか。

その時、唯が発言権を求めて小さく手を挙げた。

「あ、あの……教室で倒《たお》れた木村恵さんについて聞きたいんですが、彼女はどんな子なんでしょう？　笠井さんの同級生だそうですけど」

この質問に笠井は露骨《ろこつ》に眉《まゆ》をひそめる。ファミレスで会話をした時もそうだが、彼女は木村に好感を持っていないようだ。

「ああ、木村さん――うーん、こんな場合だから遠慮《えんりょ》なく表現しちゃうけど、一言で言うなら問題児だね」

「悪い子なんですか？」

「まあ、粗暴《そぼう》っていう意味では今の梅月で最悪かな。よその学校で暴力事件を起こして、居づらくなって転校してきたらしいよ。上から留年で落ちてきた子で、本当はわたしたちの世代じゃないんだ。うっかり彼女の前に立っちゃった茜は力いっぱい突き飛ばされたし、怒《おこ》って文句を言ったわたしも殴《なぐ》られたよ。そんな調子だからみんな口も利かないね。まあ、あんまり授業に出てこないからそもそも接点が少ないんだけど」

「そんなに荒《あ》れた子が、よく梅月みたいなお嬢《じょう》様学校へ転入できましたね」

笠井はそっと肩《かた》をすくめる。

「どこかの偉《えら》い人の隠し子だとか、親がお金持ちでたくさん寄付をしたとか、そんな嫌《いや》なうわさもあるよ。事実かどうかは分からないけど、正直、何か政治的配慮《はいりょ》みたいなものを感じるかな。わたしが木村さんと同じことをやったら普通《ふつう》に退学になるだろうから」

そんな不良少女の容体が最初に悪化したというのは示唆的《しさてき》なようでもある。諒介は再び首をひねった。

（メアリーの呪いは悪人ほど早く進行するのかな。ぼくや笠井さんたちは凡人《ぼんじん》だから少し遅《おそ》めで、栗原さんは善人だからそもそもあざが出ないとか……？）

とりとめもなく考えながら、彼《かれ》は何げなく唯の横顔を見る。すると、彼女の頬は青白くこわばり、いつも穏《おだ》やかな目も異様な光を帯びているではないか。

「栗原さん、どうしました？」

驚いた諒介が声をかけると、唯ははっと我に返った。すぐに目の輝《かがや》きを消し、ぱたぱたと両手を振った。

「あっ、すみません。ちょっとぼんやりしちゃって」

「何か気が付いたことがあったら遠慮なく言ってください」

「いいえ、なんでもありません。ごめんなさい、ごめんなさい」

繰《く》り返し謝ったきり彼女は口をつぐんでしまったので、諒介はそれ以上追及《ついきゅう》しなかった。

近くの病院に入院している木村は意識がないし、家族に会うのも難しいだろう――と笠井が言ったところで、その場の話題は尽《つ》きた。

その後、諒介と唯は笠井とともに梅月学園をもう一周したが、再びメアリーと遭遇《そうぐう》することはなかった。やがて下校時間が近付いたので、彼らは演劇部の三人に紛《まぎ》れて見張りの教師の目をごまかし、校外へ出た。

諒介はカラオケボックスで女装から三鏡高校の制服に戻《もど》り、笠井に小道具を返す。

「今日はありがとう。また変装が必要なときはいつでも言ってね」

というのが、駅前で別れる時の彼女の挨拶だった。二回目はなんとか避《さ》けたい、というのが諒介の切実な思いである。

四

実地調査では大した収穫《しゅうかく》を得られなかった――と諒介は思っているが、それでも希那子に内容を報告して次の作戦を立てなければならなかった。その打ち合わせを怪異研究会の部室で行うにあたって、今回は本人が特に希望したので唯も同席することになった。

オンラインで参加してもらうという穏当《おんとう》な解決策も検討したのだが、スマホは希那子の姿や声をノイズとして扱うことが分かったので文字通りの同席である。といっても諒介は笠井と違《ちが》って女子のセーラー服を借りる人脈を持ち合わせていないから、今回は変装ではなく、事前に預かった服を部屋へ届けておき、唯には透明《とうめい》人間で来てもらう形をとった。従って、この日の諒介のノックは特に慎重である。

「……は、はい。大丈夫です」

唯のささやきを確かめて、諒介はさっと扉の中へ滑《すべ》り込む。奥《おく》の事務机の上で希那子が優雅《ゆうが》に足を組んでおり、その横の椅子《いす》でパーカーを着た唯が未《み》開封《かいふう》のチーズスナックの袋《ふくろ》を抱《かか》えている。恐らく希那子に勧《すす》められたものの、食べる気がしなかったのだろう。

「やれやれ、君たちはこういう場合のお約束を守ってくれないね」

と、希那子がわざとらしく嘆《なげ》く。

「戸川くんが早めに、しかもうっかりノックを忘れて入ってきて、着替え中の栗原さんが悲鳴を上げる――そんな定番の展開を楽しみにしていたんだよ」

「……それは半世紀ぐらい前の定番じゃありませんか？」

「いやいや、令和の少年漫画《まんが》にも載《の》っていたよ。男子みんなのあこがれだろう？」

「ぼくはあこがれてません……」

「まあ、実のところこの部屋にはずっと鍵《かぎ》が掛かっていたし、栗原さんは姿を消したまま着替えていたから、そんな幸運な事故は起こり得ないんだけれども」

「そうですか」

「で、ボクに透明化《とうめいか》は効かないからじっくり見物できたんだけれども」

「ちょっと、それが正義の味方のやることですか！」

いくら女性同士でも密室のことだ。さぞ気まずかっただろうと、唯を思いやった諒介が抗議《こうぎ》する。しかし、慌《あわ》てて彼をなだめたのは唯自身だった。

「うそです、うそです。西島さんはちゃんとあっちを向いててくれました」

「な、なんだ。そうなんですね」

「そうです、そうです。それに、わたしの裸なんて見て面白《おもしろ》いものでもありませんし……あははは……」

「あっ、いや……はい……」

そんなやり取りを聞いた希那子が、心底うれしそうにくすくす笑う。彼女は諒介たちをからかうのが楽しくて仕方ないらしい――それでも一定の節度は保っているらしいが。

「それじゃ、邪悪《じゃあく》な冗談《じょうだん》はこれくらいにして捜査《そうさ》会議を始めようか」

「先輩、邪悪な自覚があるんですね……？」

先日の反省を踏まえて入口を施錠《せじょう》し、廊下に影や声が漏れないように注意しながら話を始める。ブラッディ・メアリーを撃退《げきたい》する前と後について諒介が語り、もし何か間違いがあれば唯に訂正《ていせい》してもらうことにした。漏れがないように、彼女はその内容を丸っこい字でノートの切れ端に書き留《とど》めていく。

最初に笠井に聞いたことと合わせて、唯がまとめた内容は以下の通りである。

●去年の二月、梅月学園の鏡に『Bloody Mary』の落書きがあり、それから間もなく鏡の中に血まみれの女が現れた。彼女に触られた生徒には呪いのあざが残った。

●呪われたのは三年生を中心に約二十名。教職員の被害者はいない。ほとんどのあざは今のところ無症状《むしょうじょう》だが、暴力事件を起こして転校・留年するなど素行の良くない木村恵だけは、あざが腕から全身に広がって重態である。

●演劇部の部長である笠井は「階段の踊り場で腕」、親友の青山は「確か玄関前で胸元《むなもと》」、演劇部員で二年生の園崎は「五階のトイレで手首」、同じく松本は「理科実験室で肘」をメアリーに触られた。時間はいずれも放課後。ほかに演劇部で三年生の久川が三階の教室、二年生の柳原が体育館で呪われている。

●諒介は手首にメアリーの呪いを受けたが、その直後に格闘した唯は無事だった。

●メアリーは学校の外には現れない。

●近年の梅月学園に大きな事件や事故はなく、化けて出そうな死者はいない。

「結局、ほとんど手掛かりはないっていうことですよね」

箇条《かじょう》書きを眺めた諒介がそう言うと、

「おや？」

「えっ？」

希那子と唯は意外そうに顔を見合わせる。どうやら彼女たちが共通の見解を持っているらしいので、諒介はひどく驚いた。

「えっ、何か分かったんですか？」

「ああ……いや、これが推理小説だったら、まだまだ解決編に入るわけにはいかないよ。調べるべき材料がたくさん残ってて、確かな証拠はない。これはただの当てずっぽうで、シャーロック・ホームズには『悪い癖《くせ》だ』ってしかられるかもしれない――でも、まあ、ボクたちは論理的な推理によって犯人を決定しなくてもいいわけだからね」

そう言うと、希那子は唯から取り戻したチーズスナックを二つ三つ食べる。

「…………？」

諒介には理解できなかった。「証拠はない」というのは、つまり「犯人は分かっている」の言い換《か》えだ。しかし、今回の事件の犯人とはそもそもなんだろう？　鏡に落書きをした人物のことか、それともメアリーと化した何者かのことか。

　梅月学園の関係者は無数にいて、その九九パーセントはまだ名前すら知らないのに、どうして容疑者を絞《しぼ》り込《こ》めるのだろう？　被害者の二十名を除いたとしても、そんなものはいわば端数《はすう》に過ぎない。

　サポーターを巻いた右手を無意識になでながら、諒介は希那子と唯を見比べる。

「あの……ぼくがばかなんでしょうか、先輩《せんぱい》や栗原さんの考えが全然分からないんです」

「違います、違います。そんなことはありません――ただ、その、戸川くんには向かない問題だっていうだけで……」

　唯が気の毒そうに言うと、希那子もうなずいて同意を示す。

「そうだね。それにボクたちの考えがまるきり間違っている可能性も当然あるよ。でも、とにかく近道を一つ試《ため》してみよう。手っ取り早く解決するに越したことはないからね」

　諒介は笠井に電話してこう伝えた。

「鏡の中へ逃げ込まれたらどうしようもありませんし、メアリーをやっつけるのは難しいかもしれません。こうなったらとにかく梅月学園の外へ追い出しちゃいましょう。呪いを解消できるなら、本体の退治にこだわらなくてもいいですよね？」

　急な方針転換《てんかん》を聞かされた笠井の反応は、あまり色よくなかった。

「あっ、うん……それは確かにそうなんだけど、追い出すってどうやるの？」

「迷惑《めいわく》にならない場所で鏡に『Bloody Mary』を書いて、メアリーを呼び出して戦います。そのまま仕留められれば一番いいですし、もし逃げられたとしても、梅月学園は遠いからもう戻れません」

「ええと、つまり迷子にするようなイメージ？」

「はい。メアリーがいなくなれば、校内の呪いはだんだん消えるはずです。まきなさんもそう保証してくれました」

「ふうん、そうなんだ……」

いかにも消極的な対処に、笠井は不安か不満を抱《いだ》いた様子だった。それでも彼女の立場からは怪異研究会に異議を申し立てにくい。また、メアリーの恐怖《きょうふ》から解放される希望にすがりたい気持ちもあるだろう。

「――うん、分かった。君たちを信じて、それでお願いするよ。何かわたしにできることはある？」

「少し危険かもしれませんけど、ぼくたちの儀式《ぎしき》を見届けてほしいんです。できれば笠井さんのほかに、もう一人立ち会ってもらえると助かるんですが……」

「それじゃ、茜に頼《たの》んでみるよ。君たちのことを心配してたし、きっと来てくれると思う。

あの子はアルバイトを頑張ってるから、それと重ならなければだけど」

それから間もなく届いたメッセージは「大丈夫だって」の六文字だった。

三鏡高校からさほど遠くない場所に、大きな池で有名な公園がある。池といっても人工の浅いもので、夏休みの間は塩素臭い水を張っているが、今はまだ枯《か》れた岩場に過ぎない。

その池の裏にある、いつも暗く湿《しめ》っぽい児童公園が実験場に決まった。

すっかり人の気配がなくなる夕方、集まったのは戸川諒介・栗原唯・笠井勝美・青山茜の四人である。西島希那子――まきなさんの登場は、メアリーの後の予定だ。

進行役の諒介が、事前に希那子や唯と打ち合わせた通りの説明を始める。

「これからブラッディ・メアリーを呼び出して、まきなさんに退治してもらいます。笠井さんと青山さんはそっちに離《はな》れて待っててください。ただし、栗原さんの合図があるまでは、どんなに不思議なことが起こっても静かにしていてもらわないと困るんです」

笠井は大きくうなずき、青山は口元をゆがめておかっぱの髪を払《はら》った。どちらも了解《りょうかい》の意味だろう。

相変わらずパーカー姿の唯が、だぼだぼと余り気味の袖《そで》を振《ふ》る。彼女は諒介と笠井たちの中間に陣取《じんど》っていた。

「……え、ええと、区切りが良くなったらわたしがチョキを出します。それを見るまでは絶対に黙《だま》っていて……その後は、なんでも気付いたことがあったら教えてくださいね」

諒介はベンチに手鏡を立てかけ、赤い油性ペンのキャップを取った。

「それじゃ、始めます──ブラッディ・メアリー、ブラッディ・メアリー、ブラッディ・メアリー、お越しください……」

彼は鏡にペンを走らせながら不吉《ふきつ》な名前を唱えていく。太陽の気配が残る生ぬるい風が砂場の上を吹き抜《ぬ》けた。怪談事典には三回説と十三回説が掲載《けいさい》されていたので、いったん三回で区切り、続いて十三回を試す。

しばらく待ってまた三回、さらに十三回──しかし、鏡に映っているのは諒介の顔だけだ。今日はもちろん女装していないから、どうしてもメアリーには見えない。

諒介が無言で立ち上がると、唯は右手でチョキを作った。

「あー……専門家のお二人にこんな初歩を言うのもなんですけど、うちのメアリーはそもそも学校の外には現れないって話じゃありませんでした？」

と、つまらなそうに鼻を鳴らしたのは青山である。諒介は無念そうに首を振った。

「……やっぱり、そうだったんですか……」

「ええ、そういうわさですよ。それに、うまく呼び出せたとしても学校へ戻れなくなるほど方向音痴《おんち》かどうか怪しい気がしますねー。ここから梅月まで地下鉄で二駅、近所っていえば、まあ近所ですし」

諒介は生徒手帳を取り出した。

「ぼくは栗原さんに言われるまで気付かなかったんですが、メアリーの被害者《ひがいしゃ》ってかなり偏《かたよ》ってますよね。全校で二十人ぐらいなのに、演劇部の関係者だけで六人。それに重態の木村恵さんも、笠井さんと青山さんの同級生です」

「あー……まあ、言われてみればそうですねー」

「はい。それで、怪異《かいい》がかかわらない普通の事件と同じように、被害者と付き合いのある人を一応疑ってみた方がいいということになりました。具体的には、ごめんなさい、笠井さんと青山さんなんです」

「…………？」

青山は不快そうに眉をひそめた。笠井は顔を強張《こわば》らせたまま黙っている。長い演説にも他人を責めることにも慣れていない諒介は、つらくなって数回せき払《ばら》いをした。

「笠井さんについては、あえて自分でぼくたちを呼んで、ほかの人が助けを求められないように妨害《ぼうがい》している可能性を考えました。青山さんについては、お話が少し変だったのでうそをついているかもしれないと思いました」

「変って、何がですか？」

「ほかの人たちは襲《おそ》われた場所をきちんと覚えていたのに、青山さんだけは『確かそこにあるやつだったかな』って言いましたよね。怪異に襲われて呪われるなんて大事件の現場が、ぼんやりしてるなんてちょっと考えにくいです」

　青山が、いかにもあきれたというように深々とため息をつく。

「ええ……そんなことで怪《あや》しまれるとは思わなかったな。あれは、別に……」

「そうですよね、なんとなくあいまいに言っちゃうことってよくあります。だからそれはちょっとした疑いなんです。青山さんの近くに被害者が多いのも、本当はあざがなくてもごまかしやすい肌着《はだぎ》の下を呪われたのも、別行動の直後にメアリーが現れたのも全部偶然《ぐうぜん》かもしれない。襲われた場所をいい加減に答えたのも気まぐれかもしれない。でも……」

　諒介はまだチョキを作り続けている唯の顔のあたりを見た。それからあらためて青山に尋《たず》ねた。

「——青山さん、合図をするまで絶対に黙っててくださいってお願いしたのに、どうしてしゃべりだしたんですか？」

「はあ、今更《いまさら》？　さっきから、その人がしつこくこうやって……」

「やっぱり青山さんは栗原さんが見えてるんですね」

はっとして、青山は横の笠井の方を向いた。これまで驚《おどろ》きに耐《た》えながら、律義《りちぎ》に約束を守っていた笠井はよろよろと数歩後ずさりする。

「戸川くんが呪文を唱えたら、栗原さんの姿が急に見えなくなって……服だけが浮《う》いてるみたいになって……でも、不思議なことがあっても黙ってろって……」

諒介は赤い油性ペンの先を自分の手の甲《こう》にこすりつけてみせた。何も書けない。万が一ほかのブラッディ・メアリーを呼び出してしまったらややこしくなるので、わざとインクを乾燥《かんそう》させておいたのである。

「……栗原さんは自由に姿を消せる透明人間なんです。怪異には通用しませんから、今回は使う必要がないはずだったんですが――青山さん、どうしてこんなことを？」

聞かれた彼女は、ちっと鋭く舌打ちした。

この時初めて諒介は青山茜をまじまじと見た。眼鏡を掛《か》けていておとなしそうだという以外になんの印象もなかった少女である。しかし、レンズとやや厚ぼったい一重まぶたの奥には暗く冷たい炎《ほのお》がゆらめいていた。

希那子によると、姿を消している唯を見られるのは怪異に限るという。よく訓練された超能力者《ちょうのうりょくしゃ》も透明化を見破るかもしれないが、その場合、常人と透明人間の区別が付かないことは考えられないらしい。

青山の眼は完全に怪異の視覚に変質してしまっているのだ。鏡の世界へ出入りするほどの力を一年半の長きにわたって使い続けた結果、もはや彼女は人間でなくなりつつある。

「うーん……あらためて動機を聞かれると困りますね。むかついたから、って答えると、いかにも頭が悪そうで格好悪いですし」

青山はおかっぱの黒髪《くろかみ》をくしゃくしゃと揉《も》んだ。

「――梅月学園に入ってあらためて思いましたけど、世の中って不平等ですよね。勉強やスポーツどころかまともに社会生活も送れない、くそ甘《あま》ったれた出来損《そこ》ないが、いい家に生まれたっていうだけでちやほやされてたりしますし」

「木村恵さんのことですか？」

「ええ。ああいうやつ、はた迷惑なんで死んだ方がいいと思いますね。あたしなんかよりずっと恵《めぐ》まれた環境《かんきょう》にいるくせに、自分は不幸です、不自由です、不満です――って悲劇のヒロインみたいな顔してるんですから。いや、もう、死んだ方がいいとか悪いとかじゃなくて、『よし、ぶっ殺そう』ってなりますよ」

もう猫《ねこ》をかぶる必要がなくなっても、彼女の敬語調は中途半端《ちゅうとはんぱ》に残っている。その落ち着きが、むしろ諒介をおののかせた。

「木村さんは乱暴な人だったみたいですし、青山さんを怒らせたっていうのもなんとなく想像が付きます。それにしても、学校中を巻き込んだのはどうしてですか？」

「いや、まあ、だれを狙《ねら》ったか分かりにくくするカモフラージュにもなりますし、梅月の生徒なんてみんなくずですからね。うちみたいな二流のお嬢様学校なんて、嫌なやつか、無能なやつか、嫌で無能なやつばっかりですよ」

「……親友の笠井さんも、ですか？」

諒介が悲しげに投げかけた質問に、青山はいっそ晴れ晴れしたとでもいうような、狂気《きょうき》すら含《ふく》んだ満面の笑《え》みで答える。

「ええ。勉強とバイトだけでもパンクしそうなあたしに、脚本《きゃくほん》を書けとか舞台を見に来いとか、ひっきりなしにのんきなお誘《さそ》いをしてくれる大親友の勝美もですよ」

「そんな……わたしは、そんなつもりじゃ……茜の書くお話は本当に素敵《すてき》だから、みんなに知ってもらいたくって……」

豹変《ひょうへん》を信じられないのか、笠井は友人だったものに歩み寄ろうとする。

「うるさいな。あんたたちの歌劇団ごっこなんかみんなまじめに見ちゃいないし、まして脚本なんかだれも気にしちゃいないんだよ！」

怒声《どせい》を浴びせられた笠井が、どろどろの悪意にへたり込む。青山は笑顔《えがお》を作り直して、

「でも、いいんだよ。勝美は分かんなくて当然。あんたにとってお金は月が変われば財布《さいふ》

の中に勝手にわいてくる物だし、努力っていうのは俳優とか芸能人とかきらきらした夢を追っかけることなんだもんね。あんたはいつも人気者で、あたしはいつもあんたのおまけ扱い。いいの、いいの——死んでくれればいいよ」

「………」

唯や希那子に指摘《してき》されるまで、諒介は青山を少しも疑っていなかった。彼は自分と小菅修平の関係に笠井勝美と青山茜を無意識に重ね合わせ、親友が親友を裏切るはずがないと決め付けてしまっていた。

しかし、愛情だろうと友情だろうと、人の気持ちは分からないものなのだ。

「……青山さん、あなたの心は取り憑《つ》いた怪異に引っ張られています。今のあなたは正気じゃない——止めさせてもらいます」

諒介が割《わ》り込むと、青山はそれこそ芝居《しばい》がかった仕草で大げさに振り返った。

「気に入らないっていえば、戸川さんと栗原さんもそうなんでした。美男美女のカップルでいちゃいちゃしながらお化け退治の無償奉仕《ボランティア》なんて、幸せそうでいいですね——でも、戦う準備をしているのが自分たちだけだとは思わないでくださいよ」

別にカップルじゃありません、などとつまらない訂正をしている暇《ひま》はなかった。青山がポケットから小さな四角い物を取り出したからである。

「これが舞台の脚本だとして、定番のあれって書いていいんですかねー？　どっかの登録商標だって聞いた覚えがありますし、悪役の台詞《せりふ》じゃない気もしますけどー……」

青山が開いた化粧《けしょう》用コンパクトの内側で、鏡が怪しい紫色《むらさきいろ》の輝きを放つ。同時に諒介もカードを構えていた。

「――変身」

「――まきなさん、遊びましょう！」

青山の体に起きた変化は、ふざけた発声に似合わないおぞましいものだった。少女の姿は瞬《また》たくように点滅《てんめつ》したかと思うと、手の中の鏡へ吸《す》い込まれ、ぼやけた紫色の人影《ひとかげ》となって吐《は》き出されたのである。

同時に、虚空に開いた闇《やみ》の扉《とびら》から希那子が着地した。

「おおっと、当たっちゃったか」

赤黒く汚《よご》れたロープの輪を両手でもてあそびながら、彼女は残念そうにため息をつく。その声に作戦がうまくいった喜びはなかった。青山と面識がなくても、横で放心している笠井を見れば怪異の正体が分かる。

「青山茜さん、よく聞いて。ボクは君が悪人だとは考えていないんだ。君がやったことのかなりの部分は怪異の影響によるもので、いわば心神耗弱《しんしんこうじゃく》ってやつだろうと思っている。

だからできれば君を傷付けたくない。その力を捨てて、ちょっぴり後悔《こうかい》してくれればそれでいいんだ。どうかな、取り憑いているそいつを手放す気はないかい？」

「ありませんね」

ゆがんだ影《かげ》となった青山があざ笑った。

「あなたも戸川さんもさっきから取り憑かれたって言いますけど、これはあたしが望んで手に入れた力ですよ。あたしに主体性がないって決め付けるのはやめてくれます？」

「こいつは失敬。ただ、ボクは『銃は人を殺さない《Guns don't kill people》、人が人を殺すのだ《people kill people》』に不賛成の立場なんでね。つまり、せっかく力があるし、ひとつ人でも殺してみるかなと気の迷いを起こすこともあろうかと——いや、ほこりを立てたいならそれでもいいよ。やってみる？」

「ええ。魔忌名様とかいうトイレの花子さんもどきとブラッディ・メアリー、どっちが強いか試してみましょうよ」

「ふうん……ブラッディ・メアリー、ね？」

そんなやり取りの間に、唯はぼんやりしている笠井をほとんど引きずるようにして避難《ひなん》させていた。諒介も回り込み、彼女たち二人を背後にかばう。

園内に敷《し》かれた砂利《じゃり》を蹴立《けた》て、青山が希那子につかみかかった。怪異と化したためか、その動きは普通の女子高生にしては素早《すばや》い。

だが、それよりもはるかに俊敏《しゅんびん》な希那子は半身になって突進《とっしん》を難なく受け流した。よろめきながらも振り向こうとした青山の足を払い、倒れたところをロープの鞭《むち》で打ち据《す》える。風を切る音にパリンとガラスが砕《くだ》ける音が続き、青山の姿が四散した。

飛び散った破片《はへん》はすぐに集まってぼやけた影を作り直したが、その口から、また悔《くや》しげな舌打ちが漏《も》れる。

「まずは一本。さて、君がボクに勝つのは三つの理由でとてもとても難しい」

希那子は長い三つ編み髪《かみ》を背中へ払うと、指折りしながら説明する。

「第一に、ボクは生前からの武闘派《ぶとうは》だけれども君は堅気《かたぎ》だ。第二に、ボクは十五年怪異をやっている古参だけれども君は経験一年半の新米だ。第三に、君の『紫鏡《むらさきかがみ》』は若者を殺すことに特化していて怪異同士の戦いに向かない」

指摘された青山がうめく。

「……紫鏡？　ブラッディ・メアリーじゃなくて？」

そう驚いたのは笠井だけだった。諒介と唯はもちろん事前に知っていたのである。本で読んだ内容はこのようなものだった。

紫鏡【むらさきかがみ】　幽霊・呪詛《じゅそ》

カタカナ表記が正式とされることも。『紫鏡』という言葉を覚えている子供を二十歳《はたち》直前に殺害するという悪霊《あくりょう》、または寿命《じゅみょう》を二十歳までに制限する呪《のろ》い。当時の成人式を目前にして亡くなった女性の怨念《おんねん》から生じたといわれる。その性質上、既《すで》に二十歳を過ぎた大人には全く無害である。

子供が助かるためには『紫鏡』という言葉を忘れるか、あるいは『水色鏡』『ピンク鏡』といった言葉を併《あわ》せて覚えればいいとされる。

「何しろ対抗《たいこう》手段がはっきりしている怪異だから、紫鏡だと知られたら呪いは効かない。だからブラッディ・メアリーのふりをするっていうのはちょっとした新機軸《しんきじく》で、実際それなりに効果的だったみたいだけれども、種が割れたらおしまいさ。もうやめようよ」

教職員には被害者がいないこと、大学二年生の唯は触《さわ》られても呪いのあざを受けなかったことなどから、希那子は梅月学園の怪異の正体はブラッディ・メアリーではないらしいと疑っていた。そして、いくつかの実験を経て紫鏡だと鑑定《かんてい》したのである。木村恵だけが重症化《じゅうしょうか》したのは彼女が転校と留年を経験していたから――すなわち、呪いが発現する条件である二十歳に近付いていたからに違いない。

しかし、希那子の説得に青山は哄笑《こうしょう》で応じた。

「あははははは。おしまいって、何がですか？　確かにあたしの力は紫鏡で、二十歳の呪いには対抗手段があります。だけど、この呪いをもっと大勢——何百人、何千人に使ったらどうなりますかね？　対策を知らないまま二十歳を迎《むか》えちゃう子が、きっと何パーセントか現れますよ。ほら、どんなに広報しても振り込め詐欺《さぎ》に引っ掛かる人はいなくならないでしょ」

「それはもう喧嘩《けんか》でも仕返しでもなくて、ただの無差別殺人じゃありませんか！　そんなことをしてなんになるっていうんです！」

たまらず言ったのは諒介である。

「その『なんになる』っていうのが、そもそも恵まれた人たちの発想なんですよ！　良い親、良い顔、良い頭、良い体、良い運動神経！」

青山が叫《さけ》び返した。

「平均以下の家に平均以下の顔と才能で生まれた女に、『何かになる』未来なんてない！どんなに頑張《がんば》っても、何をやっても、どうせ『なんにもならない』んだっ！」

彼女《かのじょ》は再びコンパクトを取り出した。それは怪異の名前通り、チアノーゼの色に光っている。

「……幸せは気付くもの、なんていうのは薄っぺらなごまかしです。幸せは他人と比べるもの、競《きそ》うもの、奪《うば》い合うものです。だから、あたしは幸せそうな連中をみんな引きずり降ろしてやる。そうやって――あたしは――幸せに――なるんだっ！」

「あっ、やめろっ！」

希那子の制止は間に合わない。

青山はコンパクトを手近の遊具に叩《たた》き付けた。割れた鏡が高々と飛び散り、毒々しく輝く破片が空中に合わせ鏡を作る。その狭間《はざま》に反射した青山の影がねじれ、ゆがみ、そして増え、ていく。

今度は希那子が舌打ちする番だった。

「おいおいおい……魂《たましい》をばらばらに分けるって、それは人間のやることじゃないぞ……」

今や十人ほどに分裂《ぶんれつ》した少女の群れが、文字通りの異口同音につぶやく。

「呪いにこだわったのがあたしの間違いでした。ちょっと紫鏡らしくないですけど、これなら年齢《ねんれい》なんか関係ないでしょう」

彼女たちの手の中に、ガラス製のいびつな刃物が生み出された。

「こうやって、直接切り刻めば良かったんですよね！」

紫鏡が凶器《きょうき》を振り回しても、希那子にとってはそう深刻な問題ではないらしい。怪異と化した青山の身体能力は高まっているが、技術はしょせん素人《しろうと》だ。ガラスの短剣《たんけん》の狙いは定まらず、その切っ先は希那子の動きをとらえられない。

希那子はあっという間に一体を殴り倒し、一体を投げ飛ばし、一体を赤黒いロープの鞭で打ちのめした。だが、そうして倒された影はいったん砕け散るものの、すぐに集まって形を作り直してしまうのだ。これでは際限がない。

もっと危険が差し迫《せま》っているのは諒介と唯、そして笠井である。希那子にとっては強敵でなくとも、彼らにとって切れ物を持った少女は充分《じゅうぶん》な脅威《きょうい》だ。公園の外へ出てしまうと一般《いっぱん》の通行人を巻き込みかねないから遠くへ逃《に》げるわけにもいかず、しかも笠井は親友に裏切られた衝撃《しょうげき》で半ば放心状態だ。

こうなると暴力は苦手などといっていられない。やむを得ず、諒介は目前に迫った一体に応戦した。かばんを盾《たて》代わりにして突《つ》きを受け止め、反撃《はんげき》に紫鏡の腰《こし》辺りを蹴《け》る。幸いというべきか、スニーカーの靴底《くつぞこ》越しに伝わる感触《かんしょく》に生き物の柔《やわ》らかさはなかった。それはガラスの硬《かた》さだった。

「ぼくには青山さんの怒《いか》りが分かりません」

じりじりと距離《きょり》を取りながら、諒介は再び語りかける。

「青山さんは『それはあなたが恵まれてるせいだ』って言うかもしれませんけど、でも、ぼくたちはお互《たが》いのことをよく知らないでしょう。もっと落ち着いて話し合いませんか。

できることがあったらお手伝いします」

「そうやって優《やさ》しい言葉をかけてやれば、女の子は喜ぶものだと思ってるんですか？」

紫鏡は冷ややかに首を振る。諒介の言葉を心からのものではなく、あくまでも交渉術《こうしょうじゅつ》に過ぎないと解釈《かいしゃく》しているらしい。

「そんなんじゃありません。ぼくもこれでそれなりに不幸ですし、意外に話が通じるかもしれませんよ」

「あははははは、不幸？　梅月の教室にもつらいことや苦しいことがあふれてましたねー。お小遣《こづか》いが少ないとか、彼氏《かれし》と別れたとか、気に入ってたピアスをなくしたとか、スマホの画面がバキバキに割れたとか、そんなことをさも悲しそうに話してました――あたしの呪いが広がる前までは、ですけどね！」

彼女は武器を振りかぶる。

「あたしはだれにも分かってもらいたくありません！」

叫びながらの袈裟《けさ》切りがかばんを裂《さ》いた。追い打ちがシャツの袖をかすめた。いよいよ危なくなったところに希那子が駆《か》け込んできて、周囲の二、三体をまとめて薙《な》ぎ払う。唯と笠井を身振《みぶ》りで招き寄せてかばう。

その周りを紫鏡たちがぐるりと丸く取り囲む形になった。

「これは駄目《だめ》だよ、残念ながら交渉《こうしょう》不能だ。元々コンプレックスを抱えていたらしい青山さんと、若者を憎《にく》む性質の紫鏡は悪い意味で相性《あいしょう》ぴったりだったんだね。しかも、一年半は長過ぎた。せめて半年前ならここまで人格を侵食《しんしょく》されていなかっただろうけれども……今じゃどこまでが青山さんで、どこからが紫鏡か、ほとんど区別が付かなくなっている」

紫鏡が希那子を挑発《ちょうはつ》する。

「三鏡高校の魔忌名様も大したことありませんね。紫鏡は戦いに向かないって、偉《えら》そうに講釈《こうしゃく》を垂れてたのはなんなんです？」

「いや、うん、さすがに完全に怪異化されたら厳しいよ。ボクはあくまでもただのお化けとして戦っているんだからねぇ」

「違いが分かりません」

あざ笑った彼女たちが短剣を構える。いかに希那子が素早くても、さすがに多勢に無勢の状況《じょうきょう》である。一斉《いっせい》に殺到《さっとう》されたら手が足りない。

（――これは、しょうがないか）

諒介は覚悟《かくご》を決めた。

希那子に説明を受けたとき、彼はなるべくこの力を使いたくないと思った。だから刃風《はかぜ》に身をさらしてでも、ぎりぎりまで話し合おうとした。しかし、このままでは唯や笠井が危ない。ここで紫鏡を取り逃がしたら、惨劇《さんげき》は日本中に広がりかねない。

ちらりと振り向いた希那子に、諒介が尋ねる。

「まきなさん、何して遊ぶ？」

今更のやり取りに、襲いかかろうとしていた紫鏡たちがわずかに足を止める。

「それじゃ――縄跳《なわと》びを――しよう」

そう言って、希那子はするりとチョーカーを外した。

布の下のねじ切れた肉があらわになる。傷跡《きずあと》にぶくぶくと血の泡《あわ》がわき、細い首筋に輪を描《えが》いた。あふれた滴《しずく》がしたたり、セーラー服をまだらな赤に染める。長い三つ編み髪がほどけ、黒い翼《つばさ》になって広がった。

「ねえ、青山さん。ブラッディ・メアリーなんていう偽名《ぎめい》を思い付くくらいだから、君はきっと怪異を熱心に研究したんだろうね？　ボクと対決する可能性を考慮《こうりょ》して、トイレの花子さんについても調べたんじゃないかな」

希那子の眼球が真紅《しんく》に燃えた。

「さあ――これが、ボクの本気《はなこさん》だよ」

希那子が宣告した刹那《せつな》、紫鏡たちは二メートルも宙に浮き上がった。虚空《こくう》から垂れた縄が、彼女たちの首に巻き付いている。

くぐもった悲鳴と、苦悶《くもん》のうめき、死の気配が満ちる。つい先ほどまで戦場だった園内は、たちまち刑場《けいじょう》に変わった。

＊＊＊

花子さん【はなこさん】　幽霊《ゆうれい》

追補――「遊びましょう」と呼び掛けた後、「何して遊ぶ？」と尋ねると、人間を食材にする『おままごと』や、首を吊《つ》らせる『縄跳び』など、危険な遊びを提案するともいう。なお、彼女は一般に赤い服を着ている。

＊＊＊

絶え絶えの息が、絶えていく。

夕闇《ゆうやみ》にぶら下がった紫鏡たちが喘《あえ》ぎ、もがき、足をむなしくばたつかせながら力尽《ちからつ》きていく。砕けた彼女たちはやがて鏡像を結び直すが、その途端《とたん》に新たなロープが現れて空中へさらうのだ。十数人の紫鏡はことごとく、闘争《とうそう》も逃走《とうそう》も許されず、延々と首を吊られるだけである。

「ボクは、青山さんの気持ちが全然分からないとは言わない」

際限なく繰《く》り返される絞首刑《こうしゅけい》の中央で、制服を赤く染めた希那子がかすかに笑う。

「君は『幸せは他人と比べるもの』と言ったけれども、確かにそうだね。『お金じゃ買えない幸せもある』とか『人間の価値は顔じゃない』とかいう言葉は、強い立場の人たちが下へ向かって投げる石ころだよ。他人の不幸が蜜《みつ》の味なら、他人の幸福は泥《どろ》の味さ。毎日飲まされちゃたまらない。でも、だから無関係な子たちを八つ当たりで殺していいよ、とは言えないわけでねぇ」

希那子がのんびり話している間も、紫鏡たちは二、三回ずつ死に続けている。その対比が、美しい微笑《びしょう》を凄絶《せいぜつ》に映《は》えさせていた。

「青山さんは自分の境遇《きょうぐう》に不満が多かったようだけれども、少なくとも怪異の才能はなかなかのものだね。ボクが本気を出したのは久しぶりだ。こんなに『縄跳び』に耐えるのも珍《めずら》しいし――でも、さすがに限界かな」

彼女の言葉の意味は諒介や唯にも分かった。力尽きた紫鏡の一体が、元に戻《もど》ることなく紫色の砂となって崩《くず》れ落ちたのである。一体、また一体と復活できない鏡像が増えていく。よみがえるための力を使い果たしたらしい。

ずらりと輪になって吊られていた紫鏡たちは、とうとう最後の一人になった。両手で縄をつかみ、なんとか気道と頸動脈《けいどうみゃく》を守ろうとするが、それも苦しみを長引かせるだけだ。指の皮が裂け、ぽたぽたと血がしたたった。

「あっ……あれは、本物の茜じゃないの？」

「そうだね、もう分身はなくなったから」

我に返った笠井勝美が叫び、希那子が酷薄《こくはく》にうなずく。笠井は慌《あわ》てて青山の足元へ走り、精一杯《せいいっぱい》に背伸《せの》びをして靴底《くつぞこ》を受け、体重を支えた。

「やめて、もうやめて！　茜が死んじゃうよ！」

「彼女が紫鏡の力を手放さない以上、ほかに方法がないだろう？　水色鏡の対策は確かに万全《ばんぜん》じゃない。梅月学園の中では徹底《てってい》できたとしても、呪いを日本中に広げられたら必ずだれかが犠牲《ぎせい》になる。直接手を汚すことをいとわないとなったらなおさらだ。どうしても紫鏡は退治しなきゃならないんだよ」

「いいから、早くやめて！　やめてったら！」

「それに、彼女は君のことを友達だなんて思ってやしないよ」

「でも、わたしは思ってるんだ！　嫌《いや》だ、やだ、やめて！　お願いだからっ！」

「………」

ふう、とため息をついた希那子がチョーカーを身に着けた。ざらざらと逆立っていた黒髪が一筋に編み直され、制服を染めていた血の色が漂白《ひょうはく》されていく。

同時に青山を吊り殺そうとしていたロープがぷっつりと切れた。受け止めようと試みた笠井は失敗し、二人の少女が折り重なるように倒《たお》れる。周囲に砂利が舞《ま》った。

「茜、大丈夫《だいじょうぶ》？　茜！」

必死に呼び掛け抱き付く笠井を、青山はうるさそうに振り払おうとする。だが、その手にはもう同級生一人を押《お》しのける力すら残っていなかった。

それでも青山の姿はぼやけたままで、紫鏡を宿したままだと分かる。彼女は、なお怪異を捨てようとしないのだ。

「ねえ、青山さん。たとえ笠井さんが邪魔《じゃま》するとしても、ボクは簡単に君にとどめを刺《さ》せるんだよ」

二人に歩み寄った希那子が、やれやれと肩《かた》をすくめる。

「……でしょうね……やれば……いいじゃないですか……」

苦悶にかれた喉《のど》から、青山が悪態を絞り出す。

「どうしてそう意地を張るんだい？　仮にこの場をなんとか乗り切って、君が完全な紫鏡になったとしても、どうせボクには勝てないよ。日本中の子供を殺して回るなんてまねは絶対に無理だ――そして、そのことを君自身よく分かっているように見えるけれども」

青山は笠井の腕《うで》の中でぐったりとうなだれている。

「もう遅《おそ》いんですよ……あたしは人を殺しました。今さら後悔も反省もできません。紫鏡として終わらせてください」

「それは、君の呪いで入院している木村さんのことかい？」

「……ええ、あいつは今日で二十歳なんですから」

「ああ、なるほど。でも、それはちょっとボクたちをばかにし過ぎているよ」

希那子は身振りで諒介にスマホを要求した。受け取ったそれを操作し、ベッドで眠《ねむ》っている、金髪《きんぱつ》の生え際が黒くなった女性の写真を表示する。ひどくやつれてはいるものの、その肌《はだ》に刻まれた紫色のあざは薄《うす》かった。

「笠井さんの依頼《いらい》を受けてすぐ、彼女の霊障《れいしょう》は命に別状ない程度に弱めておいたよ。優先順位として当然じゃないか。こういう条件付きの呪いは解きづらいし、ボクが病院に長居するとほかの患者《かんじゃ》さんの迷惑になるから完治には至らなかったけれどもね」

青山が「えっ」と声を漏らす。

隙間女事件の時に諒介も体験しているが、希那子はほかの怪異の悪影響《あくえいきょう》を接触《せっしょく》によって緩和《かんわ》できる。ただし、木村恵は原因不明の重態ということで面会謝絶だったため、治療《ちりょう》は不法侵入《しんにゅう》によらざるを得なかった。

透明《とうめい》になった唯が病室の番号を調べたり夜中に防犯設備のスイッチを切ったりして先導し、諒介が木村の枕元《まくらもと》へ行って希那子を呼んだのである。

「被害者全員に対応するのは難しいし、また呪われたらいたちごっこになるから、君たちには伏《ふ》せておいたけれども――それに、梅月学園で一戦交えた後、栗原さんはまた病院へ忍《しの》び込《こ》んで木村さんに『水色鏡』を教えたんだ。この実験でいよいよ怪異の正体に確信を持てたのさ。そんなわけで、君は今のところ人殺しになっていない。だから『ちょっぴり後悔してくれればいい』って言ったんだよ」

「………………」

青山の全身を曇《くも》らせていた紫色の気配が、すっと彼女の中から抜け出した。怪しく輝《かがや》きながら飛び去ろうとする害意の塊《かたまり》を、希那子が手刀打ちの一撃《いちげき》で鋭《するど》く叩き落す。

紫鏡は消滅《しょうめつ》した。

「後の始末は笠井さんに任せよう」

希那子はひらひらと手を振り、きびすを返す。その表情は先ほどまでの殺気をみなぎらせていた彼女とは別人のように優しかった。どこか寂《さび》しげでもあった。

意識を失った青山を、笠井はまだ抱《だ》き締《し》めている。彼女たちの顔は、二人とも血と汗《あせ》と涙《なみだ》でぐしゃぐしゃだった。

五

近場のことだから、紫鏡との戦いの翌日には、三鏡高校にも「梅月学園で起こっていたなんらかの異変が解決したらしい」といううわさが聞こえていた。

それどころか、「梅月に出たお化けが三鏡の魔忌名様に退治された」という、かなり真相に近い話すらささやかれていた。依頼の手紙を怪異研究会へ持ち込んだ女生徒あたりが情報源かもしれない。

しかし、笠井からの電話はさらに数日経《た》った夕方だった。

「紫鏡を退治してくれてありがとう」

最初に礼を言ったのは、いわば礼儀《れいぎ》を守ったに過ぎないのだろう。彼女の声に喜びの色はなかった。その喉は疲《つか》れと悲しみにしわがれていた。

「連絡《れんらく》が遅《おく》れてごめんね。先に茜と仲直りしようと思ったんだけど……」

あの夜、笠井は気を失った青山を家へ送り届けて意識が戻るまで看病したのだが、話し合いは拒否《きょひ》された。それから青山はずっと学校を休んでおり、メッセージなどもブロックされてしまったそうだ。

「……きっと、茜のご両親に何かあったんだと思う。小さいころ遊びに行った時は普通《ふつう》のきれいな家だったのに、昨日は――その、なんていうか荒《あ》れた感じだった。お酒の空《あ》き缶《かん》がいっぱいあって、壁紙《かべがみ》やカーペットも汚れてて……」

家庭内に問題があることを青山はだれにも打ち明けていなかった。梅月学園の同級生や中学校時代の友達にそれとなく尋ねてみても、みんな何も知らなかった。

「――だけど、わたしは気付けたはずなんだ。『一緒《いっしょ》に梅月学園へ行こう』って誘った時、茜は困った顔をしてた。制服が古着だったし、進学した後は働きづめで、ご飯や買い物に付き合ってくれなくなった。それに、成績もだんだん落ちて……」

徴候《ちょうこう》らしきものを並べ立てるうちに笠井の声は湿《しめ》りだした。スマホ越《ご》しでは見えないと分かっているが、諒介は首を横に振《ふ》る。

「でも、それは『今になって思えば』っていうことじゃないですか。いくら親友だって、本人が頑張って隠《かく》してることを察するのは難しいですよ。笠井さんは悪くありません」

「……わたし、なんにもしてあげなかったんだ。友達のこと、お芝居のこと、受験や将来のこと――いつも自分のことばっかりだった……昔から、ずっと……ずっとだよ……」

電波の向こうで笠井はしきりに涙をぬぐっているらしかった。気の利《き》いた慰《なぐさ》めを言う能力を持ち合わせていない諒介は、かすかに響《ひび》くすすり泣きを聞いているしかない。

やっと落ち着いた笠井は、失礼でなければ怪異研究会にお礼をしたいと言った。諒介は丁重《ていちょう》に断り、別れの挨拶《あいさつ》に迷って「体に気を付けてください」で通話を終えた。


やがて七月も半ばになると、魔忌名様やブラッディ・メアリーの怪談《かいだん》は迫る期末試験と夏休みの足音にすっかりかき消された。

立てる音量は夏休みの方が大きいのだから、復習を怠《なま》けていた者や受験を控《ひか》えた三年生は別として生徒の雰囲気《ふんいき》も浮き立ち、校内のそこここで遊びや旅行の予定などが楽しげに語られている。諒介は主に聞き手だったが、カラオケへ行こう、ゲームをやろうといったあいまいな約束は少し増えた。

彼《かれ》は一日おきに怪異研究会の部室をのぞいたが、紫鏡事件で疲れたらしい希那子はいつも猫のように眠っていた。わざわざ起こすほどの用事もないから、諒介は目に付いた菓子《かし》の空き箱や空き袋《ぶくろ》をそっと拾って自習室へ移るのが常だった。


そんなある日の、宿題を片付けた放課後である。

校門を出て歩きだした諒介は、近くの電柱にもたれるように立っていた人物にお辞儀《じぎ》をされた立ち止まった。野球帽《やきゅうぼう》を目深《まぶか》にかぶって薄手《うすで》の前開きワンピースを羽織るという、ややちぐはぐな服装の女性だ。一瞬《いっしゅん》唯かと思ったのだが、明らかに体形が違《ちが》う。

「……どうも、ごきげんようー」

帽子《ぼうし》を取った顔は、なんと青山茜である。よく見れば首筋には薄く縄目が残っている。

諒介は思わず声を漏らした。

「あっ！　どうしたんですか、笠井さんがすごく心配してましたよ」

笠井の名前を聞いて、青山はやつれた顔をしかめた。

「それよりも、戸川さんに時間をもらいたいんですけど。歩きながらで大丈夫です」

「ぼくですか？　ええ、分かりました」

諒介が素直《すなお》に応じると、青山はしかめ面《つら》にため息を追加する。

「余計なお世話ですが、戸川さんはもっと注意した方がいいですね」

「えっ？」

「殺し合いをした相手がいきなり現れたのに、こんな無防備に近付いちゃ駄目でしょう。紫鏡はもうなくたって、ただのナイフくらい隠し持ってるかもしれませんよー？」

「あっ……そうですね、すみません」

もっともな注意に戸惑《とまど》う諒介を見て、青山はさらに肩をすくめた。

「最初から手加減するつもりだったんでしょう。戸川さんはあたしを殺す気がなかった。だから命のやり取りをした認識《にんしき》がない——でも、そんな温情、こっちには通じてないかもしれないじゃないですか。もし恨《うら》まれてたら、普通に刺されて死にますよ」

「ありがとうございます、気を付けます」

「あの時、勝美が泣いて大騒《おおさわ》ぎしたのも無意味でしたね」

「……ええ、笠井さんは何も知りませんでした。無意味かどうかは分かりませんけど」

「…………」

学校から離《はな》れて立ち聞きの心配がいらない程度に人通りが減ったところで、青山が再び口を開く。

「あたしに何か罰《ばつ》を与《あた》えなくていいんですか？」

「そんな、罰なんてありませんよ。ぼくたちは別に警察官でも裁判官でもないんですから。それにしても、青山さんはどうやって紫鏡を手に入れたんですか？」

「ああ、あのコンパクトはバイト先でもらったんです」

「もらった⁉」

あまりにも意外な返事に、諒介の声が裏返る。

「バイト先って、どこのだれにですか？」

「巣鴨《すがも》駅のこっち側にあるスーパーのお客さんですね。仕事が終わって帰ろうとした時に手渡《てわた》されたんです。『あなたは暗い顔をしているわね、これをあげるわ』とか言われたんだったかな。化粧品《けしょうひん》なんかもらっても気持ち悪いから返そうと思ったら、もういなくなってました。使い方は、自然になんとなく分かったというか……」

「そんな、危ない怪異《かいい》を気安くばらまくなんて冗談《じょうだん》じゃないですよ！　よく来るお客さんなんですか？　顔は分かります？」

問い詰《つ》められた青山は、そっと首を横に振った。

「さあ、あんまり来ないお客さんじゃないですか。ずっと気にしてましたけど、それきり見かけないんで。顔は……お姉さんって呼ぶかおばさんって呼ぶか悩《なや》むくらいの見た目の、あんまり特徴《とくちょう》がない女の人なんで説明しにくいな。服は地味で、やせてました」

「……おばさん……？」

「そういえば、コンパクトが入ってた箱に変なシールが貼《は》ってありましたね。捨てちゃいましたけど、アルファベットの『W』一文字だけの」

「W！」

諒介は愕然《がくぜん》とする。吸血鬼《きゅうけつき》事件に使われた心霊《しんれい》カメラのマニュアルと同じ文字だ。世間に偶然《ぐうぜん》の一致《いっち》というものはあるが、怪異を扱《あつか》う人間はごく限られているだろう。同じ印を使う以上、無関係とは思われない。

平塚警部に頼《たの》んだとしても、一年以上も昔の出来事ではスーパーの防犯カメラの映像は見られないだろう。だが、中年の女がかかわっているというのは重大な情報だ。

「あんまり役に立てなくてすみません。じゃ、そろそろ失礼しますね」

のろのろ歩いているうちに、二人は大塚《おおつか》駅前に着いていた。

「あっ、はい」

「それから、あたしはもうすぐ『家庭の事情』で遠くへ引っ越《こ》しますんで」

「えっ！」

青山が皮肉っぽく首をかしげる。

「いけませんかねー？」

「いえ、別にいけなくはありませんけど、それを笠井さんに言いましたか？」

「……言いませんよ、言えるわけないじゃないですか。合わせる顔もありませんし」

「謝《あやま》れば笠井さんはきっと許してくれますよ。謝らなくても分かってくれると思います。きちんと話し合って、仲直りしてください」

「嫌です」

きっぱり言い切った青山の発音は、痛々しく乾《かわ》いていた。彼女の目は諒介へ向いているものの、その焦点《しょうてん》はどこか遠くに合っている。

「――勝美がいい子なのは知ってます。自分を殺そうとしたあたしのことだって、きっと許してくれると思います。だから、あたしは勝美に謝れません。あたしがお金に困ってるって言えば、自分の貯金はもちろん、親の財布《さいふ》でも持ち出してくれたでしょう。だから、あたしは勝美に何も言えませんでした。勝美は親友のやることならなんでも許してくれるし、どんなことでもしてくれる。だから、あたしは勝美が大嫌いなんです……二度と会いません、会えません」

「青山さん……」

彼女は手に持っていた野球帽をかぶり直し、静かに頭を下げた。その拍子《ひょうし》に、光る滴が地面へ落ちたようである。

「魔忌名様に三つ伝えてもらえますか？　『ごめんなさい』と、『ありがとう』と……」

割と後悔してます――そう言い残し、青山は顔を伏せたまま改札口を抜《ぬ》けていった。

この日の諒介には、もう一つだけ小さな事件が待っていた。家へ帰ると、玄関《げんかん》に女物の靴《くつ》が何足も並んでいたのである。しかもリビングルームからはきゃあきゃあと黄色い声が聞こえていた。

「ただいま、明日香」

そう言った途端、抱《かか》えたシャツで下着姿の前だけを隠した妹が飛び出してくる。

「お兄ちゃん、待った！　今こっちへ来たら逮捕《たいほ》だからね。割と重罪だよ！」

「はい、はい。状況は察したから裸《はだか》で騒《さわ》がないで」

諒介は苦笑いして、降参するように両手を小さく上げる。そのまましばらく待っていると、また現れた明日香がぐっと親指を立てた。

「よし、無罪。お帰り」

「元々冤罪《えんざい》だけどね……」

中へ入った彼が目にしたのはおおむね予想通りの光景だった。仲の良い友達三人を連れ帰った明日香が、たくさんの服を広げてファッションショーごっこをやっていたらしい。

もちろん全員きちんと服を着ているが、脱《ぬ》いだスカートなどが散らかっている様子は女子更衣室《こういしつ》じみていて、男性としてはいくらか緊張感《きんちょうかん》を覚えざるを得ない。

「こんにちはー」

「お兄さん、お邪魔してまーす」

「すみません、お待たせしましたー」

顔見知りの女子中学生たちが、気安く挨拶する。

「こんにちは、いらっしゃい……っ？」

諒介も笑顔《えがお》で応じたが、その表情は一瞬《いっしゅん》引きつった。彼女たちの一人が着ている物が、梅月学園の制服だと気付いたからである。いや、その子だけではなくみんな別々の高校の制服を着ているのだ。よく見れば、明日香に至っては三鏡高校のセーラー服ではないか。

「えーと……明日香、これは何事？」

「学校で進路希望の調査があったから、進学先を考えるついでにあちこちから制服を借りてきて遊んでるの」

「ああ、遊んでるだけなんだ……」

「だって、制服で学校を決めるわけにはいかないじゃん。それはともかく、みんな似合うでしょ。ほら、あたしも超《ちょう》かわいい。どうよ？」

真っ当な理屈《りくつ》を言いつつ、明日香は薄い胸を張り——よりによって黄色の——リボンを見せびらかす。

「似合う、似合う。かわいいね」

「棒読みじゃん！」

そう抗議《こうぎ》されても、見慣れた妹が希那子と同じ制服を着ているのを褒《ほ》めるのは難しい。ましてやその友人については、寸評を加えるどころかじろじろ見ることも遠慮《えんりょ》しなければならないのだ。

「あはは……まあ、ぼくは部屋に引っ込むから、気にしないでごゆっくり。お茶やお菓子は用意しておくけど、借り物を汚《よご》さないようにね」

女の子がはしゃいでいる真っただ中にいるのは居心地《いごこち》が良くない。手と顔を洗った諒介は、さっさと二階へ引き上げようとした――が、明日香に腕をつかまれる。

「えっ、何？」

「お兄ちゃん、暇《ひま》なら写真係やって。自分たちで撮《と》ると全身を入れにくいから」

「いやいや、それはタイマーとかで工夫《くふう》しなよ。っていうか、ぼくが交じってたらみんなが嫌でしょ」

友人の兄でも男性に撮影《さつえい》されるのは抵抗《ていこう》があるだろうと諒介は考えたのだが、彼女たちは平気で賛成した。

「あっ、いいですね！」

「助かります、お願いしまーす」

諒介の目の前に四台のスマホが次々に差し出される。

（……しまった、しくじった……）

誘《さそ》いを断るときに他人を口実に使うと逃げ道《みち》がなくなる場合がある、という古い公理を思い出しても、もう遅かった。

「早くして、お兄ちゃん」

「ついでにお兄さんの制服も貸してください。冬服とか、中学校のやつとか」

「それよりも、せっかくだから一緒に写りましょう。そうだ、これはわたしたちには大き過ぎるんですけど、お兄さんにちょうどいいかも。かわいいですよ、着てみません？」

なつかれているというべきか、おもちゃ扱いされているというべきか、四人の態度にはまるで遠慮がない。そして彼女たちは全部の制服を試《ため》したいのだから、ことは組み合わせではなく順列の問題である。結局、明日香たちが着替《きが》えるたびに廊下《ろうか》へ追い出されながら、途中《とちゅう》に休憩《きゅうけい》のおしゃべりなども挟《はさ》みつつ、諒介は二時間ばかり撮影会《さつえいかい》に付き合わされたのだった。

ちなみに女装は断固拒否した。

満足した中学生たちが帰るのを見送り、なんとか夕食を作って食べると、諒介の気力と体力は底をついた。普段《ふだん》は後片付けまで一気に済ませるのだが、今日はソファにぐったりと伸《の》びてしまう。

「いひひひひっ、お兄ちゃんが疲れてる」

と、明日香がうれしがる。

「そりゃ疲れ果てるよ……明日香たちはどうしてそんなに元気なの？」

「えー、どっちかっていうとお兄ちゃんが雑魚《ざこ》なんだよぅ。あたしたちは標準、標準」

憎まれ口《ぐち》を叩きながらも、明日香はさりげなく鍋《なべ》や食器を洗い始めていた。彼女なりに感謝しているし、気を遣《つか》ってもいるらしい。

(寝坊《ねぼう》が多いのといたずら好きなのはちょっと困るけど……まあ、いい妹なんだよね)

根が陽気とはいえない諒介は、明日香の明るさに救われることも多い。もし彼女が陰険《いんけん》な性質だったら、二人きりの生活はとっくに破綻《はたん》していただろう。

「そうそう、そういえば」

いつの間にか背後に回り込んだ明日香が、皿洗いの水で冷えた指先を諒介の首筋に押し当てる。思わず細い悲鳴を漏《も》らした彼の前に、長期休業前によくある、家族の予定や緊急《きんきゅう》連絡先《れんらくさき》を尋《たず》ねる書類が置かれた。

「もうすぐ夏休みだからって、こんな紙をもらったの。いつも通りよろしく」

「ああ、調査票か」

諒介は父親の名前でよどみなく署名し、自分の電話番号を書き添《そ》える。筆跡《ひっせき》の使い分けにもすっかり慣れてしまっていた。

「……明日香、夏休みはどうする？　どこかへ行きたい？」

「んー、別に。家でだらだらするつもり」

「友達に誘われたら遠慮しなくていいよ。お金のことは気にしないで」

「はいはい。それよりもこれとこれ、どっちがいいと思う？」

明日香は軽い調子で答え、笑顔で今日の写真を開いてみせた。

兄妹《きょうだい》は父親と一年、母親とは三年ほども会っていない。最近は連絡も途絶《とだ》えているので、どこで何をしているのかすら分からない。

六

自分の家は少し変わっている――と、諒介が気付いたのは小学生のころだった。初めて違和感《いわかん》を覚えたのは、世間の親は役割を分担または共有していると知った時である。

彼の母親はいつも美しく上機嫌《じょうきげん》だったが、家の内外を問わず全く働かなかった。知力や体力に問題はなく、趣味《しゅみ》のためには元気に外出するのだが、料理も掃除《そうじ》も洗濯《せんたく》もやらない。そういう面倒《めんどう》はほかの家族、まだ小さかった明日香を除く父親か諒介のものだった。気が向いた時に子供と遊ぶことを育児と呼ぶなら別として、彼女《かのじょ》は何もしなかった。主婦ではなく単なる無職、あるいは女王だった。

母親が生来の貴族ならば、父親は天性の従者だった。大柄《おおがら》で太り気味という以外に特徴を欠いた容姿の彼は、気弱な微笑を絶やさなかった。一流の大学を卒業し、有名な商社の事務職に就《つ》いていたが、諒介たちの世話をするためにほぼ完全な在宅勤務を希望し、出世競争からは脱落《だつらく》していた。家事と仕事の毎日を規則正しく繰り返し、酒もたばこもやらず、大抵《たいてい》は夜遅《よるおそ》くまで働いていた。

結果的に戸川家は奇妙《きみょう》な父子家庭として機能した。つまり、父子三人の家にお客さんとして母親が同居する形である。忙《いそが》しい生活に疲れても父親は子供に手を上げたり理不尽《りふじん》に叱《しか》ったりはしなかった。しかし、単純に時間が足りないので、ゆっくり遊んだり話したりもしなかった。

俗《ぞく》に、親に充分構われなかった子供は性格が荒れたり、逆に『良い子』になったりするというが、諒介は後者だった。物心がつき、家庭の異常を察した諒介は父親に同情した。自分がしっかりしなければいけないという責任感も強くなった。

一方、その反動として母親を嫌《きら》ったかというとそうでもなかった。

「駅前のパン屋さん、やめちゃったねぇ。あそこの木の実のドーナツ、おいしかったのに。でも、もう改装工事が始まってたわ。次はどんなお店になると思う?」

「坂の向こうのイチョウ並木、ギンナンだらけで足の踏み場《ふみば》もないわよ。男の子が投げて遊んでたけど、臭いし、かぶれるし、後が大変だろうなぁ。流れ弾《ながれだま》が怖《こわ》いから、わたしは慌てて逃《に》げて来ちゃった」

「高台のライトアップ、今年の冬はきれいね。光の粒《つぶ》が雪みたいに降ってるの。間違《まちが》って逆さに取り付けちゃったみたいで、一筋だけ空へ昇ってるから探してみて」

彼女はいつもにこにこしていて、たまにそんなおしゃべりをするくらいで、諒介たちにちっとも干渉《かんしょう》しないのである。遊び歩くといっても金遣《かねづか》いが荒《あら》いわけではないから、頼《たよ》りにならない代わりに特段困ることもなかった。

何より、父親は彼女を深く愛しているらしく決して文句や悪口を言わなかった。だから諒介も父親の気持ちを尊重して「母親はちょっと変わった人なのだ」と割り切って、一定の敬意を払《はら》って接していた。明日香は母親と仲が良く、そこそこの頻度《ひんど》で遊んでいたが、これも親子ではなく友達の関係に似ていた。

諒介も、よその『普通』の家庭と見比べて両親に不満を抱《いだ》くことがなくもなかったが、それでも幸せか不幸せかと聞かれたら、まあまあ幸せと答えられる子供時代を過ごした。

ただし、母親の奇妙さは親友の小菅修平などにも打ち明けられなかった。他人からすると彼女は時間にゆとりのある専業主婦にしか見えないから、伏せておくのは簡単だった。

諒介が家族の問題を隠したのは、別に母親を恥《はじ》と思ったからではない。説明したところで理解してもらうのは難しいだろうと考えたのが一つ、両親の関係は長続きしないような気がするという、幼いなりの不吉《ふきつ》な予感がもう一つである。

諒介が中学生になって間もなく母親は家を空けることが多くなったが、在宅中はやはりのびのびと楽しげに暮らしており、父親の態度も変わらなかった。

不在の期間は次第《しだい》に長くなり、やがて家にいる方が珍しくなった。それでも父親は気弱な笑顔を崩さなかった。仕事と家事をしながら、愚痴《ぐち》をこぼすこともなく、年に数回だけの妻の帰りを静かに待っていた。

全てが決定的になったのは、諒介も高校生活に慣れた、ある夏の夜のことである。その時、明日香は学校の宿泊《しゅくはく》行事で留守だった。母親はもう一年以上顔を見ていなかった。

「……実は、諒介に相談したいことがあるんだ。だけど、忙しいようならまたにするよ。どうだろう？」

子供にも丁寧《ていねい》な言葉を使う父親がそう切り出したのは、男二人でハヤシライスの夕食を済ませてテーブルをきれいに拭《ふ》き終えた時だった。諒介は布巾《ふきん》の黄ばみが少し気になり、漂白剤《ひょうはくざい》に浸《ひた》そうか迷っていたのだが、洗って干すだけにしてうなずいた。

「うん、聞くよ。お茶でも入れる？」

「……いや、わたしは水でいい。諒介は好きな物を飲みなさい」

一杯《いっぱい》だけ茶の用意をするのは手間なので、諒介は水のグラスを両手に持ってテーブルについた。どんな内容なのか、おおむね想像できているつもりだった。

（離婚《りこん》、だよね）

小・中学校の同級生に何人か経験者がいたので、その覚悟《かくご》はできていたのである。母親への愛着は元より薄く、反対する理由は何もなかった。彼女が自分と妹を引き取ることは考えられないし、生活はほとんど変わらないだろう。お客さんがいなくなるだけのことだ。

しばらくの沈黙《ちんもく》の後、父親は水道水で湿らせた唇《くちびる》を開いた。

「本当は、こんなことを諒介に相談するべきではないと分かっているんだ。父親どころか、大人として失格の烙印《らくいん》を押されて当然の話だ」

（…………？）

当たり前の離婚にしては話が大袈裟《おおげさ》過ぎるようだ、と諒介は首をかしげる。さらに数秒の静寂《せいじゃく》を挟んで気弱な笑顔から絞《しぼ》り出されたのは、全く予想外の言葉だった。

「……諒介が許してくれるなら、わたしは家を出たい」

あまりに意表を突《つ》かれたせいで、返事は気が利かないものになる。

「えっ！　家を出るって、父さんが？　母さんじゃなくて？」

「ああ、わたしだ。もちろんお金は残していくし、諒介が大人になったら家の権利も受け取れるようにしておく。ローンは繰り上げて完済しておこう」

「そんな……どうして父さんが自分で買った家を出て行かなきゃいけないの？」

「……すまない。本当にすまないが、わたしはここで暮らすことに耐《た》えられないんだ」

「全然訳が分からないのに、良いも悪いも言えるわけないじゃない。お願いだから理由を教えてよ。ぼくか明日香が何か嫌なことをした？」

「違う、そうじゃないんだ。諒介も明日香も、とても良い子だよ。わたしの教育はひどく不完全で行き届かなかったのに、立派に育ってくれたと思う」

「じゃあ、どうして！」

　父親はのろのろと立ち上がり、青白い封筒《ふうとう》を二通取ってきた。生化学系らしい会社名が印刷されており、片方は開けられているが、もう片方は閉じたままだ。父親は開封《かいふう》されている一通を無言で差し出した。

　中身を取り出した諒介は、一瞬、それを診断書《しんだんしょ》だと思った。検査結果らしい英文と数字が羅列《られつ》されていたので、父親が難病でも患《わずら》ったかと疑ったのだ。しかし、その文書は諒介の学力で読み解ける程度で、勘違《かんちが》いであることがすぐに分かった。

――DNA Test Report. Probability of Biologically Paternity: 0%

（……ＤＮＡ鑑定《かんてい》結果、生物学上の親子関係の確率〇パーセント……）

その訳文は彼の頭の中を一回素通《すどお》りした。諒介はそれをもう一度読み直してから父親の顔を見た。そこにはまだ、うつろな微笑が張り付いていた。

「これは、ぼくの……？」

「いや、それは明日香のものなんだ」

「…………」

諒介の目は未開封《みかいふう》の封筒へ吸い寄せられる。そちらは自分の鑑定結果に違いない。それなら、どうして封《ふう》を切っていないのだろう？

「……これも開けた方がいいのかな。勇気が足りなくて、どうしても中を見られなかった。このままにしておけば、わたしはなんとか父親のふりができる」

彼は太い指で厚手の紙の表面をなでた。

「…………」

「いい年をしてみっともないことを言うが、わたしは彼女が大好きだった。いつも明るく輝くような彼女に、ずっとあこがれていたんだ」

そうつぶやく『父親』の視線は、目の前に座《すわ》る諒介を透《す》き通していた。母親のことを言っているのだ。

「わたしが結婚《けっこん》を申《もう》し込んだ時、彼女は『結婚するのは別にいいけど、わたしはあなたを愛せないかもしれない。きっと良い妻にも良い母親にもなれないわ』と言ったよ。それが照れ隠しの冗談であることを、ずっと願っていた。そして、それはかなわなかった」

「…………」

「すまない、諒介。全く情けないことに、わたしは今さら彼女が怖くなった。昔の彼女にだんだん似ていく明日香も――いや、それは見た目だけのことで、人格は別だと分かっているつもりだが……」

諒介のため息は細く震《ふる》えた。

例えば「こんな変な家庭を作っちゃった責任を取ってよ」と責めれば、もうしばらくは『父親』を父親のままにしておけたかもしれない。「たとえ血は繋《つな》がっていなくても、ぼくは父さんのことを親だと思ってるよ」とか、「明日香にはなんの罪もないんだから見捨てないで」でも良かったかもしれない。

しかし、諒介は、どんなごまかしも長くは持たないだろうと判断した。この家庭は最近壊《こわ》れたのではない。もっと前から壊れていた――あるいは、そもそも完成していなかったのだ。今さら繕《つくろ》うのは不可能だろう。

「……そっか、相談してくれてありがとう」

諒介はくすぶる怒《いか》りと悲しみを厚く覆《おお》い隠し、ごく優《やさ》しい声を作った。

「よく分かったから、思い通りにして。明日香の世話は、ぼくがやる」

それからの諒介と明日香の生活に混乱や衝突《しょうとつ》がなかったといえばうそになる。それでも兄妹はそれなりに仲良く暮らしてきた。

諒介は明日香に封筒の存在を知らせていない。もう一通を開いてもいない。両親は喧嘩《けんか》して、頭が冷えるまで別居している――それ以上の説明は、まだ幼い妹には残酷《ざんこく》過ぎると判断したのだ。

父親は母親や明日香が怖いと言った。実のところ、諒介も奔放《ほんぽう》な母親の血を恐《おそ》れている。そんな女性に対して、ゆがんだ恋心《こいごころ》を十余年守り続けた男の血にもおびえているのだ。

エピローグ

赤さびのにじんだスチール製の棚《たな》一架《いっか》、同じ出所の事務机二台、不ぞろいの椅子《いす》二脚《きゃく》、お菓子が詰まった段ボール箱一つ、そして二枚の座布団《ざぶとん》を使って安眠《あんみん》する幽霊《ゆうれい》の少女——夏休み間近になっても、放課後の怪異研究会はおおむねいつも通りの光景だった。

しかし、今日の諒介《りょうすけ》は希那子《きなこ》の寝姿《ねすがた》に当惑《とうわく》した。普段は猫《ねこ》のように丸まるか、突っ伏《ぷ》すか、どちらにしても顔が手前なのに、どんな気まぐれか奥《おく》の壁《かべ》に寄り掛《か》かって長い両足をこちらへ投げ出しているのだ。机に乗って昼寝《ひるね》する奇抜《きばつ》な習慣は、自由に出歩けない事情をかんがみれば一概《いちがい》に行儀《ぎょうぎ》が悪いとも責められない。だから、それはまあいい。

だが、彼女が食べたのであろうコーラ風味の清涼菓子《せいりょうがし》の空き容器が、白い太ももの間に転がっているのは少々困るのだ。

（……どうしよう）

この部屋のごみを片付けるのは諒介の役目になっているが、故人とはいえ女性の股下《またした》へ手を突っ込むのはいかがなものだろうか。慎重《しんちょう》にやれば肌に触《ふ》れることなく容器を取れるかもしれないが、短めのスカート付近へ視線を向けるのもためらわれる。

（お客さんが来たとき不審《ふしん》に思わないように、こまめに捨ててくれと頼まれてるんだけど……どうして西島先輩《にしじませんぱい》はきちんと場所を決めてくれないのかな。結構ずぼら？）

どこか目立たない場所にごみ箱を作ってくれればいいのに——と諒介はため息を漏らす。

まあ、ここ数日の希那子は大立ち回りの反動か熟睡《じゅくすい》していて、掃除していても目を覚まさないことが多い。寝返《ねがえ》りを打った拍子にごみを蹴落《けお》としたら異音になるし、その時に一般《いっぱん》の生徒がいたら心霊現象発生である。ここはやはり拾っておくべきだろう。

諒介はそう考えて手を伸ばしかけたが、ふと天啓《てんけい》を受けて引っ込めた。あきらめて部屋を出ると見せ掛け、扉《とびら》を開ける直前でぱっと振り返る。

「……やっぱり！　先輩、起きてますよね」

「…………」

希那子はなおもたぬき寝入《ねい》りを続けようとするが、諒介は彼女が薄目《うすめ》を開けているのを確かめたし、何よりも寝息《ねいき》が笑いに乱れているのだから騙《だま》されない。

「それで、ぼくが気付かなかったらどうするつもりだったんです？」

諒介が腕組《うでぐ》みすると、とうとう希那子も起きてきて机の端《はし》に座り直した。

「いや、ほんの思い付きだから特段の計画はないんだけれども。まあね、触《さわ》られて起きたふりをして『戸川《とがわ》くん、君は一体何をしているんだい！』とでも言いたかったかな」

「愛と正義の美少女怨霊《おんりょう》は今日もお休みなんですね」

諒介が嫌《いや》みを言うと、希那子は珍《めずら》しく頬《ほお》を赤らめた。

「……ええと、戸川くんにそれを言われるのは二回目だけれども、そろそろ忘れてくれていいんだよ？　勢い任せの軽口を繰《く》り返されるのは、さすがにちょっと恥《は》ずかしいから」

「そうだったんですか？　梅月学園《ばいげつがくえん》の人たちにもそう紹介《しょうかい》しちゃいましたけど……」

「うえっ⁉　冗談だよ！　冗談に決まってるじゃないか！　『美』とか『天才』とかいう形容詞は贈答用《ぞうとうよう》なんだから、いくら事実でも自分には使わないよ」

彼女は謙虚《けんきょ》なのか傲慢《ごうまん》なのかさっぱり分からない持論を展開する。別に諒介は意地悪をたくらんだわけではない。希那子なら本気で言いそうだし、言う資格もあると思っただけなのだが、図《はか》らずも、からかわれた仕返しに成功していたらしい。

「ボクの自業自得《じごうじとく》だけれども、広まらないといいなぁ……またの機会があったら、それは禁止だよ、禁止。あんまり怖くなくて、適度に威厳《いげん》のある紹介にしてね」

長い三つ編みを両手に挟み、きりもみの要領で転がし続けているのは照れ隠しらしい。

一瞬、諒介は「いいじゃありませんか、先輩は美少女なんですから」くらいの追い打ちを試してみたい誘惑《ゆうわく》に駆《か》られたが、真顔で言い切る自信はないし、開き直って反撃《はんげき》されたらやぶ蛇《へび》なので黙《だま》っていた。じゃれ合いに慣れていない人間はおとなしく振る舞《ま》うのが無難だろう。

「特に事件はないみたいですね」

「ない、ない。大体、怪異研究会がこんなに忙しいのは外れ値さ。大きな事件は年に三、四回が平均じゃないかな。たっぷり大騒ぎした後だから、この夏はきっと静かに過ごせるよ――というのは、ギャンブラーの誤謬《ごびゅう》っていうやつだけれども」

「『コインの裏が続けて出ても、表が出やすくはならない』でしたっけ」

そんなことを話しているうちに気分も落ち着いたのか、希那子はまたうとうとしだした。

諒介は彼女の関心がそれている隙《すき》に清涼菓子の缶型容器を素早《すばや》く回収する。

「まだお疲《つか》れみたいですから、ゆっくり休んでください。お邪魔《じゃま》しました」

「うん、おやすみぃ……またねぇ」

早くも事務机の上にとぐろを巻いた希那子が、それでも手を振って見送ってくれた。

諒介は人に見られないように部室を出て、ごみをプラスチックのリサイクルボックスに捨て、自習室へ向かう。

普段から充分《じゅうぶん》に復習していても、今更頑張《いまさらがんば》ったところで赤点を免《まぬが》れないほど怠けていても、試験の前は猛然《もうぜん》と勉強し始めるのが学生の習性だ。そんなわけで、自習室はこの時期の風物詩といってもいい大混雑である。定期試験前は隣接《りんせつ》する図書室でも筆記用具の使用が許されているが、そちらを振《ふ》り返ってみても空席はほんの数か所に限られていた。部室に顔を出した分の出遅《でおく》れがあるからやむを得ないのだが、どこに座るべきか悩ましい。

（ええと……）

必要な会話ならば物おじしないものの、諒介は根が暗い方である。従って最も好ましいのは知り合いの男子の近く、その次に好ましいのは女子から遠い席だ。露骨《ろこつ》に嫌がられることはないとしても、わざと寄ってきたと勘違いされたくない。

彼は室内をざっと見回した。小菅修平《こすげしゅうへい》や友人の姿はない。同級生の男子は数人いるが、その周りには空席がない。それならばなるべく女子が少ない所にしようと考える。

文学全集の前がいいかな――と決めかけた諒介は、視界の端にふと違和感を覚える。彼の注意を引いたのは、図書室側の丸い机でイギリスのファンタジー小説を読んでいる小柄《こがら》な女生徒だ。もちろん試験前だからといって娯楽《ごらく》の読書が禁じられているわけではないが、かりかりしている生徒たちの間で魔法使《まほうつか》いの冒険《ぼうけん》を楽しむのはなかなかいい度胸である。

波打つ癖《くせ》があるらしい髪《かみ》を二つに結《ゆ》って額を出し、あまり度が強くなさそうな黒縁《くろぶち》眼鏡を掛けている。制服のリボンは一年生を意味する赤色だ。諒介は下級生とほとんど交流がないし、知り合いのはずはないのに、どうしても気になってしまう。顔立ちは整っているものの雰囲気《ふんいき》が幼く、目を離せないほどの絶世の美女というわけではないのだが。

その時、問題の一年生が諒介をちらりと盗《ぬす》み見て笑いをかみ殺した。

「…………!!」

彼女の正体に気付いた諒介は、思わず悲鳴を上げそうになる。そうかもしれないという疑いの眼で見れば、もう間違いなかった。彼《かれ》は無言で一年生に近付き、その肩《かた》をたたく。

彼女も黙って本を戻《もど》し、かばんを持ち、諒介の後に続いて図書室を出てきた。

「――何やってんの、明日香《あすか》！」

迷惑《めいわく》にならない空き教室の前に来たところで、諒介が妹を問い詰める。一年生は一年生でも、彼女は中学一年生だ。

「あはは、ばれちゃった。借りた制服をさっちゃんのお姉さんに返そうとしたら、『その前にお兄ちゃんの様子をのぞいてきたら？』って勧《すす》められちゃってぇ……」

「冗談じゃないよ。ぼくじゃなくて先生に気付かれたらどうするつもりだったの？」

「それは、ほら、ぎりぎりくそがき無罪の範囲《はんい》かなって」

「レッドラインを攻《せ》めないでほしいんだけど……」

彼は深々とため息をつく。近くでよく見れば、リボンも本物とは生地《きじ》が違う。自宅での撮影会の時は黄色だったが、さすがに三年生には通用しにくい身長だから赤い偽物《にせもの》を調達したのだろう。だて眼鏡も友人か、その姉が用意したに違《ちが》いない。

こんないたずらをそそのかすとは、三鏡高校《みかがみこうこう》もけしからぬ卒業生を持ったものだ。

（そりゃ、逮捕されるほどの騒ぎにはならないだろうけどさ……）

しかし、もしも明日香が教員に見とがめられた場合、放免《ほうめん》されるためには諒介の妹だと名乗らざるを得ない。中学生が変装して兄を見に来たというのは大した犯罪ではないから、確かに笑い話で済むかもしれないが、諒介にとっては赤っ恥《あかっぱじ》である。

「まったくもう……ほら、帰るよ、明日香。着替《きが》えや靴は？　そのかばんの中？」

彼は冷《ひ》や汗《あせ》をぬぐいつつ妹を学校から連れ出した。私服のシャツで三鏡の制服を隠《かく》させ、やれやれと胸をなで下ろす。これで不審者《ふしんしゃ》からただの中学生に戻ったわけだ。

「友達のお姉さんに言われたとしても、よその人を巻き込《こ》むかもしれないいたずらは駄目《だめ》だよ。今日はどうしたの？」

お説教された明日香が口を『へ』の字に結ぶ。

甘《あま》えん坊《ぼう》が抜け切らない彼女は子供っぽい遊びが大好きだが、理非はわきまえている。仕《し》掛《か》ける相手が友達でも諒介でも、いたずらの内容に気を付けている。

その割に、彼女自身も認めていた通り、今日の三鏡高校潜入《せんにゅう》は際どい性質だ。

「……だって、お兄ちゃん、最近怖い顔してることが多いんだもん」

やがて、明日香がぽつりと言う。

「えっ？」

「学校で何かあったのかな、って気になったんだもん」

「………………」

諒介は呆然《ぼうぜん》とした。確かに、ここ一か月ほどは断続的に怪事件《かいじけん》にかかわっていた。人命にかかわるかもしれないと思えば、知らず知らずのうちに険しい表情になっていたのかもしれない。それを彼女に見抜《みぬ》かれたのか。

「怒《おこ》ってる？」

不安そうに見上げる明日香に、諒介は優しく笑いかける。

「ううん、怒ってないよ。怖い顔をしたつもりはないんだけど、心配させてごめんね」

「いじめられたりしてない？」

「してない、してない。うちの連中はみんなおとなしいし、そんなことになったら修平が助けてくれるよ。明日香だってそう思うでしょ」

「それはそうだけど……」

「友達――ええと、さっちゃんだっけ、その子とお姉さんはこの近くにいるの？」

「うん、一緒《いっしょ》に帰る約束だから」

明日香が指さしたのは大塚方面だ。恐らく駅前のファミレスか喫茶店《きっさてん》に待機しているのだろう。万が一大事《おおごと》になったときは駆け付けてくれるつもりなのかもしれないが、諒介としては一言挨拶《あいさつ》して、軽く抗議もしておきたかった。

「そう。それじゃ、行こうか」

三鏡高校が見えなくなりかけた時、明日香が「あっ」と残念そうな声を漏らした。

「お姉さんに面白《おもしろ》いおまじないを教わったのに、やり忘れちゃった。お兄ちゃんを探す前に済ませれば良かったな」

彼女はポケットから取り出した未開封のキャラメルの箱を振っている。諒介は嫌な予感に顔を引きつらせた。

「……へえ、おまじない？」

「うん。三階の端っこに魔忌名《まきな》様っていうお化けの部屋があって、そこにこっそりお菓子《かし》をお供えするとなんでも願い事がかなうんだって。お兄ちゃんも知ってる？」

「ああ、うん、まあ、そんなうわさは聞いたような気がするけど……でも、ご利益《りやく》なんかあるわけないよ。そんな偉《えら》いお化けがいるならうちの三年生はだれも受験勉強をやらないだろうし、運動部だって練習しないだろうし、みんな宝くじを買うだろうし」

「全力で夢を壊さなくてもいいじゃん。ねえねえ、ちょっと引き返して、これだけ置いてきちゃ駄目？　ほんの二、三分。先生に見つからないように気を付けるから」

「駄目、駄目、絶対に駄目！　明日香のお願いだったらぼくが聞くから、そんなお化けを頼らないで」

諒介は慌《あわ》ててキャラメルを没収《ぼっしゅう》する。明日香は頬を膨《ふく》らませたが、すぐに気を取り直し、ためていた息をふっと吐《は》き出した。

「言ったな？　お菓子も取ったからには、ちゃんとかなえてもらうからね」

彼女は大げさに手を合わせ、兄を拝むまねをする。友達の姉に教わったのであろう呪文《じゅもん》も、もじって唱える。

「――お兄ちゃん、遊びましょう」

これにはもう、諒介も笑うほかなかった。

〈参考文献〉

本作の執筆にあたり、左記文献を参考に使用した。

朝里樹『世界現代怪異事典』（笠間書院、二〇二〇）
朝里樹『日本現代怪異事典』（笠間書院、二〇一八）
武石彰夫訳『今昔物語集　本朝世俗篇（下）　全現代語訳』（講談社学術文庫、二〇一六）
常光徹『学校の怪談（６）』（講談社ＫＫ文庫、一九九四）
根岸鎮衛 著　長谷川強校注『耳嚢（下）』（岩波文庫、一九九一）
ウェルズ 著　海野十三訳『透明人間』（ポプラ社文庫、一九八二）
コナン・ドイル 著　延原謙訳『四つの署名』（新潮文庫、一九五三）
ブラム・ストーカー 著　平井呈一訳『吸血鬼ドラキュラ』（創元推理文庫、一九七一）

以上

『まきなさん』と共に
山に潜みし怪異を暴く――
まきなさん遊びましょう
第2巻 制作進行中
Makinasan Asobimasyo

HJ文庫 https://firecross.jp/
1171

まきなさん、遊びましょう 1

2024年6月1日　初版発行

著者――田花七夕

発行者―松下大介
発行所―株式会社ホビージャパン

〒151-0053
東京都渋谷区代々木2－15－8
電話　03(5304)7604（編集）
　　　03(5304)9112（営業）

印刷所――大日本印刷株式会社

装丁――小沼早苗（Gibbon）／株式会社エストール

Printed in Japan

ISBN978-4-7986-3551-4　C0193

ファンレター、作品のご感想お待ちしております

〒151－0053　東京都渋谷区代々木2－15－8
(株)ホビージャパン HJ文庫編集部 気付
田花七夕 先生／daichi 先生

アンケートはWeb上にて受け付けております

https://questant.jp/q/hjbunko

- 一部対応していない端末があります。
- サイトへのアクセスにかかる通信費はご負担ください。
- 中学生以下の方は、保護者の了承を得てからご回答ください。
- ご回答頂けた方の中から抽選で毎月10名様に、HJ文庫オリジナルグッズをお贈りいたします。